やがて
僕には
坂石遊作
Illust. 輝竜司
転生したけど、
かった
ようです
「ルークは、英雄になるんでしょ……？
だったら、そんな顔、しないで……ルークらしくないよ。
私の分も、きっと……」
アイシャが……死んだ。
原作のルークより、僕が弱かったせいで。
それだけのことで……アイシャは死んでしまった。

エヴァ＝
マステリア
リズ＝
ファラキス
ルーク＝
ヴェンテーマ

会場に集められた受験生は七人。
「そろそろ始めましょっか」
レジェンド・オブ・スピリット学生編のメインストーリー。
その特級クラスへの入学を懸けた最終試験が始まった!
イリナ=ブラグリー
トーマ=エクシス
ゲン=ドーズ
レティ=ハローズ
ライオット=シャールス

「ごめん、アイシャ……ごめん……」

サラマンダーの胸に、ルークの感情が流れ込んだ。

「お主は……こんなものを抱えて、ずっと……」

「妾だけは、お主が英雄ではなく、
ただの人であることを知っている。

この先どんなことがあろうと……

妾だけは、人としてのお主に寄り添ってみせる」

サラマンダー

やがて英雄になる
最強主人公に転生したけど、
僕には荷が重かったようです
坂石遊作
Illust. 輝竜司

口絵・本文イラスト：輝竜司
デザイン：AFTERGLOW

contents

プロローグ

「ルーク、平気?」

「え?」

自分が呼ばれていると思わなかった僕《ぼく》は、少し遅《おく》れてから返事をした。

いつの間にか僕は布団《ふとん》の上に横たわっている。そしてそんな僕の顔を、黒いリボンをつけた茶髪《ちゃぱつ》の少女が覗《のぞ》き込《こ》んでいた。

彼女《かのじょ》は誰《だれ》だろう?

いや……なんとなく、見覚えがある。

「え? じゃないでしょ。熱はもう下がったの?」

「あ……うん。もう大丈夫《だいじょうぶ》だと思う」

「よかった~」

少女は安堵《あんど》に胸を撫《な》で下ろした。

熱? 僕は熱を出していたのか?

疑問を抱《いだ》く僕の前で、少女は小さな籠《かご》を取り出した。藁《わら》で編まれた籠の中には瑞々《みずみず》しい果物が入っている。

「これ、ルークが助けた子供の家族からお礼だってさ」

「僕が……助けた?」

「まだ、ぼーっとしてるわね。……ルークは昨日の夜、溺《おぼ》れている子供を助けるために川へ飛び込んだのよ。子供は無事に助けたけど、そのせいで今度はルークが熱を出しちゃったってわけ」

まあ昨晩は寒かったしね、と少女は呟《つぶや》く。

ああ──そうだ、思い出した。ここ最近、村の周りに魔物《まもの》が出るという噂《うわさ》があったから、夜まで周辺を警邏《けいら》していたんだった。その帰り道で川で溺れている子供を見つけたので、大慌《おおあわ》てで飛び込んで助けたんだ。

……村？

村って、どういうことだ。

僕は東京で独り暮らしをしていたはずだ。村に住んだことなどない。

何かがおかしい。

頭の中に二つの記憶《きおく》がある。

「まったく。後先考えずに人助けをするのはいつものことだけど……珍《めずら》しいわね、ルークが熱を出すなんて」

その一言が、僕の記憶をより鮮明《せんめい》に呼び覚ました。

村、魔物、見覚えのある茶髪の少女、後先考えずに人助けをするルークという少年。

「──アイシャ！」

「わひゃっ⁉」

いきなり大声を出した僕に、茶髪の少女は驚《おどろ》いた。

「アイシャ、だよね？　アイシャ＝ヴェンテーマ」

「そうだけど……ちょっと、まさか幼馴染《おさななじ》みの名前も忘れちゃったの？」

心配そうにアイシャが僕のことを見つめる。

立ち上がると右隣《みぎどなり》に薄汚《うすよご》れた窓があることに気づいた。窓に反射する自分自身の容姿を確認《かくにん》する。

燃えるような赤い髪《かみ》……ああ、これはもう間違《まちが》いない。

（ここは、レジェンド・オブ・スピリットの世界だ‼）

超《ちょう》大作ＲＰＧ――レジェンド・オブ・スピリット。

重厚《じゅうこう》で考察の余地がある奥深《おくぶか》い世界観、王道で今風の爽快《そうかい》感溢《あふ》れるストーリー、デザインも性格も個性豊かなキャラクター。それらを完璧《かんぺき》に兼《か》ね備えたゲームだ。近年はＦＰＳなどの対戦型オンラインゲームが流行していたが、レジェンド・オブ・スピリットはその時流に逆行しつつも圧倒《あっとう》的な売上を叩《たた》き出し、稀《まれ》に見るレベルの名作として認知されるようになった。

キャッチコピーは、人と精霊《せいれい》の絆《きずな》が試《ため》されるＲＰＧ。

その売り文句の通り、この世界の物語は剣《けん》と魔法、そして精霊がテーマとなっている。

（そして僕は……主人公のルークだ）

バリバリのゲームオタクだった僕は、転生という概念《がいねん》についてもよく知っていた。ゲームだけでなくアニメや漫画《まんが》でもわりと流行《はや》りの要素である。

僕はレジェンド・オブ・スピリットの主人公ルークに転生したらしい。

二つある記憶の正体は、ゲームオタクだった前世と、この世界の主人公である今世の記憶だろう。

――アタリだ。

そう思わずにはいられなかった。

レジェンド・オブ・スピリットは僕にとっても大好きなゲームだが、どのキャラに転生したいかと訊《き》かれたら絶対にルークと答える。

ルークはいずれ四大精霊の寵愛《ちょうあい》を受けて最強の人間になる設定だ。

しかも剣の天才であり、ストーリーを進めることでたくさんのヒロインにモテる。そりゃあもう、一桁《けた》どころか二桁の美少女にモテモテで…………。

「――やったぁ‼」

「ひゃっ⁉」

思わず歓喜《かんき》の声を上げると、アイシャが再び驚愕《きょうがく》した。

「ど、どうしたのよ？　今日のルーク、ちょっと変よ？」

「ご、ごめん」

謝罪しつつも内心では興奮が収まらなかった。

レジェンド・オブ・スピリットは古き良きＪＲＰＧ（日本産ＲＰＧ）というよりは、現代で流行している爽快感を前面に出した内容になっている。シリアスな展開もないことはないが、メインキャラクターが死ぬような鬱《うつ》展開は存在しない。

そう――鬱展開は一切《いっさい》存在しない‼

不景気なご時世ゆえのストーリーというやつだ。

ご都合主義だって沢山《たくさん》ある。人によっては軽いと感じるかもしれない。しかし僕にとってはその軽さが丁度よかった。

このゲームの魅力《みりょく》は、ルークが魅せる圧倒的な強さ。そしてそれによる爽快感だ。

つまりルークというキャラは、この世界で一番美味《おい》しい思いをするのだ。

そんなルークに僕は転生した。これがアタリでなくて何なのか。

僕を看病してくれているアイシャもヒロインの一人である。サラサラに梳《と》かされた茶色の髪とまん丸な瞳《ひとみ》が特徴《とくちょう》的で、とても可愛《かわい》らしい少女だ。

「アイシャ、今って何月だっけ？」

「精霊暦《れき》七〇三年の二月だけど……ちょっと、本当に大丈夫？」

ストーリーが始まる少し前だ。

なら、今後の展開は——僕の意思次第《しだい》で幾《いく》らでも変えることができる。

この世界には、鬱展開ほどではないがシリアスな事件が幾つかある。

報《むく》われないキャラ。

敵対してしまうヒロイン。

僕ならば、彼女たちを救うことができるかもしれない。

原作は死ぬほどやり込んだ。アイテムの配置されている位置や、イベントの発生条件、どうやったら強くなれるかなどの情報も全《すべ》て頭に入っている。

僕には自信があった。

この世界を、英雄《えいゆう》ルークとして生き抜《ぬ》くことに——。

（まずは、精霊に気に入られるためにも強くならなきゃ……‼）

目指すは、完璧で完全なハッピーエンド。

これからの未来に胸躍《おど》らせながら僕はベッドから出た。

◆

ルークに転生してから数日が経過した。

その間、僕は村の住人から情報収集して、やっぱりこの世界はレジェンド・オブ・スピリットなのだと確信することができた。

ここはラーレンピア王国の片隅《かたすみ》にあるリメール村。

僕とアイシャは、この村にあるヴェンテーマ孤児院《こじいん》という施設《しせつ》で生まれ育った。

だから僕の名前はルーク＝ヴェンテーマだ。アイシャとファミリーネームが同じだけど、僕たちに血の繋《つな》がりはない。いわゆる幼馴染みのような関係だった。

恐《おそ》らく、しばらくするとイベントが発生して、僕は村から旅立つことになる。その時はアイシャも一緒《いっしょ》だ。

その日が訪《おとず》れるまでの準備として……僕は孤児院の裏で剣を振《ふ》っていた。

「九十七、九十八、九十九……っ」

百まで数えたあと、休憩《きゅうけい》を挟《はさ》む。

素振《すぶ》り百回の三セット目が終了《しゅうりょう》した。木剣《ぼっけん》は軽いけれど、これだけ振っていると流石《さすが》に手が痛くなってくる。掌《てのひら》を見るとマメが幾つかできていた。

（設定集によれば、旅立つ前のルークは毎日素振りをしていたらしいけど……どのくらいしたらいいんだろう？　一日五時間くらいでいいのかな？）

ルークに剣の才能があると発覚するのは、村を出て王都で過ごすようになってからだ。しかし僕は最初からルークの才能を知っているので、剣を振る度《たび》にその先天的な素質を実感していた。

（……素振りをするだけでも、明らかに剣の腕《うで》がよくなっている）

ハイスペックすぎて泣きたくなってきた。

前世が凡人《ぼんじん》だっただけに、才能の差を感じてしまう。

最初は一振り一振りが覚束無《おぼつかな》い感じだったのに、今では自分でも見惚《みと》れるくらいの綺麗《きれい》な太刀筋《たちすじ》で素振りができていた。前世で剣道もやったことがない僕にとって木剣は手に馴染むものではなかったが、今や柄《つか》が掌に吸い付いているような、まるで腕と一体化したような感覚を覚える。

左切り上げ、右薙《な》ぎ、踏《ふ》み込んでからの袈裟《けさ》斬り。

剣を振るだけで、最適な次の一手が分かる。その一手のために全身をどう運用すればいいのか感覚で理解できる。

（もしかしたら、原作より強くなれるかも）

ルークの剣の才能は本物だ。

原作の知識がある僕なら、この才能をもっと活《い》かせる可能性がある。

「ルーク、また素振りをしてたの？」

背後から声を掛《か》けられる。

素振りを再開しようとすると、アイシャが様子を見に来てくれた。

「まあね。僕の習慣みたいなものだから」

そう答えると、アイシャはくすくすと笑った。

「もう……ルーク、また僕って言ってる」

しまった、また間違えた。

ルークの一人称《いちにんしょう》は俺《おれ》だ。前世の癖《くせ》で偶《たま》に間違える。

「そんなに似合わないか？」

「うん。ルークがそんな喋《しゃべ》り方すると違和《いわ》感が凄《すご》いよ」

一人称だけでない。僕はここ数日、アイシャから口調をよく指摘《してき》されていた。

ルークはいつも強気で、熱い男だ。この鮮《あざ》やかな赤い髪のように、ルークの心はいつも燃え盛《さか》っている。ちょっと馬鹿《ばか》っぽいところもあるけれど、その分、誰よりも真《ま》っ直《す》ぐで純粋《じゅんすい》な人柄《ひとがら》なのだ。

前世がインドア派でゲームオタクだった僕に、彼《かれ》の真似《まね》をするのは少々難しい。

できれば一人称くらいは僕にしたかったが、アイシャにそこまで笑われたら直すしかないだろう。

「ルークったら、本当に剣が好きよね」

「ああ。俺はこの剣で英雄になってみせる。絶対だ」

ルークの夢は英雄になることだ。

それはルーク自身が日頃《ひごろ》から口にしている言葉であり、いつも本気でそのための努力をしていた。

男なら誰もが一度は抱《いだ》く英雄願望。ルークはそれを成し遂《と》げるのである。

「英雄になってみせる……ね。だったら夢中になるのも仕方ないかぁ」

アイシャはどこか寂《さび》しそうな顔でこちらを見つめていた。

確かにルークは英雄を目指しており、そのために必死に努力している。けれどルークではない僕は、何もかもを原作通りにするつもりはない。

「アイシャ、今日はもう暇《ひま》なのか？」

「うん。畑仕事も終わったし、今日はもうやることないよ」

「じゃあ俺と一緒にピクニックにでも行かないか？　湖のベンチでのんびり過ごすの、好きだったろ？」

「えっ」

アイシャが目を丸くした。

「い、いいの？　いつも私が誘《さそ》ってる時は、訓練したいからって断るのに……」

「気にすんな。俺はアイシャと一緒にいるだけで嬉《うれ》しいんだから」

「……っ！　じゃ、じゃあ、すぐに準備してくるねっ！」

とても嬉しそうに孤児院へ戻《もど》っていくアイシャを見て、僕は満足する。

（原作のルークは、アイシャに対して淡白《たんぱく》だったからなぁ……）

なまじ距離《きょり》感が近い幼馴染みだからこそ、雑な態度になってしまったんだろうけど。

原作のルークはこれから様々なタイプのヒロインと出会う。清楚《せいそ》で慈悲《じひ》深い聖女様とか、高貴で可愛らしいお姫様《ひめさま》とか……そういう個性豊かなヒロインたちと比べると、単なる幼馴染みキャラのアイシャは影《かげ》が薄《うす》くなりがちだった。

しかし、何を隠《かく》そう――僕はアイシャ派である。

優《やさ》しくて家庭的で、そして何より彼女は最初から最後までずっとルークに一途《いちず》なのだ。

そんなアイシャの純情さに心打たれたプレイヤーは少なくない。

もし、できることなら……僕はアイシャと結ばれる運命《ルート》を辿《たど》りたい。

「ルーク、お待たせ！　準備してきたよっ！」

孤児院から出てきたアイシャは、しっかりお洒落《しゃれ》していた。淡《あわ》い青色のスカートがよく似合っている。村娘《むらむすめ》の素朴《そぼく》な雰囲気《ふんいき》を、アイシャは純朴なあどけなさに昇華《しょうか》していた。

「サンドイッチ作ってみたの！　一緒に食べようね！」

「ああ、楽しみにしてるよ」

屈託《くったく》のない笑《え》みを浮《う》かべるアイシャを見ていると、本心からそう答えられる。

と、その時——。

「ルーク、アイシャ。ここにいましたか」

「院長？」

ヴェンテーマ孤児院の院長である女性が、僕たちに声を掛けてきた。

僕たちにとっては親同然の相手だ。確か六十歳《さい》くらいだったはずだが、それにしては三十歳くらいの若い見た目をしている。……その理由は知っているが、今は関係ない。

「おや……ふふ、ピクニックにでも行くのかしら？　それは邪魔《じゃま》したわねぇ」

「べ、べべべ、別に邪魔なんかじゃないですよ‼」

アイシャは目に見えて照れていた。

「では手短に伝えましょう。……先程《さきほど》、村長さんともお話しして、二人が村の外へ出るための試練の内容を決めました」

試練。

そのキーワードを聞いた瞬間《しゅんかん》、僕は拳《こぶし》を軽く握《にぎ》り締《し》めた。

（来た……最初のイベント）

僕とアイシャは、リメール村の外に出ようとしている。

というのも、一ヶ月前……僕たちに一通の手紙が届いたのだ。

――シグルス王立魔法学園からの招待状。

それは王都にある誉《ほま》れ高い学《まな》び舎《や》からの招待状だった。

十年前の世界大戦を終結に導いた英雄シグルス。彼が創設したこのシグルス王立魔法学園に、英雄を志すルークが興味を抱かないはずがない。

何故《なぜ》それが僕とアイシャに与《あた》えられたのか、理由は分からなかった。

ただその招待状を受け取って、ルークとアイシャは「行ってみたい！」と思ったのだ。

招待されたといっても、学園に通うには受験に合格しなくてはならない。

もしかしたら単なる手違いで招待状が届いただけかもしれない。

それでも、僕たちは向かうことを決断した。

村の外にある新たな世界に触《ふ》れるために。

そして、僕たちが招待された理由を知るために――。

（……まあ全部知ってるんだけど）

レジェンド・オブ・スピリットは伏線《ふくせん》が多いゲームとしても有名だ。

この伏線が回収されるのはもうちょっと先である。

とにかく僕たちは村の外に出たいのだ。

そのためには――この村の試練を突破《とっぱ》しなくてはならない。

「院長、試練の内容は何になったんですか？」

アイシャが院長に訊いた。

「最近、東の森で猪《いのしし》の魔物が暴れているようです。明日これを退治してきてください」

「え……ま、魔物を退治するんですか⁉」

僕とアイシャは今年で十五歳になる。

この村では、魔物の対処は十八歳以上の大人に任せることが多いので、アイシャは不安そうにした。僕もアイシャも魔物と戦ったことはない。

「二人ならきっとできますよ」

「……それなら、いいんですけど」

院長の言葉を聞いて、アイシャは少しだけ元気を取り戻した。

その時、僕はふと気づく。

（しまった……ここは本来なら、ルークがアイシャを鼓舞《こぶ》する場面だったのに）

本来なら、ここでルークはアイシャに「俺たちならできるさ」と告げ、彼女に勇気を与えてみせる。

うっかりそのやり取りを忘れてしまったが……まあ、このくらいなら大丈夫だろう。

「でも、村の外に出るためだけにそんな試練を受けなくちゃいけないのは、やっぱり面倒《めんどう》だな」

「そう言わないでください、ルーク。最後くらい村の伝統に付き合うのも悪くないでしょう」

今度こそ原作通りの会話ができた。

昔、この村の周囲には危険な魔物が棲息《せいそく》していたのだ。しかし村の子供たちは立身出世のために外へ出たがることが多かった。そこで当時の村長は、村の外へ出るための条件として何らかの試練を課し、子供たちの実力を試すことにした。

この行事が伝統となり、今の時代まで受け継《つ》がれている。

僕の強気な発言に院長は苦笑《くしょう》していた。……最後くらいと言っている以上、僕たちが試練に合格することを信じているのだろう。

試練の後、院長は不幸な目に遭《あ》う。

そんな未来を知っている僕だからこそ、院長の信頼《しんらい》には応《こた》えたいと思った。

「では、私はこれで。……明日は楽しみにしていますよ」

院長が孤児院の中へ入る。

僕は隣《となり》で佇《たたず》むアイシャを見た。

「アイシャ、行こうか」

「う、うん。……大丈夫かな、明日の試練？」

「俺たちならできるさ。俺には剣があるし、アイシャには魔法がある」

「……そうだね。うん、私たちならできるよね！」

先程言い忘れた台詞《せりふ》をここで言っておくことにした。

無事にアイシャへ勇気を与えることができたようだ。

その時――。

『きょう……が、ちか……』

どこからか、声が聞こえた気がした。

「アイシャ、何か言ったか？」

「え？　別に何も言ってないけど……」

おかしいなぁ、と首を傾《かし》げる。

（……これも、知ってるけどね）

知らないはずがない。

これこそが、ルークが主人公たる所以《ゆえん》なのだから。

（もうちょっとだけ待っていてくれ。サラマンダー）

ルークの力が覚醒《かくせい》する時は近い。

『脅威《きょうい》が……近づいておる』

◆

翌日。遂《つい》に村の試練が始まった。

僕とアイシャは準備できる中では最善の装備と道具を調《ととの》え、村の東に広がっている森へ突入《とつにゅう》する。

標的は猪型の魔物。大人たちでも手こずるというこの魔物を、僕たちは――――。

「これで――とどめだッ‼」

やっとのことで倒《たお》してみせた。

「やった！　私たち、試練に合格したのね！」

アイシャが小躍りする。

その隣で僕は、肩《かた》で息をしていた。

「ルーク、大丈夫？」

「あ、ああ……これで村の外へ行けるな」

アイシャが心配そうにこちらを見つめた。

滝《たき》のように流れる汗《あせ》を手の甲《こう》で拭《ぬぐ》いながら、僕は返事をする。

バッサリと胴体《どうたい》を斬《き》られた猪型の魔物を見た。

これで討伐《とうばつ》は完了だ。証拠品《しょうこひん》として猪の耳を切り取り、持って帰ることにする。

（……チュートリアルにしては、強かったな）

この魔物との戦いは、基本的なコマンド操作を覚えるためのチュートリアルのはずだ。

だからあまり強くないと思っていたが……正直、思ったよりも苦労した。

それでも、ただのゲームオタクだった僕が猪を倒してみせたのだから、やはりルークの身体《からだ》は強靱《きょうじん》なのだろう。

「アイシャ、帰ろうか」

「うん！」

試練に合格したことでアイシャは上機嫌《じょうきげん》だった。

不安に感じていた分、反動でより嬉しく感じるのだろう。

（さて……ここからが本番だぞ）

この先の展開を僕は知っている。

だから村までの帰路は慎重《しんちょう》に歩いた。

「……あれ？　ねえ、ルーク。なんだか村が騒《さわ》がしくない？」

「そうだな」

アイシャの言う通り、村へ戻ると雰囲気が一変していた。

近づくと、その原因が明らかになる。

「な、何あれ……⁉　魔物……っ⁉」

アイシャが顔面蒼白《がんめんそうはく》となる。

僕たちが森へ向かうまでは長閑《のどか》な村だったのに、今やその光景は地獄《じごく》絵図そのものだった。

見たこともない魔物があちこちで暴れており、村人たちの悲鳴が絶え間なく聞こえる。魔物を寄せ付けないために火を用いようとしたのだろう、そこかしこに即席《そくせき》の焚《た》き火が置かれていたが、その効果はなく魔物たちは村の奥《おく》まで入り込んでいた。

「ルーク、アイシャ！　帰ってきたのか⁉」

僕たちの存在に気づき、孤児院の隣に住んでいるおじさんが叫《さけ》んだ。

「おじさんっ‼　何これ、どうなってるの⁉」

「分からねぇ、急に見たこともない魔物が大量に襲《おそ》い掛かってきたんだ‼　女子供は既《すで》に避難《ひなん》させてある！　お前らもさっさと逃《に》げろッ‼」

おじさんは畑仕事で使っている鍬《くわ》で、魔物を追い払《はら》おうとしていた。

その魔物は——鋼《はがね》で作られた鳥のようだった。

レンズのような目玉に、刃物《はもの》のような羽。

お世辞にも生活水準が高いとはいえないこの村の人たちは、それを見たことのない不思議な魔物としか表現できない。だが前世の記憶を持つ僕にとっては違った。

それは――まるで機械のような魔物だった。

「おい、お前ら！　院長を見なかったか⁉」

村の奥から、他の住人がやって来る。

僕たちは互《たが》いに顔を見合わせた。

「……見てねぇな。避難所にはいなかったのか？」

「ああ。……まさか、逃げ遅れたのか？」

実年齢《じつねんれい》は六十歳の院長だ。

もし逃げ遅れていたとしたら……一人で助かるとは思えない。

「孤児院にいるかもしれない！　俺たちが見てくる！」

「あ、おい⁉　待て――」

僕とアイシャは殆《ほとん》ど同時に走り出した。

孤児院の扉《とびら》を開き、僕らは急いで中に入る。

「院長‼」

「ルーク⁉　アイシャ⁉　来てはなりません‼」

普段《ふだん》優しい院長が初めて怒鳴《どな》った瞬間だった。

でも僕たちは、そんな院長に意識を割《さ》く余裕《よゆう》がない。

「クキキキキキキ――ッ‼」

機械の鎧《よろい》を纏《まと》った、人型の魔物だった。

赤黒い肌《はだ》、ガリガリで長い手脚《てあし》、黒い尻尾《しっぽ》、蝙蝠《こうもり》のような羽。身の丈《たけ》三メートルはあるであろう悪魔のような魔物が、気味悪い笑い声を発して院長と対峙《たいじ》している。

そんな魔物が身に纏っているのは、機械仕掛けの外骨格。

野蛮《やばん》に見える化け物が、科学の結晶《けっしょう》のような装備を身に着けていた。

「な、何あれ……？」

見たことのない化け物を目《ま》の当たりにして、アイシャは激しく動揺《どうよう》した。

「二人とも逃げなさい‼　この魔物は強力です‼」

「でも、それだと院長がっ⁉」

「私のことはいいのです‼」

院長は、決死の覚悟《かくご》で魔物を睨《にら》む。

アイシャはどうしたらいいのか分からなくなって、僕を見た。

「……よくないさ」

ああ——いいわけがない。

院長を残して僕たちだけで逃げるなんて、有り得ない。

そう言えるだけの強さが、僕《ルーク》にはある。

「アイシャ、戦うぞ！　俺たちで院長を助けるんだッ‼」

「……うんっ‼」

僕が剣を構えると、アイシャは掌を前に突《つ》き出した。

前衛で剣士として戦う僕と違い、アイシャは後衛で魔法使いとして戦う。僕たちはバランスの取れたタッグだ。

「うおぉおおぉぉぉ――ッ‼」

「《アクア・シュート》ッ‼」

悪魔のような魔物に向かって、僕は剣を振り下ろした。

直後、アイシャが水の弾丸《だんがん》を放つ。機械の鎧を纏った魔物は頑丈《がんじょう》で、残念ながら倒すことはできない。だが、いい目潰《めつぶ》しになった。

今のうちに、僕は院長の身体を抱《かか》えて後退する。

このまま逃げられると理想だったが――。

「ルーク！　危ない！」

「ぐ――っ⁉」

魔物の尻尾が頭上から迫《せま》る。

尻尾の先端《せんたん》には鋭《するど》い刃物が取り付けられていた。剣を盾《たて》代わりにして防ぐが、バキッ！　と嫌《いや》な音がする。刀身に罅《ひび》が入ったようだ。

「きゃっ⁉」

魔物が近くにあった木のテーブルをアイシャに投げた。

アイシャは辛《かろ》うじてそれを避《よ》けたが、壁《かべ》にぶつかったテーブルは派手に粉砕《ふんさい》される。恐ろしい膂《りょ》力《りょく》だ、直撃《ちょくげき》すればひとたまりもない。

一瞬だけ……ほんの一瞬だけ、僕はアイシャを心配して振り返った。

その刹那《せつな》が致命《ちめい》的だったのだろう。

「ルーク‼」

院長が叫んだ。

魔物はいつの間にか、僕に向かって鋼の爪《つめ》を突き出していた。

少し前に僕らが倒した猪型の魔物とは完全に格が違う。この魔物は巨体《きょたい》なのに俊敏《しゅんびん》だし、周りにある道具を利用する小賢《こざか》しさもあるし、しかも頑丈な機械の鎧を纏っている。

――それでも、僕たちが負けるはずがない。

何故なら、僕はルークだから。

この世界の主人公で、いずれ英雄になることが決まっている男だから。

魔物の爪が僕の身体を貫《つらぬ》こうとする。

次の瞬間――僕の胸元《むなもと》から、眩《まばゆ》い炎《ほのお》が溢れ出た。

「ギイィイィイィイイィ――ッ⁉」

炎に焼かれた魔物は、悲鳴をあげて後退する。

「これは……」

アイシャと院長は、僕の身体から溢れる炎を見て驚愕していた。

来た。

来た――っ‼

ルークの力が覚醒した‼

『ふぅ……ギリギリ間に合ったのじゃ』

頭の中で誰かの声が響《ひび》く。

年老いた者の口調だが、その声色《こわいろ》はあどけない少女のものだった。

「お前は……？」

『妾《わらわ》はサラマンダー！　火の四大精霊なのじゃっ!!』

「四大、精霊……!?」

精霊には幾つかの種類がある。その中でも最も格が高い精霊——それが四大精霊だ。

かつて精霊王と共にこの世界を創造したとされる四大精霊は、伝承でこそ語られてきたが、ここ数百年で存在を認識されたことはない。故《ゆえ》に伝説の精霊とされていた。

そんな伝説の精霊が、ルークに宿っていたのだ。

——ここから、レジェンド・オブ・スピリットの物語は動き出す。

小さな村で生まれ育った少年ルークは、四大精霊サラマンダーと共に旅へ出る。

ルークはやがて全ての四大精霊と契約《けいやく》を交《か》わし、現代に蘇《よみがえ》った精霊王として世界を救う。

これは、ただの村人だった少年ルークが、精霊たちと共に英雄になってみせる物語。

その序章が今——幕を開けた。

『ゆくぞ、ルーク！　妾の力を使ってみせよ!!』

「ああ——やってやるよ!!」

怯《ひる》んだ魔物の懐《ふところ》に潜《もぐ》り込み、ひび割れた剣を振るう。

剣の軌道《きどう》を追うように、どこからともなく炎が現れた。炎はそのまま魔物の巨躯《きょく》を、機械の鎧ごと焼く。

ジュウウゥッ！　と魔物の赤黒い肌から音がした。

「ギ、キイィィィィィィイイィ――ッ‼」

形勢が不利だと判断したのか、魔物は羽を揺《ゆ》らして跳《と》び上がり、アイシャの方へ向かった。

『マズいっ！　小娘が狙《ねら》われておる‼』

「分かっているッ‼」

脳内に響くサラマンダーの声に返事をしつつ、僕は魔物を追った。

アイシャがやられてしまう。――ここでケリをつけるしかない！

「サラマンダー、力を貸してくれッ‼」

『うむ！』

僕の呼びかけに、サラマンダーが応じた。

『荒《あ》れ狂《くる》う炎よ‼』

「邪悪を切り裂《さ》く刃《やいば》と化せッ‼」

サラマンダーが唱え、僕が紡《つむ》ぐ。

ひび割れた剣の刀身に輝《かがや》く炎が集束した。

これこそが、ルークが最初に覚えるスキル。

刀身に炎を纏わせて、相手を切断する攻撃《こうげき》――。


「――《ブレイズ・エッジ》ッ‼」

劫火《ごうか》の斬撃《ざんげき》が魔物に放たれた。

原作では、ルークがこのスキルを使用することで魔物は必ず倒される。いわばこの戦闘《せんとう》はスキルのチュートリアルのようなものだった。

けれどその時、僕は安心できなかった。

何故か……手応《てごた》えがない。

『避けられたのじゃ‼』

「――は？」

焦《あせ》るサラマンダーに対し、僕は茫然《ぼうぜん》とした。

避けられた？　――そんな馬鹿な。

「ちょ、ちょっと待って……っ⁉」

ルークらしからぬ、本来の僕の口調が表に出る。

この戦闘は、ルークが《ブレイズ・エッジ》を発動することで決着がつくはずだ。

なのに、そうならないなんて――。

『――いかんッ‼』

サラマンダーが叫ぶ。

その叫びの意味を知るころには、もう遅《おそ》かった。

「……………ルー……ク……」

魔物の鋭い爪が、アイシャの華奢《きゃしゃ》な胴体を貫いていた。

少女の身体から血が滝のように溢れ出し、ぼとぼとと床《ゆか》に垂れ落ちる。

え？

…………え？


「あ、ぁあ……っ⁉」

僕の名を呼んだアイシャの唇《くちびる》から、大量の血が噴《ふ》き出る。

「あぁあああぁぁあああぁあぁぁぁぁあ――――ッッ⁉」

とめどなく血を流すアイシャを見て、僕は吠《ほ》えた。

剣に炎を込めて、何度も魔物を斬る。《ブレイズ・エッジ》、《ブレイズ・エッジ》、《ブレイズ・エッジ》――――完全なゴリ押《お》しだった。この身に宿る精霊がサラマンダーでなければ決して通用しない、ただの力任せな剣だ。

「ルーク、落ち着いて！　もう魔物は倒れました！」

「《ブレイズ・エッジ》ィィィィ――――ッ‼」

「落ち着いて……！　どうか、落ち着いてください……っ‼」

院長の声には悲痛な感情が込められていた。

それに気づき、僕は我に返る。

原作では見たことがないくらいの《ブレイズ・エッジ》の連発。無茶をし過ぎてしまったのか、いつの間にか僕の両腕は激しく火傷《やけど》していた。

それでも、痛むのは腕ではなく心だった。

いや——痛みよりも混乱が勝《まさ》っている。

「なんで、そんな、どうして……っ⁉」

床に横たわるアイシャへ駆《か》け寄る。

血溜《ちだ》まりの中で仰向《あおむ》けに倒れるアイシャはぴくりとも動かなかった。代わりにアイシャの胸から流れ出る血がどんどん床に広がっていく。アイシャの命が、目に見えて零《こぼ》れ落ちていくような光景だった。

「こら……泣いちゃ、だめでしょ……」

ゆっくりと、青く染まりつつある唇を動かしてアイシャは言った。

いつの間にか僕の両目からはとめどなく涙《なみだ》が流れていた。

「ルークは、英雄になるんでしょ……？　だったら、こんなところで泣いてる場合じゃないよ……」

「でも、でも……っ‼」

「そんな顔、しないで……ルークらしくないよ」

アイシャは優しく微笑《ほほえ》みながら、僕を見た。

「私の分も、外の世界を見てきてね……学園に通って、色んな人と出会って、美味《おい》しいもの食べたり、珍しい経験をしたり……」

少しずつアイシャの声が小さくなっていく。

「それで……いつか、好きな人とお出かけしたり……」

「アイシャ……っ‼」

その好きな人が誰なのか、僕は知っている。

知っているからこそ慟哭《どうこく》した。

「もぉ……泣かないで、ってば……」

アイシャはまるで子供を見守る母のように、慈愛《じあい》に満ちた顔をした。

「最後くらい……いつものルークらしく、見送ってほしいなぁ……」

その言葉が最後だった。

アイシャの青褪《あおざ》めた唇から声が聞こえることはもう二度とない。

死んだ。

アイシャが……死んだ。

――どうして。

そんなはずがない……だって、アイシャはこれからも僕と一緒に行動するんだ。

レジェンド・オブ・スピリットに、こんな鬱展開は存在しないはずだ。

必死に頭を回し、この意味の分からない展開を本来のものに戻す方法を考える。

「そ、蘇生《そせい》！　蘇生すればいい‼」

「蘇生……？」

「そういう魔法があるだろ！　水属性の《リザレクション》だよ‼　あれを使えばアイシャを助け

られる‼」

名案だと思った。

けれど院長は静かに首を横に振る。

「そんな最上級の魔法を使える人なんて、この国にはいませんよ」

「じゃ、じゃあ、ライフの実だ！　ライフの実さえあれば……っ‼」

「……同じ話です」

院長は唇を引き結んだ。

前世で設定資料集を読んだ時のことを思い出す。……この世界には死人を蘇生させる方法が幾つかある。しかしいずれも死んだ直後しか通用しない。だからバトルの最中やバトルが終わった直後に死人が復活することはあっても、数年前に死んだ人物が急に蘇るような展開はなかった。

つまり……もう無理だった。

アイシャが生き返る術《すべ》は、ない。

嘘《うそ》だ……。

嘘だ、嘘だ、嘘だ、嘘だ、嘘だ、嘘だ、嘘だ、嘘だ、嘘だ、嘘だ、嘘だ、嘘だ、嘘だ、嘘だ、嘘だ、嘘だ――――っ⁉

「うわぁあああぁああああぁあああああああああああぁあぁぁぁあああああぁあああぁぁぁぁああぁぁぁぁああぁぁぁぁあああああああああッ⁉」

アイシャが死んだ。

その事実を受け止めきれず、僕は感情の奔流《ほんりゅう》を声にして吐《は》き出した。

「サラマンダー‼」

己《おのれ》の身に宿る精霊へ、僕は怒声《どせい》を浴びせる。

「どうして！　どうして助けてくれなかったんだッ‼　お前の力があれば、あの魔物を倒せるはずだろうッ⁉」

『た、助けた！　助けたのじゃ！　でも、あと一歩のところで届かなかったのじゃ‼』

「そんなわけないだろッ！　だって原作では問題なかったじゃないかッ‼」

『げ、げんさ……？　何を言っておるんじゃ、お主は……？』

言っても仕方のないことを言ってしまった。

『本当に、あと少しだったのじゃ。あと一歩、お主の剣が掠《かす》りでもしていれば……妾の炎があの魔物を焼き尽《つ》くしていたのじゃ』

「僕の、剣………？」

つまり、なんだ。

僕の剣が届かなかったことが全ての原因なのか。

その理由に……僕は心当たりがあった。

（……僕の、せいか）

頭を抱えて蹲《うずくま》る。

この悲惨《ひさん》な状況《じょうきょう》を生み出した人物は誰なのか……それを悟《さと》り、僕は涙を流した。

（僕のせいだ。……寂しそうなアイシャを見て、剣の素振りよりも一緒にいることを優先した。それが駄目《だめ》だったんだ。……僕は原作のルークと比べて、剣の修行《しゅぎょう》が足りなかった）

よかれと思ってやったことだった。サボりたいわけじゃなかった。

でも、きっとこれが原因だ。

僕の努力が不足して、剣の腕が足りなかった。

（サラマンダーでもない、院長でもない、魔物ですらない。アイシャを死なせてしまった理由は――――僕だ）

なんてことはない、極《きわ》めて単純なことだった。

全ては僕の実力が足りなかったせい。

――原作のルークより、僕が弱かったのだ。

ただそれだけのこと。

それだけのことで……アイシャは死んでしまったのだ。

「うぅ、おえぇぇぇぇぇ……っ!!」

『き、気負うでない。今回のことは、お主だけの責任ではないのじゃ』

涙と吐瀉物《としゃぶつ》まみれになった僕に、サラマンダーは優しい言葉を掛けてくれた。

でも……違う。

サラマンダーは知らないだけだ。

本来ならアイシャはここで死ぬはずがなかった。本来ならルークがアイシャを守るはずだった。アイシャはこれからもルークと一緒に旅をして、甘酸《あまず》っぱい青春と、壮大《そうだい》な冒険《ぼうけん》を繰《く》り広げるはずだった。

なのに、全部――――消えた。

在るはずだったアイシャの未来を、僕が潰《つぶ》してしまった。

アイシャも、院長も、サラマンダーも、原作と異なる行動はしていない。

僕だけだ。僕だけが在るべき姿から離《はな》れてしまった。

だからアイシャは最後にこう言ったのだ。

ルークらしくないよ――と。

「ごめん、ごめん……アイシャ、ごめん……っ‼」

僕が僕だったせいで。

僕がルークじゃなかったせいで。

君を死なせてしまった。

八つ当たりしてしまったのに、サラマンダーは僕のことを心配していた。

ああ――僕はなんて馬鹿だったのだろう。

『ルーク……』

ルークは主人公なのだ。熱くて、強くて、努力家で、皆《みな》を引っ張っていくような英雄の如《ごと》き存在。……そんな偉大《いだい》な英雄を、僕のような凡人が務められるはずもない。

なのに僕は気楽に生きていた。素振りはどのくらいしたらいいんだろう、とか。チュートリアルにしては強かったな、とか。自分が主人公の座についているからといって、それだけで何もかもが上手《うま》くいくと思い込んで楽観的に過ごしていた。

ゲームのキャラクターに転生したからといって、そのキャラクターと全く同じ生き方ができるとは限らない。転生したところで僕は僕、ルークはルークなのだ。

——これからどうなる？

これから僕はどうしたらいい？

きっと今後も同じような事件に巻き込まれることがあるだろう。

負けられない戦い。失敗してはならない状況。……下手を打つと仲間が死ぬ。そんな展開に数え切れないほど直面するはずだ。

——逃げたい。

僕のようなモブに、主人公という責任はあまりにも重たすぎた。

背中にのし掛かる重大な責任を実感した今、恐怖《きようふ》のあまり震《ふる》えてしまう。

酷《ひど》い。あまりにも惨《むご》い。

耐《た》えられるのか？　僕に？　ただの凡人だった僕に……？

耐えられるはずがない……!!

「……それでも」

震えた声が口から零れる。

——それでも、やるしかない。

だって、ルークが挫《くじ》けたら、この物語は終わってしまうのだから。

ルークが助けないと死んでしまう人がいる。ルークが守らなければ滅《ほろ》んでしまうものがある。

それらを救ってみせるのが、ルークになった僕の使命だ。

何もしなければ——もっと多くの人が死んでしまう。

「強く、ならなきゃ……」

涙で視界が滲《にじ》む。

口の中が吐瀉物の酸っぱさでいっぱいだ。

こんな主人公がいてたまるものか。

このままでは駄目なのだ。

「僕は……強くならないと、いけないんだ……」

これは義務である。

ルークに転生した僕は、ルークの生き様を背負わなければならない。

僕には、英雄になる義務がある。

——全てを捧《ささ》げよう。

僕が僕としてこの世界で生きる必要なんてない。この世界が求めているのは、ルークであって僕ではないのだ。僕のような凡人が自我を出せば、その分だけアイシャのような被害者《ひがいしゃ》が出る。

だから、全部捧げる。

凡人が主人公になるためには、手段なんて選んでいられない。

鍛《きた》えろ。

身体も心も今のままでは不十分。死すら厭《いと》わないほどの、地獄の苦しみすら凌《りょう》駕《が》するほどの壮絶《そうぜつ》な努力を己に課すべきだ。

演じろ。

あの熱い男を、誰よりも純粋に英雄を志すルークという少年を。彼の人格を模倣《もほう》して、彼の生き様こそが正しいのだと心の底から思う必要がある。

誓《ちか》え。

知略を尽くし、周りのありとあらゆる環境《かんきょう》を駆使《くし》して、本物のルークの背中を追い続けるべきだ。貪欲《どんよく》に、一途に、彼になることを目指せ。

「……サラマンダー。僕の名は、なんだ」

『な、なんじゃ、急に。……お主は、ルークじゃ』

「そうだ」

それこそが僕の核《かく》。

この世界における、僕の使命。

貫くべき意志そのもの。

今、この瞬間から、僕は僕であることを捨てる。

仮面を被《かぶ》れ。

演じてみせろ。

英雄を、主人公を、ルークを――――‼

「俺は……ルーク＝ヴェンテーマだ…………ッ‼」

これは、前世で凡人だった僕が、死に物狂いで最強の英雄を演じる物語。

その序章が今――幕を開けた。

◆

程なくして、リメール村を襲った全ての魔物が退けられた。

辺鄙《へんぴ》な村の住人たちは、都会からの助けを期待できない分、危機に陥《おちい》っても最後まで冷静さを保っていた。彼らの臨機応変な行動が村の被害を最小限に留《とど》めたのだ。

しかし決め手となったのはやはりあの炎の剣を手にした少年だろう。彼の振るう剣で多くの魔物は討伐された。その姿を観察していた男は、村から離れながら上司に連絡《れんらく》を取る。

「申し訳ございません、失敗しました」

『失敗だと？』

「サラマンダーが契約を交わしました」

『馬鹿な……陛下以外にも、四大精霊と契約できる者がいたのか⁉』

「分かりません。ただ、契約した少年はヴェンテーマの者のようです」

舌打ちが聞こえる。

『魔導王《まどうおう》シグルス……つくづく運のいい奴《やつ》め』

世界大戦で活躍《かつやく》した英雄の名を、上司は口にした。

魔導王シグルス……魔法を極めた果てに運勢を操《あやつ》る術を手にしたという噂を聞いたことがある。眉《まゆ》唾《つば》だと思っていたが、事実の可能性が浮上《ふじょう》してきた。

「契約者を殺しますか？」

『……いや、精霊の契約者を殺すと厄介《やっかい》なことが起きる。四大精霊ともなれば、その規模は計り知れん』

そうだった、と男は思い出した。

だから契約する前に確保したかったのだ。精霊は一度契約してしまうと引き剥《は》がすのが難しくなる。

『一度撤退《てったい》しろ』

「よろしいのですか？」

『ああ、プランを変更《へんこう》する。幸いその国にはもう一体の標的がいるからな』

上司は新たな指令を下す。

『王都に眠《ねむ》る風の四大精霊――シルフを捕獲《ほかく》せよ』

一章　偽物《にせもの》の主人公

アイシャが死んでから三日が経《た》った。

あの時の光景は今でも目に焼き付いている。僕《ぼく》の名を口にしながら、血を噴《ふ》き出す少女の姿……きっとアイシャは最後まで僕のことを信じていたのだろう。でも僕はその信頼《しんらい》を裏切った。

アイシャの墓は孤児院《こじいん》の裏に作られた。村には墓地もあるが、アイシャはああ見えて寂《さび》しがり屋でもあったため、ここの方が喜ぶだろうという僕と院長の計らいだ。

墓の前に、僕は一輪の花を置いた。

それは以前、アイシャとのピクニックで足を運んだ湖の畔《ほとり》に咲《さ》いていた花だった。アイシャがその花を見て「綺麗《きれい》」と言っていたことを思い出し、持ってきたのだ。

……ピクニックなんて、するべきじゃなかった。

あの時、僕はもっと剣《けん》の腕《うで》を磨《みが》くべきだったのだ。

そうすればきっとアイシャが死ぬことはなかった。

「旅立つのですね」

背後から声を掛《か》けられる。

振《ふ》り返ると、そこには院長がいた。

「……ああ」

「一人でも行くのですか」

「一人じゃないさ」

僕は首元にある、スカーフのように巻いている黒いリボンに触《ふ》れた。

「ここに――アイシャもいる」

この黒いリボンは、アイシャが愛用していたもの……形見だ。

ここに彼女《かのじょ》の魂《たましい》はある。一緒《いっしょ》に連れて行くことができると、僕は告げる。

「……ルークは、強いですね」

そうさ、ルークは強い。僕と違《ちが》って。

本音を言えば、僕はまだ全然立ち直れていなかった。しばらく孤児院で塞《ふさ》ぎ込《こ》んでいたかった。色んな人に慰《なぐさ》めてほしかった。……でもルークならそんなことはしない。ルークなら悲しみを背負った上で前を向く。だから僕も足を止めないことにしたのだ。

「行ってらっしゃい……ルーク、アイシャ」

二人分の行ってらっしゃいを受けて、僕は村を出た。

左腰《こし》には新品の剣、背負っている小さな鞄《かばん》の中には数日分の食事とお金が入っている。どちらも院長が僕らの旅立ちのために用意してくれたものだった。

お金と食料はアイシャの分も入っていた。その重たさを噛《か》み締《し》めるように、僕は一歩一歩と前に進む。

「サラマンダー、起きてる？」

『うむ！　妾《わらわ》は元気いっぱいなのじゃ！』

あどけない少女の声が頭に響《ひび》いた。

「気を使ってくれてありがとう。でも、もう平気だから」

『う……そ、それなら最初からそう言うのじゃ』

可愛《かわい》い。流石《さすが》はキャラクター人気投票で何回か一位を獲《と》っただけある。

アイシャが死んだ時、僕はサラマンダーに八つ当たりをしてしまった。後日その件について謝罪した時もサラマンダーは『誰《だれ》だってそうなるものじゃ』と優《やさ》しい言葉で許してくれた。彼女の心の広さはとてもありがたい。

「サラマンダーは、契約《けいやく》を交《か》わす前から僕の中にいたんだよね？」

『うむ。いつかは分からんが、気がついた頃《ころ》にはお主の中におったからのう。とはいえ、意識がはっきりしたのは契約を交わす十日くらい前じゃから、昔のことは殆《ほとん》ど覚えておらんのじゃ！』

僕が前世の記憶《きおく》を思い出したのは五日前。それまでは本来のルークだった。……となればサラマンダーは僕だけでなく本来のルークのことも知っている。

『一つ気になっているのじゃが……どっちがお主の素《す》なのじゃ？』

サラマンダーが訊《き》いた。

『お主には二つの顔がある。妙《みょう》に自信満々で男らしい顔と、今みたいに……その、ちょっぴり暗い感じの顔じゃ。どちらが本来のお主なのじゃ？』

その問いに僕は即答《そくとう》できなかった。

僕はルークにならなくちゃいけない。やがて英雄《えいゆう》となるあの男に。……だからここは前者と答えるべきなのだが、相手がサラマンダーだと少し事情が変わる。

（……しばらくすれば、僕とサラマンダーはお互《たが》いに心を読むことができる間柄《あいだがら》になる）

人と精霊《せいれい》は、契約することで徐々《じょじょ》に関係が密接になっていくものだ。

いずれ僕たちは以心伝心の関係になる。といっても頭の中で考えていることが一言一句伝わるというほどではない。ただ、嘘《うそ》はつけなくなる。

仮にここで嘘をついたところで、その時になればバレてしまうわけだ。

それならいっそ——最初から事実を伝えた方がいい。

「……こっちが素だよ」

僕は申し訳ない気持ちと共に答えた。

「ごめんね、サラマンダー。ネガティブな方が本性《ほんしょう》で」

『いや、よい。むしろ妾はそっちの方が好きじゃ』

「え？」

『あくまで妾の感性じゃが……正直、自信満々な方は気味が悪かったのじゃ。何があっても凹《へこ》まないし、何があっても前向きで……熱血漢と言えば聞こえはよいが、完璧《かんぺき》すぎて偶《たま》に人間味がないように感じた』

僕がルークになる前の頃……ルークが本来のルークであった頃の姿を、サラマンダーはそのように解釈《かいしゃく》していたらしい。

（そういえば、原作のサラマンダーはもうちょっとルークに対して冷たかったような……）

不思議なことだが、原作よりも今のサラマンダーの方が好意的に接してくれている気がする。

そんなこと、本当にあるのだろうか……？

本物のルークと比べて、僕はこんなにも情けない男だというのに。

『妾は人間が好きじゃ。……悩《なや》み、苦しみ、それでも前を向こうとするお主は、妾の好きな人間そのものじゃった。だからこそ、妾はお主の力になりたいと思うのじゃ』

「……ありがとう。そう言ってくれると嬉《うれ》しいよ」

本心から僕は告げる。

「でも、僕の本性については絶対に誰にも言わないでくれ」

『何故《なぜ》じゃ？』

「僕がルークだからだ」

『？』

不思議そうにするサラマンダーへ、僕は己《おのれ》の覚悟《かくご》を伝える。

「ルークは弱音を吐《は》かない。ルークはいつだって太陽みたいに明るくて、皆《みな》の拠《よ》り所となるような熱い男なんだ。……僕は、そうならなくちゃいけない」

アイシャが死んだ理由を忘れるな。

彼女が死んでしまった理由は、僕がルークになりきれなかったせいだ。

皆を救えるのは僕ではなくルークである。

我欲を消せ。ルークに近づけ。そして英雄になるのだ。

ならなければ大勢が死ぬ。

「あの自信に満ちた男でなきゃ、救えない人がいるんだ。だから内緒《ないしょ》にしてくれ」

『ううむ……お主がそこまで言うなら、分かったのじゃ』

まあ、基本的に精霊の姿は視認できないし、その声も契約者にしか聞こえないためサラマンダーが僕の秘密を暴露《ばくろ》する心配はないだろう。とはいえサラマンダーには別の姿があるため今のうちから注意してもらいたかった。

本物のルークでなければ、救えない人は大勢いる。

実際、素の僕が原作のルークみたいに誰かを助けるのは、客観的に滑稽《こっけい》である。

なんかナヨナヨした人に助けられたな……そんなふうに思われるのが関の山だ。助けたところで信頼までは掴《つか》み取れない。

人間味が疑われるなら――もっと上手《うま》く演《や》ればいいだけのこと。

工夫次第《くふうしだい》でどうにでもなる。

「さて、じゃあ今後の方針についてなんだけど……」

『王都へ行くのじゃな？』

「いや、その前に寄り道しようと思う」

原作の流れだと、この後は王都に向かってシグルス王立魔法《まほう》学園の受験を受けることになる。

しかし受験の開始まで一ヶ月の猶予《ゆうよ》がある。そこで僕は、原作にはない予定を入れた。

「ええっと、確かこの辺りに……あ、見つけた」

僕は獣道《けものみち》を進んで目当ての場所に到着《とうちゃく》した。

『これは……洞窟《どうくつ》か？』

「うん。本来なら一年後に来る予定の場所なんだけど……」

目の前には薄暗《うすぐら》い洞窟の入り口があった。

肌寒《はだざむ》い風が吹《ふ》き抜《ぬ》ける。

『……強力な魔物の気配がするのじゃ』

「そうだね。アイシャを殺した魔物と同じくらい強いやつが、ここにはたくさんいる」

『そ、それは、危険ではないか……？』

「それが狙《ねら》いだよ」

旅立つ直前、ふと疑問を抱《いだ》いたことがある。

僕は原作のルークに近づきたいと思っている。その願いは、原作のルークを真似《まね》するだけで叶《かな》うのだろうか？

答えはきっと――否《いな》だ。

何故なら、僕とルークはあまりにも在り方が違いすぎる。

僕は原作のルークと違って、ネガティブだし、根性もないし、行動力もない。

そんな僕がルークになりきるためには、ルークの真似をするだけでは駄目《だめ》だと思う。あの圧倒《あっとう》的な心身の強靱《きょうじん》さを手に入れるには、過酷《かこく》な環境《かんきょう》に身を置くのが一番だと考えた。

僕にはルークのような強さがない。

だから、ルークよりも鍛《きた》えなければならない。

「――今から一ヶ月、ここで修行《しゅぎょう》する」

もう二度とアイシャのような犠牲者《ぎせいしゃ》は出さない。

そのためなら幾《いく》らでも地獄《じごく》を乗り越《こ》えてみせる。

シグルス王立魔法学園の入学試験は一ヶ月後。

それまでに僕は――今よりずっと強くなる必要がある。

◆

レジェンド・オブ・スピリットには、学生編と英雄編の二つがある。

学生編では、主人公のルークが学園に通いながら仲間や精霊と巡《めぐ》り合い、徐々に大いなる力を身に付けていく。学生という身分でありながら様々な事件に首を突《つ》っ込み、国の要職につく者たちから認知されていくといった成り上がりのストーリーは現代の王道と言ってもいいだろう。

僕たちが足を踏《ふ》み入れた洞窟は、本来なら学生編の中盤《ちゅうばん》に向かうダンジョンである。

このダンジョンのいいところは多種多様な魔物が棲息《せいそく》していることだ。下層の方へ向かえば今の僕たちでは瞬殺《しゅんさつ》されるほどの強敵が潜《ひそ》んでいるが、上層の方なら辛《かろ》うじて倒《たお》せる魔物もいる。その辛うじて倒せる程度の魔物だけを標的にする予定だ。

「サラマンダー、灯《あか》りを出せる？」

『任せるのじゃ！』

僕の隣《となり》に明るい火の玉が浮《う》かぶ。

真っ暗な洞窟の中が鮮明《せんめい》に見えるようになった。

『……入り組んでいるのじゃ』

「大丈夫《だいじょうぶ》。視界さえ確保できれば道は分かるよ」

学園の入学試験までたったの一ヶ月しかない。

時間が惜《お》しいので、さっさと魔物が密集している深部まで向かう。

「この先に魔物がいるけど、かなり狭《せま》くて戦いにくいから迂回《うかい》しよう」

『……何故、そんなことを知っておるのじゃ？』

原作の知識があるからです。

とは言えないので、僕は嘘をつくことにした。

「実は僕、未来予知の能力に目覚めたんだ」

『な、なんじゃとっ⁉　凄《すご》いではないかっ⁉』

なんで信じてくれるんだろう……。

適当に誤魔化《ごまか》すつもりだったが思ったよりも純粋《じゅんすい》に騙《だま》されてくれたので、それ以上の説明はしないで済んだ。

いつかこの嘘もバレるかもしれない。けれどこれだけは多分、最後まで誤魔化しておいた方がいい。僕がルークの身体《からだ》を乗っ取っていると発覚すれば、サラマンダーを含《ふく》め誰も僕に力を貸してくれなくなる可能性があるから。

多分、嘘であることがバレたとしても、詳細《しょうさい》を説明しなければ大丈夫だ。

ルーク＝ヴェンテーマの本性はどっちか？　という問い掛けは答えが二択《たく》に絞《しぼ》られるため、嘘がバレた時点で真の正解も発覚してしまう。けれどこちらの問題は、未来予知が嘘だとバレても、その先の説明をひたすら誤魔化せばなんとかなる。……というか、なんとかするしかない。

サラマンダーに不審《ふしん》がられないよう原作知識を使わずに過ごすことも考えたが、脆弱《ぜいじゃく》な僕はありとあらゆる手段を駆使《くし》しなければルークに追いつけない。原作知識はルークにはない僕ならではの貴重な武器で、僕がルークに追いつくための決定的な切っ掛けと成り得る。ここはリスクを取ってでも原作知識を使う方針を選んだ。

できるだけ戦いに不利な地形を避《さ》けて進む。

歩きながら、僕は修行の具体的な方針をサラマンダーと擦《す》り合わせることにした。

「サラマンダー、今の僕だと《ブレイズ・エッジ》は何回使える？」

『うーむ……全力で発動すれば二回、加減すれば五回くらいは使えると思うのじゃ』

その回答を聞いて、僕は二つの事柄《ことがら》を知った。

一つは僕の魔力量。ゲームでよく見るＭＰみたいなものだ。僕は《ブレイズ・エッジ》の消費魔力を知っているので、僕自身の魔力量も大体把握《はあく》できた。平均より少し上といったところだろう。

もう一つは――。

（……加減なんてシステム、ゲームにはなかったな）

やっぱりこの世界は現実なのだということ。

ゲームでは、《ブレイズ・エッジ》を加減して発動することで燃費を抑《おさ》えるなんてコマンドは存在しない。

この世界はゲームよりも工夫の余地がある。

そこに僕は光明を見出《みいだ》した。

「まずは魔力量を伸《の》ばす。そのためにも、とにかく魔物を倒そう」

『魔素を吸収するのじゃな』

魔物を倒したら、その身体から魔力の源である魔素が噴き出る。

その時、近くにいれば流出した魔素を吸収することができ、魔力量を向上できるのだ。

ちなみに、自分よりも魔力を持っている魔物――つまり格上の魔物を倒すと、魔素の吸収効率が高くなる。だから僕は手頃《てごろ》な格上がいるこのダンジョンに入ったのだ。

「それから、できれば魔法を習得したい」

『魔法？　……わ、妾の精霊術だけでは心許《こころもと》ないのじゃ……？』

「そういうわけじゃないよ。ただ、戦いの選択肢《せんたくし》を増やしたいんだ」

しょんぼりしたサラマンダーに僕は苦笑《くしょう》して答える。

同時に、僕はサラマンダーに改めて確認したいことができた。

「サラマンダー、僕が魔法を習得することは可能なんだよね？」

『む？　……まあ、精霊術を使えるなら習得はできると思うのじゃ』

やっぱりそうか。

期待通りの回答を聞くことができた。

（原作のルークは魔法を習得しなかった。でも設定上、習得できないわけじゃない）

この世界には幾つかの超常《ちょうじょう》の能力がある。

魔法は一番オーソドックスなもので、体内にある魔力を消費することで発動できる技《わざ》だ。精霊術は精霊の力を借りて発動する技である。他にも氣《き》とか呪術《じゅじゅつ》とか色々あり、ゲームのシステムではこれらが一纏《ひとまと》めにスキルとして扱《あつか》われていた。

原作のルークが獲得《かくとく》するスキルは精霊術のみだった。

しかし魔法や精霊術といったスキルは、実は原理が大体同じなのだ。

たとえば精霊術。精霊は魔力生命体とも呼ばれており、その名の通り身体が魔力で構築されている。精霊術とは言うなれば、自分の魔力だけでなく、精霊の魔力も借りて発動する魔法だ。氣は大地から魔力を借りて、呪術は物から魔力を借りる。

　原理が同じであるなら、応用もできるはず。

　精霊術が使えるルークなら、魔法も使えたっておかしくない。そう思った。

（僕は原作のルークよりも弱い。だから、原作よりも色んなスキルを身に付ける必要がある）

　僕の中には仮説がある。

　ルークは剣の天才であると同時に、精霊術に関しても天才と呼ばれていた。

　それなら――ルークは魔法の天才でもあるかもしれない。

　この仮説が正しければ、僕が本物のルークに近づくための選択肢はぐっと広がる。

　試《ため》す価値はあるだろう。

『しかし、独学で魔法を覚えるのは難しいことなのじゃ』

「そこはまあ……試行錯誤《さくご》していくしかないね」

　原作のルークは魔法を学ばない。だから誰に教わればいいのかも分からない。

　どのみち今、優先するべきは魔力量の底上げだ。魔力量が少ないと魔法の練習もままならない。

『む!?　何かが来るのじゃ!?』

　サラマンダーが叫《さけ》んだ。

　直後、洞窟の横穴から悍《おぞ》ましい魔物がやって来る。小さな足音とは裏腹に、姿を見せたのは僕の二倍の背丈《せたけ》はありそうな巨大《きょだい》なカマキリだった。

「デス・マンティス、こんな浅いところで出るなんて……ッ!?」

いきなり中ボス級の魔物が現れた。

標的にする予定だった魔物の数倍は強い。想定外の脅威《きょうい》を目《ま》の当たりにして、僕は思わず固まってしまう。

『ルーク、避《よ》けるのじゃッ‼』

サラマンダーの言葉が、固まっていた僕の身体を動かした。

迫《せま》り来る鋭利《えいり》な鎌《かま》。紙一重《かみひとえ》でそれを避けた僕は、己の情けなさに激しい怒《いか》りを覚える。

(これだ、これが僕とルークの差だ。……僕は心が弱い‼)

次いで横に薙《な》ぎ払《はら》われた鎌を、僕は剣の刀身で受け止めた。

微《かす》かでも力を緩《ゆる》めれば胴体《どうたい》を真っ二つに斬《き》られる。その恐怖《きょうふ》が火事場の馬鹿力《ばかぢから》を起こした。

「おおぉおぉおぉおぉお――――ッ‼」

鎌を剣で弾《はじ》き、デス・マンティスと距離《きょり》を取る。

柄《つか》が掌《てのひら》に吸い付いた。まるで身体の一部であるかのように剣を自在に振るうことができる。ルークが生まれ持った剣の才能は、僕の中でも正しく機能していた。

そうだ――やっぱりルークは才能の塊《かたまり》なのだ。

僕がその才能を使いこなせさえすれば、誰にも負けない。

「サラマンダー‼　こいつを倒すぞッ‼」

『む、無理じゃ‼　いくらなんでも格上が過ぎるのじゃッ‼』

「それでもやるんだ！」

心の強さが足りないことは自覚している。

だからこそ、退《ひ》かない。

「このくらい倒せないと――僕はルークになれないッ‼」

地獄のような修行が始まった。

◆

修行を始めてから一週間が経った。

今日も、いつもと同じように大量の魔物と戦う。

『増援《ぞうえん》じゃ！　デス・マンティスが四体‼』

「分かった！」

岩の巨人のような魔物――タイタン・ゴーレムを倒した直後、僕は複数のデス・マンティスに囲まれていることに気づいた。

だが焦《あせ》る必要はない。瞬時に体勢を整えた僕は、一番近い位置にいたデス・マンティスへ接近した。

鋭《するど》い鎌が振り下ろされるが、剣で受け流して懐《ふところ》に潜《もぐ》り込む。

『荒《あ》れ狂《くる》う炎《ほのお》よ‼』

「邪悪《じゃあく》を切り裂《さ》く刃《やいば》と化せッ‼」

刀身に、炎が宿る。

「――《ブレイズ・エッジ》ッ‼」

横薙ぎに炎の一閃《いっせん》を放つ。

そのまま身体を翻《ひるがえ》し、連続で《ブレイズ・エッジ》を繰《く》り出した。二体目のデス・マンティスがこちらに向かって鎌を突き出していたが、炎の剣がその鎌をバターのように溶《と》かして裂く。

半歩下がって三体目の鎌を避け、また懐に潜り込んでは《ブレイズ・エッジ》を叩《たた》き込んだ。剣に灯《とも》る炎を維持《いじ》しながら、残る一体の細い首を焼き斬る。

「……これで全部かな」

他の魔物の気配は感じない。

辺り一帯の魔物を全《すべ》て倒した僕は、静かに呼吸を整える。

「全力で四連続使ったけど、まだ余裕《よゆう》があるね」

『うむ。恐《おそ》ろしい伸びしろなのじゃ』

サラマンダーも認めるほどの劇的な成長っぷりだった。

以前は全力の《ブレイズ・エッジ》を二発までしか使えなかったが、今なら十回は発動できる。魔力量は五倍以上に伸びているはずだ。

幾度《いくど》となく生死の境を越えてきた甲斐《かい》はあったようだ。

最初は緊張《きんちょう》のあまり硬直《こうちょく》してしまったデス・マンティスも、今なら楽勝とまではいかないが普通《ふつう》に倒せる。

(我ながら、確実に成長している。でも……)

油断するな、油断するな、油断するな――――。

何度だって自分に言い聞かせる。その慢心《まんしん》で誰を失ったのか忘れてたまるものか。

「う、おぇ……っ」

吐き気を催《もよお》し、その場で蹲《うずくま》る。

戦いが終わった後、偶にこうなることがあった。……この一週間で僕は何度も死にそうな目に遭《あ》った。その時の恐怖が唐突《とうとつ》にフラッシュバックするのだ。

死の恐怖に晒《さら》されるのは何回経験したって慣れることはない。

僕の死は、ルークの死。即《すなわ》ちレジェンド・オブ・スピリットの死だ。そのプレッシャーは尋常《じんじょう》ではなく、戦いが終わって生きていることを実感する度《たび》に泣きそうになる。

『だ、大丈夫か、ルーク？　やはりもっと休んだ方が……』

「……休んでいる暇《ひま》なんかないよ。僕はまだ弱いんだから」

『しかし、それでこの前みたいに戦闘《せんとう》中に嘔吐《おうと》してしまったらマズいのじゃ』

あれは偶々だと思いたい。

最終的にはゲロを撒《ま》き散らしながら魔物を倒した。できれば記憶から消したい思い出だ。

『少し焦り過ぎではないか？　お主は既《すで》に十分すぎるくらい強くなっておる。同世代ならもう負けなしだと思うのじゃ』

「敵が同世代とは限らないよ」

『それは、そうじゃが……』

サラマンダーは沈黙《ちんもく》した。

少し頑《かたく》なな態度を取ってしまったかもしれない。サラマンダーは心配してくれただけなのに。

『ルークは、どこまで強くなりたいんじゃ？』

「それは……世界最強、かな」

『お、思ったよりも野心的だったのじゃ』

野心なんかではない。

ルークは世界最強になるのだ。そういう運命で、その運命によって多くの人が救われるのだ。

だから僕が世界最強を目指すのは義務である。

「サラマンダー、僕は世界最強の英雄にならなくちゃいけないんだ。だから、これからも手伝ってくれると嬉しい」

『うむ。……まあ、妾がいればその目標も現実味を帯びるのじゃ！　なにせ妾は四大精霊のサラマンダーなのじゃからな!!』

サラマンダーも僕が強くなること自体には賛成してくれているらしい。

少し肩《かた》の力を抜くと、腹の虫が鳴った。

魔物と戦っていない時はほぼ無音の地下空間だ。空腹を報《しら》せる音は思ったよりも大きく聞こえた。

「そろそろ食料を補給しないと」

『また野草なのじゃ？』

「サラマンダーが焼いてくれるから食べやすいよ」

『……そんなのばかり食べているから、吐きやすいのではないか？』

一度地上に戻《もど》って食べられるものを探してこよう。

そう思った直後――遠くから絹を裂くような声が聞こえた。

「今の、聞こえた？」

『うむ！　悲鳴なのじゃ!!』

ストレスによる幻聴《げんちょう》ではなかったようだ。

ここは大して有名なダンジョンでもない。まさか僕たち以外にこのダンジョンに潜っている人がいるとは思いもしなかった。

急いで悲鳴がした場所へ向かう。

地面に転がっている松明《たいまつ》の明かりが見えた。その先に、デス・マンティスに襲《おそ》われている女性が見える。

『ルーク、魔力の限界が近いのじゃ！　無茶だけはしてはならんぞッ‼』

「ああ‼」

サラマンダーの忠告に僕は頷《うなず》いたが——仮に魔力が空っぽだとしても、僕はあの人を助けようとしていただろう。

ルークは困っている人を見過ごさない。

誰かが傷つこうとしている時、ルークは絶対に助けようとする。

「サラマンダー、新技‼」

『うむッ‼』

僕はルークの意志を継《つ》いでいる。

あの熱い魂が、僕の背中を押《お》してくれる。

『気高き炎よ‼』

「疾風《はやて》に乗って空を射貫《いぬ》け‼」

その場で立ち止まった僕は、炎を纏った剣を構え、鋭い突きを繰り出した。

「――《ブレイズ・ストライク》ッ‼」

炎の閃光《せんこう》が空を駆《か》る。

ルークが覚える第二のスキル――《ブレイズ・ストライク》。それは輝《かがや》く炎を一点に集中させ、突き共に放つ遠距離攻撃《こうげき》だ。

突き進む炎の閃光は、魔物の巨躯《きょく》を穿《うが》つ。

魔物は悲鳴をあげて倒れた。

地べたで尻餅《しりもち》をついている女性のもとへ、僕は向かう。

「だ、大丈夫で――」

すんでのところで口を閉《と》ざした。

違う。

ルークならこんな不安そうに声を掛けない。

もっと自信満々に、堂々と、頼《たの》もしい声色で――。

「――大丈夫か？」

まるで声に炎が灯《とも》っているかのようだった。

薄暗い洞窟の中で、道標《みちしるべ》となるような芯《しん》のある声が自分の口から出た。その声を聞いて、女性は危機が去ったことを実感したのか、安堵《あんど》に胸を撫《な》で下ろす。

「……うん、ありがとう。助かったわ」

自分のことで精一杯《せいいっぱい》だった僕は、その時、初めて彼女の姿を正面から見た。

瞬間――絶句する。

（どうして、この人がこんなところに………!?）

ポニーテールにまとめた橙《だいだいいろ》色の髪《かみ》に、円《つぶ》らな栗色《くりいろ》の瞳《ひとみ》。宝石を埋《う》め込んだ茶色い杖《つえ》に、少し大きめである紺色《こんいろ》の外套《がいとう》。

その女性は僕の知っている人物だった。

だが、こんなところで出会うはずがない。本来、彼女と出会うのは五年後のはずだが――。

いや、待て。

これはチャンスだ。

事情は分からないが、これは天から降ってきたとんでもない幸運だと気づく。

頭を必死に回転させる僕を他所《よそ》に、女性は立ち上がって手を差し伸べた。

「私はアニタ＝ルーカス。冒険者《ぼうけんしゃ》よ」

英雄編で出会うことになる、ヒロインの一人――アニタ＝ルーカス。

彼女は、天才魔法使いである。

◆

「ルーク＝ヴェンテーマだ」

差し出された手を握《にぎ》り返し、握手《あくしゅ》を交わす。

するとアニタさんは、僕の顔を真《ま》っ直《す》ぐ見つめて、

「……子供」

そんなことを呟《つぶや》いた。

「侮《あなど》られる筋合いはないと思うが？」

「あ、ごめんね、そんなつもりはなくて。ここは危険な場所だし、それにさっきの魔法も凄い威力《いりょく》だったから、まさか子供だとは思わなくて……」

「見たところアニタも子供のうちに入ると思うが」

「失敬な！　私はもう十八歳《さい》！　十分大人です〜っ‼」

この世界では十八歳からが成人だ。

しかし成人になりたてほやほやの人間が大人かというと、そうとは限らないだろう。見た目も子供っぽいし。

——アニタ＝ルーカス。

彼女はいわゆる強キャラの一人である。

原作のルークは学園を卒業した後、冒険者として世界を渡《わた》り歩く彼女と出会い、その実力に脱帽《だつぼう》する。アニタは世界でも名の知れた冒険者であり、水属性の魔法なら彼女の右に出る者はいないとまで言わしめるほどだ。

とはいえ、今のアニタさんはまだそこまで有名な冒険者ではない。

本来出会うはずだった五年後の彼女は、その胸元《むなもと》にSランク冒険者の証《あかし》である銀色の首飾《くびかざ》りをしている。しかし今はその首飾りをしていなかった。

18!

さながら名を上げる直前といったところか。

どうやら僕は、とんでもない時期の彼女と出会ってしまったらしい。

「君はもうちょっと年上を敬いなさい。ほら、敬語も使って」

「悪いな、敬語は苦手なんだ」

嘘です。本当は敬語の方が話しやすいくらいです。

でもルークは敬語を使わない。英雄を夢見て剣ばかり振っていたルークは、がさつで、少々荒っぽくて——だからこそ人を惹《ひ》きつけるのだ。

「まあいっか、恩人だし」

アニタさんもそこまで本気で言ったわけではなかったのか、すぐに納得《なっとく》した。

ふと、アニタさんが僕の身体をまじまじと見つめる。

「よく見れば色んなところを怪我《けが》してるわね。診《み》せて」

この一週間の修行は過酷だった。怪我なんてもう数え切れないくらいしている。村を出る際に院長から貰《もら》った傷薬もすっかり底をついていた。

アニタさんは僕に近づき、一通り怪我の状態を確認してから一歩離《はな》れた。

「——《キュア》」

アニタさんの掌に水蒸気のようなものが集まり、それが僕の身体に向けて散布される。

身体が淡《あわ》い水色の光を灯し、全身の怪我があっという間に治療《ちりょう》された。

水属性の回復魔法《キュア》だ。軽傷を治療する魔法である。

その魔法を見て、僕は決意と共に口を開いた。

「アニタ、頼みたいことがある」

「頼み？」

「俺《おれ》に魔法を教えてほしい。特に今使ったような水属性の回復魔法だ」

そう言うと、アニタさんは神妙《しんみよう》な面持《おもも》ちをした。

「ふーん。……実は私、これでも地元じゃそこそこ有名な魔法使いだから、そういう頼み事をされるのは結構慣れているのよねぇ」

「だろうな。俺の知っている《キュア》は、こんなに一瞬で傷が治るものじゃない」

「まあね～」

ルークがアニタの回復魔法を称賛《しようさん》するやり取りは、本来なら五年後に行われるものである。

「で、こういう時に必ず尋《たず》ねていることがあるの。……なんで魔法を学びたいの？」

アニタさんは真剣な表情で訊いた。

僕は、ルークの言葉で答える。

「一ヶ月後に、シグルス王立魔法学園の入学試験があるんだ」

「そういえばもうそんな時期ね。私も去年まで通っていたのよ」

知っている。

彼女は僕の先輩《せんぱい》でもある人だ。

「俺はその入学試験に、どうしても合格したい」

「へぇ。……学園で何をしたいの？」

「俺の名を轟《とどろ》かせる」

首を傾《かし》げるアニタさんに、僕は続けて言った。

「俺は――英雄になりたいんだ」

ルークの意志。

英雄になりたいという願望を、僕は伝える。

「英雄……？」

「ああ。御伽噺《おとぎばなし》の勇者のように、世界大戦を終わらせた魔導王シグルスのように……俺は、いつか俺の名を世界中に届かせてみせる。学園への入学はその第一歩だ」

「……魔導王シグルスが、世界大戦を終わらせて十年が経った。今の平和な時代に英雄なんて必要あるかな？」

「あるさ。だって、さっきアニタは俺に助けられた」

アニタは微かに目を見開いた。

「時代なんて関係ない。いつも、どこかで、誰かが助けを求めている。俺はそれを必ず助けられるようにしたいんだ。……その先にあるのが、俺の思う英雄だ」

これが――ルークの理念。

子供じみた発想かもしれない。けれどそれを本気で貫《つらぬ》こうとした時、人は驚《おどろ》くほどの強さを発揮する。

「……不思議。言ってること、めちゃくちゃなのに……何故か説得力がある」

当然だ。

だってルークの言葉なのだから。

ルークの顔で、ルークの心で、ルークの言葉を口にすれば、必ず相手に届くのだ。それが主人公の特権である。

同じ言葉でも僕が僕のまま伝えていたら、きっと理解されなかったに違いない。

「よし、分かった！　お姉さんが教えてあげましょう！」

「いいのか？」

「うん！　私は、私が納得したらそれ以上は一切《いっさい》気にしないことにしてるから。場合によっては悪人にだって魔法を教えちゃうよ〜？」

「俺は悪人じゃないけどな」

苦笑いすると、アニタさんは「それもそうだね」と笑った。

（まあ、本当はもう一つ理由があるんだけどね）

英雄になりたいというのは事実だ。

しかしそれは原作のルークの事情であって、今回ばかりは僕自身の事情も絡《から》んでいる。

――アイシャの代わりが必要だ。

僕が死なせてしまった幼馴染《おさななじ》みの少女アイシャは、実は原作では今後のバトルで必須《ひっす》級のキャラとなる回復役《ヒーラー》だった。回復系の魔法を使える者はそれだけ貴重なのだ。作中でもアイシャの他には数人程度しか出てこない。

アイシャが死んだ今、彼女の代わりに回復役を担《にな》う者が必要となる。

けれどそのアテがないし探す暇もない。だから僕自身が代わりを果たすことにした。

そもそもアイシャは今後数年間、僕と一緒に行動してくれるはずだったのだ。そんな彼女の代わりを務められる人なんていうわけがない。アニタさんも学園の中まではついてこられないし、僕自身でアイシャの役目を負うしかないのだ。

一応、原作のルークは水の四大精霊ウンディーネと契約することで、回復系の精霊術を使えるようになる。けれどそれはかなり先のことなので頼《たよ》りにはできない。

直近だと、入学試験の際に大きな戦いが起きる。

その時点でアイシャの穴埋《あなう》めとなる回復手段を用意できていないと――多分、詰《つ》みだ。

だからここでアニタさんと出会えたのは僥倖《ぎょうこう》だった。

彼女に回復魔法を教えてもらえれば、この懸念《けねん》は解消される。……最悪、王都で回復系のアイテムをしこたま購入《こうにゅう》して耐《た》え凌《しの》ぐ予定だったが、そんな不安定な手段は極力取りたくなかったので本当に助かった。

「でも、水属性でいいの？」

アニタさんが不思議そうに尋ねた。

「私を助ける時、火の魔法を使ってたよね？　私、火属性もまあまあ使えるから教えられるよ？」

「親切な提案はありがたいが、あれは魔法じゃなくて精霊術だ」

「精霊術っ⁉」

アニタは目を見開いた。

「ちょ、ちょちょちょ、ちょ――――っと待った！　じゃあなに⁉　君は精霊と契約しているの⁉」

「ああ」

「せ、精霊と契約なんて、国家魔導師の中でも一握りの人しかできないのに……⁉　その歳《とし》で⁉　魔法学園に入る前なのに……!?」

「ああ」

精霊が宿す魔力は、人間が体内に保有できる魔力と比べて純度が桁違《けたちが》いに高い。そのため精霊の力を借りる精霊術は、魔法よりも遥《はる》かに高い効果を発揮する。

故《ゆえ》にこの世界では、精霊と契約しているだけで一目置かれる。

国家直属のエリート魔法使いの集団……国家魔導師ですら精霊との契約は珍《めずら》しい。

裏を返せば、この世界で強いと称されている人間は大体精霊と契約しているわけだ。

「し、しかも、さっきのが精霊術だとしたら……相当高位の精霊と契約してるわね？」

「まあな」

流石に四大精霊のサラマンダーであることは内緒にしておこう。

アニタさんのことを信用していないわけではないが、言い触らされでもしたら身動きが取れなくなる可能性がある。

サラマンダーは火属性で最強の精霊だ。

つまり僕は火属性に関しては最強の潜在《せんざい》能力を持っていると言ってもいい。

「え、えっと、さっきは調子乗ってすみませんでした……私なんかより貴方《あなた》の方がよっぽど天才です」

「いや、謙《へりくだ》られても困るんだが……戦ったら多分、俺よりもアニタの方が強いだろ」

「まあそれはそうだけど」

動揺《どうよう》しているように見えたが、冷静さは残していたらしい。

現時点では僕よりもアニタさんの方が強い。

アニタさんは水属性だけではなく火属性の魔法も使える。そしてその二つを合成した霧《きり》属性は、レジェンド・オブ・スピリットの中でも彼女だけが使える極《きわ》めて強力な魔法だ。

普段は天真爛漫《てんしんらんまん》であるアニタさんの最終奥義《おうぎ》が、まさか霧の魔法で相手を錯乱《さくらん》させて暗殺するという作中屈指《くっし》の冷酷《れいこく》な技とは……プレイヤーの予想を色んな意味で超《こ》えていったヒロインである。

「でも、あれだけ強力な精霊術を使えるなら、ぶっちゃけ入学なんて簡単だと思うよ？　いっそ首席でも狙っちゃう？」

「首席か。いいな、そのつもりで鍛えてくれ」

ルークならこんなふうに答えるだろうな、と思いながら僕は告げた。

（実際、ルークは首席を狙っていたけど……なれなかったんだよね）

やるからには一番を目指すのがルークの性格だ。

しかし入学試験にはまた別のヒロインがいる。……彼女がかなり強いのだ。四大精霊のサラマンダーと契約しているルークを負かすほどに。

今の僕なら彼女に勝てるだろうか……？

「じゃあ早速《さっそく》、魔法を見てあげましょう！　まずは属性付与《ふよ》の練習ね！」

先のことばかり考えている余裕はないか。

ルークに魔法の才能もあればいいんだけど……そう思いながら僕は「よろしく頼む」と頷いた。

◆

「アニタ」

焚《た》き火の用意をしているアニタさんへ声を掛ける。

「なに？　あ、もしかして集中力が切れた？　まあ魔法の練習って、最初は成果が見えにくいからしんどいと思うけど、そこを頑張《がんば》りさえすれば一気にコツが――」

「できたぞ」

そう言って僕は掌を前に出す。

掌の上には、水属性を付与された魔力がふよふよと浮いていた。

そんな僕を見て、アニタさんは盛大《せいだい》に顔を引き攣《つ》らせる。

「…………うわぁ、天才だぁ」

「どういう感情なんだ」

「称賛と嫉妬《しっと》が私の中で激しく戦っています」

ご愁傷様《しゅうしょうさま》です。

「じゃあ、今度はそれを両手で一つずつ作ってみようか」

「こうか？」

「……ぐぎぎ」

アニタさんが唸《うな》った。

嫉妬を抑えることに必死なようだ。

「まあ……正直、ルーク君に魔法の資質があることは予想していたけどね」

「そうなのか？」

「ルーク君は順序がちぐはぐなのよ。本来、精霊との契約は魔法使いにとっての終着点と言っても過言ではない。つまり一般《いっぱん》的には、魔法を極めた果てに精霊術がある。ところがルーク君はその真逆で、先に精霊術を覚えちゃったわけ」

アニタさんは流暢《りゅうちょう》に説明した。

「大は小を兼《か》ねるって言ったらいいのかな。精霊術は高度な魔法とも言えるから、それを扱えるルーク君は無意識に魔法の技術も身に付いていたんだよ。たとえば――」

アニタさんは掌を軽く開いた。

その上に魔力の塊が生み出される。形は単純な球体だが、複雑な編み込みのようなものが表面を覆《おお》っており、更《さら》に高速で回転していた。外側と内側で色がグラデーションになっており、ただの魔力の塊だというのに非常に美しく感じる。

「これ、魔力をこねくり回して出力しているんだけど、真似できる？」

「……いや、何をしているのかすら分からない」

「じゃあルーク君の精霊に頼んでごらん？」

精霊に？

意図は読めないが、言われた通り頼んでみる。

（サラマンダー。あれ、真似できる？）

『ふむふむ……多分、こんな感じだと思うのじゃ』

掌の上に火属性の魔力が出力される。

サラマンダーは火属性の魔力生命体なので、彼女の力を借りる以上は必ず火属性が付与されるが、それ以外は完璧にアニタさんの技術を再現できていた。

「って感じでさ、ルーク君は普段から精霊に高度な魔力制御《せいぎょ》を代行してもらっているんだよ。精霊は魔力の扱いに長《た》けているからね。……そして契約した人間はその感覚を学習することができる。今ならルーク君でも自力でできるんじゃない？」

「……本当だ」

反対の手で再び挑戦《ちょうせん》してみると、今度は上手くいった。

アニタさんが何をやっているのか未《いま》だに全容は理解できていないが、今の僕にはサラマンダーの真似をするというやり方があるので、理解が追いつかなくても感覚で実現できるのだろう。

精霊術を使うルークには、魔法の才能もあるかもしれないという僕の仮説は正しかったわけだ。

もっとも、アニタさんほど詳細を詰めて推測していたわけではないが。

「驚いたな」

「自分の才能に？」

「いや、アニタに。アニタは人にものを教えるのが上手いな」

「そ、そうかな？　えへへ……その褒《ほ》められ方は初めてかも」

アニタさんが嬉しそうに頬《ほお》を掻《か》く。

「ちなみに、その、これは後学のために訊きたいんだけど……ルーク君はどうやって精霊と契約したの？」

アニタさんも精霊と契約したいという欲望はあるようだ。

まあ、魔法使いは精霊との契約に憧《あこが》れるものだから、不自然ではないと思う。

「実はよく分からないんだ。気がつけば俺の傍《そば》にいたしな」

「そ、そんなことあるんだ」

「レアケースな自覚はあるぜ」

「レアすぎて参考にならないよぉ……」

アニタさんは残念そうに溜息《ためいき》を零《こぼ》す。

「精霊との契約は、極端《きょくたん》に言えば精霊に気に入られさえすれば誰でも可能なわけだし、そういうケースもあるのかなぁ？　……精霊にも単純接触《せっしょく》効果があるとしたら、物理的な距離の近さはヒントになる？　どこかで論文が発表されてたような……」

アニタさんがブツブツと何かを呟く。本格的に思考に耽《ふけ》ってしまったようだ。

魔力生命体である精霊は、魔法を上手く扱える人間を気に入りやすい。そもそも彼《かれ》らは普通の人間を「魔力の扱いが下手な劣等《れっとう》種」として見下しているのだ。だから魔法の腕があれば同格として認めてもらえるようになり、その先の関係性も育みやすい。

それ故に、精霊と契約したいなら魔法を極めろと世間では言われているが……実際に精霊と契約するのに魔法の腕は必要ない。精霊と人間、双方《そうほう》の合意さえあれば契約は交わされるのだ。

だから僕みたいに魔法のことなんてちんぷんかんぷんでも精霊と契約できるケースはあるし、逆にアニタさんのような卓越《たくえつ》した魔法使いが精霊と契約できないケースもある。

「っと、いけない。また考えすぎちゃった」

アニタさんは学者気質なところがあるようだ。

ゲームをプレイしている時はそんなふうに感じたことなかったけど……五年後には直っているのかな。

「ルーク君が羨《うらや》ましいよ。私は極小精霊に簡単なお願いをするくらいしかできないから」

「そっちの方が技術的には難しいんじゃないか？」

「まあ、そうだね。私以外にできる人はあんまり見ないかも」

精霊は三つに区分される。

単純な意識しか持たない極小精霊、契約を交わすことで人に力を貸してくれる独立精霊、そして独立精霊の中でも抜きん出て強力な四大精霊だ。

極小精霊は精霊としての規模が小さいため大した力を持っておらず、会話もできない。サラマンダーは高位の精霊なので人と同じように関《かか》わることが可能だが、極小精霊とのやり取りは動物のそれに近いらしい。しかし代わりに極小精霊は契約しなくても力を貸してくれる。

独立精霊が苦楽を共にする相棒なら、極小精霊はその場限りの協力者である。

契約しないからついて来てもらうことはできないし、必要な時に傍にいてくれるとも限らない。……そんな極小精霊を活用して戦うのはかなり難しいはずだが、アニタさんにはそれができるようだ。

『お願い、か。……このアニタという女、いい魔法使いなのじゃ』

極小精霊は意思が薄弱《はくじゃく》であるため、魔法使いの中には「極小精霊は人が使役《しえき》するもの」という認識を持った者もいる。しかし精霊からするとそれは尊厳を汚《けが》されることに等しい。極小精霊に屈辱《くつじょく》という感情はないが、同じ精霊である独立精霊たちが屈辱を感じるのだ。だからサラマンダーはアニタさんが「お願いをする」と口にした時、感心したのだろう。アニタさんは極小精霊を対等な相手として見ている。

「それじゃあ試しに水属性の魔法を使ってみようか。《アクア・シュート》くらいならもう使えるでしょ？」

「ああ。……魔物と戦ってみるか？」

「ううん、流石にいきなり実戦で運用するのは難しいから……」

アニタさんが僕から少し離れてからこちらを見る。

「取り敢《あ》えず、私に撃《う》ってみて」

「……いいのか？」

「大丈夫！　お姉さんのことを信じなさい！」

アニタさんが胸を叩いて言った。

僕はアニタさんに掌を向け、魔力の操作に集中する。

「全力を出していいからね～！」

じゃあ遠慮《えんりよ》なくやらせてもらおう——と思うのがルークである。

ルークに躊躇《ちゆうちよ》という感情はない。僕は掌に魔力を集中させた。

形状を球体に固定。

同時に水属性を付与。

起動後の射出方向と速度を設定する。

（もうちょっと密度を上げられそうだな）

威力を更に高められることを感覚で察し、より多くの魔力を練り上げた。

拳《こぶし》大だった水の塊が、気づけば人間の頭部ほどに……そして更に大きく膨《ふく》らみ、バスケットボール二個分のサイズになる。

「――《アクア・シュート》‼」

巨大な水の塊が、アニタさんへと放たれた。

アニタさんの正面に水の盾《たて》が展開される。

「《アクア・シールド》‼」

水塊《すいかい》が着弾《ちゃくだん》すると――ドゴンッ‼　と轟音《ごうおん》が響き、辺りの地面が揺《ゆ》れた。

（……威力が高すぎたかも）

水属性の中でも初歩の魔法である《アクア・シュート》。

以前アイシャが使っていたので分かるが……本来こんな強力な魔法ではない。

やばい、アニタさんは大丈夫だろうか。

冷や汗《あせ》を垂らしていると、砂塵《さじん》の中に人影《ひとかげ》が見えた。

「…………天才どころじゃないな、これ」

アニタさんは小さな声で呟いた。

「びっくりしたよ。今の、私じゃなかったら危なかったかも」

「そんなに威力があったのか？」

「中級魔法くらいの威力はあったよ。制御も上手くできてたし、これなら基本的な回復魔法は今すぐ覚えられるかも」

それは助かった。

しかし安心すると同時に僕は疑問を抱く。

「アニタ。今更《いまさら》なんだが、それだけ強いのにどうして魔物にやられそうになっていたんだ？」

それも、僕が倒せる程度の魔物に。

純粋な疑問をぶつけてみると、アニタさんは言いにくそうに答えた。

「毒を貰っちゃってね」

「毒？」

「元々、私はギルドの依頼《いらい》でこの洞窟に入ったの。洞窟の奥《おく》に厄介《やっかい》な魔物がいるから倒してほしいって言われてね。ただ、それが思ったよりも強くてさ〜、辛うじて撤退《てったい》はできたんだけど無傷とはいかなくて」

そう言ってアニタさんは長い靴下《くつした》を下ろす。

アニタさんの右足が紫色《むらさきいろ》に染まっていた。

「こんな感じ。かなり強い毒だから回復魔法の効果も薄《うす》くて……実は今、本調子には程遠いんだよね」

「……だからここで休んでいたのか」

「そ。治るまで暇だったし、ルーク君と出会えたのは運がよかったよ」

その場合、運がよかったのは僕の方である。

あまりこういうことを言いたくはないが、アニタさんがここで休憩《きゅうけい》しているおかげで僕は魔法を学ぶ機会を得られたわけだ。

しかし、原作にそんな展開があっただろうか？

この時代のアニタさんがダンジョンを探索《たんさく》していたという情報はどこにもなかったはずだ。……語られるほどのイベントではないということだろうか。

「今のでルーク君の異常っぷりも分かってきたから、そろそろ回復魔法を教えよっか。……何を覚えたい？」

遂《つい》に天才ではなく異常と言われたか。

若干《じゃっかん》複雑な気持ちになったが、それは堪《こら》えるとして……僕は答える。

「それじゃあ――」

◆

その日はアニタさんの予備の寝袋《ねぶくろ》を借りることができた。

毒が回復するまで暇だったアニタさんはこの洞窟を一通り散策してみたらしく、魔物を警戒《けいかい》する必要がない安全地帯を幾つか見つけていた。そのうちの一つで僕とアニタさんは寝袋に入り、明日からまた水魔法の修行をしようと約束を交わしてそれぞれ眠《ねむ》りにつくことにした。

しばらくすると、隣の寝袋から規則正しい呼吸の音が聞こえる。

僕は閉じていた目を開き、サラマンダーに呼びかけた。

（アニタさん、寝たかな？）

『多分、寝たのじゃ』

念のためサラマンダーにも確認を取ってから、僕は静かに立ち上がり、眠っているアニタさんから離れた。

肌寒い洞窟の中を歩く。

「……ふぅ」

人と関わっている時は、常にルークとして振る舞《ま》うことを意識していた。

自分で決めてやっていることだが、やはり疲労《ひろう》はしてしまう。

「サラマンダー。アニタさんと話している時の僕、どうだった？」

『どういう意味じゃ？』

「ちゃんと自信に満ちた男だと感じてくれたかな？　堂々としていて、かっこいい……強くて熱い男を演じられていたかな？」

不安のあまり声が震《ふる》えてしまった。

そんな僕に、サラマンダーは少し考えてから答える。

『少なくとも妾が見た限りでは、お主の本性に気づいた様子はなかったのじゃ』

「そっか。なら、いいんだけど」

『……そんなに気にする必要はないと思うんじゃが』

「ある。僕にとって一番大事なことだよ」

それこそが僕の存在意義である。

あの日、耳にした言葉は今でもふとした時に思い出す。

──ルークらしくないよ。

大切な幼馴染みが……本来ならこれからも一緒に旅するはずだった仲間が、最期《さいご》に口にした言葉。

あの一言があったおかげで僕は己の悍ましい罪を自覚できたのだ。

「うぷ……っ」

不安が限界に達し、吐き気を催す。

今日の僕はちゃんとルークっぽく振る舞えただろうか？　アニタさんに内心では疑われていないだろうか？

ひょっとしたら偉《えら》そうな口を利《き》くクソ餓鬼《がき》だと思われているかもしれない。──それは絶対に避けねばならない。ルークは確かにがさつな男だけど、何故かそれを許してしまえるような凄《すさ》まじい貫禄《かんろく》を持っているのだ。だから舐《な》められるわけにはいかない。僕の知っているルークは誰からも見下されない最強の英雄である。

「……修行をしよう」

元々、修行をするために敢えて眠らなかったのだ。

これ以上、膨らみ続ける不安と向き合っていると頭がどうかしてしまいそうになる。だから当初の目的を果たすことにした。

『オーバーワークではないか？　魔力は残っておるが、身体の疲労はあるのじゃ』

「大丈夫。そのために回復魔法を学んだから」

体内の魔力を練り上げ、アニタさんから学んだ魔法を発動する。

「──《バイタル・ヒール》」

淡い水色の光が僕の全身を包んだ。

水属性の初級魔法である《バイタル・ヒール》。本来なら微熱《びねつ》や酩酊《めいてい》状態など軽度の体調不良を改善するために用いる魔法だが、実はこの魔法には睡魔《すいま》を退ける効果もある。

設定資料集の片隅《かたすみ》に書いていたことを記憶していてよかった。魔力量を底上げした甲斐もあり、少し多めの魔力を注ぎ込んだ結果、熟睡した直後のような活力が身体中から湧《わ》いてくる。

「よし、成功だ。これで睡眠《すいみん》時間を鍛錬《たんれん》にあてることができる」

我ながら妙案《みようあん》を思いついた。

これからは一睡もせずに効率よく鍛錬を積むことができる。

『……妾、水属性は嫌《きら》いじゃ』

「まあ、正反対の属性だしね」

『そういうわけではない……』

魔力生命体である精霊の場合、属性が相反すると性格も相反するのだろうか……なんて考えていたが違うらしい。しかし原作のサラマンダーは、水の四大精霊であるウンディーネと仲が悪かったし、あながち間違いではない気もする。

「次は《キュア》の練習をしよう」

『傷を癒《い》やす魔法じゃな』

「うん。……ていっ」

僕は剣で自分の左腕を浅く斬った。

『なななな、何をしているんじゃっ⁉』

「傷を治す魔法なんだから、傷がないと練習できないでしょ」

『だ、だからといって、自分で自分の身体を傷つけるなど……っ』

「大丈夫、すぐに治るから」

左腕に《キュア》を発動する。

アニタさんみたいに一瞬で治癒《ちゆ》はできないが、浅い傷だったため一分も経てば完治していた。

確か《キュア》の魔力消費量は、《ブレイズ・エッジ》の十分の一。

しばらく休んで魔力も回復させれば、次の朝までに百五十回は練習できそうだ。精霊術と違って通常の魔法は燃費が軽くて練習もしやすい。

『……妾は、お主が人としての何かを失いそうで恐ろしいのじゃ』

「仕方ないよ」

不安そうに告げるサラマンダーに、僕は答えた。

「僕は人である以前に、ルークでなくちゃいけないんだから」

◆

アニタ＝ルーカスにとって、ルークという少年は初めて出会うタイプの人間だった。

最初に驚いたのは、その強さである。

毒で調子を崩《くず》しているアニタは、デス・マンティスに急襲《きゅうしゅう》されたところをルークに助けられた。

その時に見た光景は今でも鮮明に覚えている。視界の片隅で何かが煌《きら》めいたかと思いきや、次の瞬間にはデス・マンティスの頭部が炎の閃光に貫かれていたのだ。

冒険者ギルドは、デス・マンティスの脅威度をBランクと認定している。

ベテランの冒険者だけでチームを編成して戦うことが推奨《すいしょう》されている魔物だ。それを子供が一人で、しかも一撃で倒せるなんて、極めて稀《まれ》な実力者である。

後にルークが精霊と契約していると聞いて納得した。一先《ひとま》ず強さの根拠《こんきょ》だけは理解できた。だがどちらにせよ稀なことには違いない。まだ子供の身でありながら高位の精霊と契約できるとは……。

正直、魔法使いとして嫉妬を覚えてしまう。

次にアニタが驚いたのは、ルークの凄まじい覚悟だった。

魔法を学びたいというルークに、その理由を尋ねると彼は答える。

「俺は――英雄になりたいんだ」

子供じみた夢だと思った。

だが、笑えなかった。不思議なことに、どうしても馬鹿にできなかった。

英雄になるという目標を告げた時のルークは、とても強い意志を宿しているように見えた。その瞳はまるで台座に嵌《は》め込まれた宝石の如《ごと》く揺るぎない光を灯しており、彼の口から放たれる声には火傷《やけど》してしまいそうな熱量が込められていた。

まるで巨大な炎の塊だった。

人の形をした覚悟の結晶《けっしょう》だった。

思い出すだけでも肌《はだ》が粟立《あわだ》つ。あの時アニタは、まるで伝説の幕開けを目の当たりにしたかのような高揚《こうよう》感に包まれていた。

この少年は、いつか英雄になるに違いない。

口には出さないが、そう思った。

ルークが英雄になるとしたら、彼に魔法を伝授している自分はやがて英雄の師匠《ししょう》と呼ばれるわけか。……そう思うと無意識にやる気が出て、真剣に魔法を伝授した。

そして――――今。

アニタはまた、ルークの新しい一面を見て驚いている。

「アニタ、中級の回復魔法を教えてくれ」

「……いやいや。昨日、初級を教えたばかりなんだから、まずはそっちを完璧に使いこなせるようになってからじゃないと」

「これでどうだ？」

そう言ってルークは、怪我を治療する魔法《キュア》を発動した。

この場には負傷者がいないため不発に終わるが、水属性のエキスパートであるアニタは魔力の流れを見るだけで大体の熟練度を把握できる。

結果は……完璧だった。

昨日までは雑な部分も多く、荒削《あらけず》りもいいところだったのに……完璧に仕上がっている。

「俺としては使いこなせているつもりだが」

「……そう、だね。これなら中級を教えてもいいかも」

動揺を押し殺しながら、アニタは中級魔法の伝授を認めた。

どの魔法を教えるか検討しているフリをしながら、アニタはルークについて考える。

（……やっぱり、天才どころじゃないな）

成長速度が早すぎる。

高位の精霊と契約しているとはいえ、それを考慮《こうりょ》した上でも明らかに早い。

そもそも《キュア》のような回復魔法は、傷を治療するという特性上、練習すること自体が難しいはずだ。都会の施療院《せりょういん》で朝から晩までひっきりなしに患者《かんじゃ》を治療する、そんな日々を何日も過ごすことでようやく成長を実感できるものである。

そんな魔法を、よくもまあ一晩でここまで使いこなせるようになったものだ。多分どこかのタイミングで隠《かく》れて練習していたんだろうが……正直、度肝《どぎも》を抜かれた。サプライズだとしたら大成功である。

ルークは魔力量も多い。格上の魔物を積極的に倒して効率的に魔力量を底上げしたのだろう。魔力量が多ければ、それだけ魔法を多く発動できる。つまり試行回数を増やせる。練習の効率はより高くなるはずだ。

少し見くびっていたかもしれない。

いや、見くびっていたわけじゃない。

最初からルークが優《すぐ》れていることは予想していたが、想像以上に優れていた。

ルークの素質は、高位の精霊と契約していること……この一点に集約されるものだと思っていた。

しかし違った。どうやら精霊とは無関係に、ルーク自身にも圧倒的な才能があるらしい。

なるほど、英雄を夢見るだけはある。

この少年には、十分その資格が備わっているように感じた。

「アニタ、《キュア》の応用について訊きたいんだが、この魔法は密度を上げることで回復の速度も上げられるんじゃないか？」

「ああ、うん。よく分かったね。魔力を固形化する際に範囲《はんい》を絞れば、その通りの結果になるよ。難しければ硬《かた》い外殻《がいかく》を作るようにして……」

「魔力が外に漏《も》れないよう、閉じ込めればいいわけか。……こんな感じだな」

なんでそんなに早く習得できるのぉ……？

自分の時と比べてしまい、アニタの胸中に複雑な感情が渦巻《うずま》く。

「ぐぎぎ……」

「久々に聞いたな、その声」

「私の中で、ぶっちぎりで嫉妬の心が勝っています……」

「決着がついていたか」

多くの魔法使いが羨むものを、ルークは持っている。

だが嫉妬こそしても恨《うら》みはしない。何故ならルークは才能の上にあぐらを掻いていないからだ。

こうも直向《ひたむ》きに魔法を研鑽《けんさん》している姿を見せられれば、恨む気持ちも消え失《う》せる。

アニタの冒険者ランクはA。全冒険者の中でもAランクに到達《とうたつ》できるのは一割未満とされており、非常に優れている部類だ。しかもアニタはAランクの中でも最上位のSランクに限りなく近い実力を持つため、冒険者界隈《かいわい》ではニアSランクとも言われている。

そんな自分にとって、ルークとの出会いは神様からのメッセージかもしれない。

世の中は広い。世間からはニアSランクと持て囃《はや》されているみたいだが、お前より才能のある人間は山ほどいるから増長するなよ？　……そんな天啓《てんけい》を受けた気がした。
（まあ、魔物に負けたばっかりだし、増長なんてしないんだけどね……）
神様……これ、ただの追い打ちなんですけど……。
ルークを恨むことはない。しかし代わりに、アニタは神様を恨んだ。

二章　ルークの声

アニタさんと出会ってから十日が過ぎた。

その間、僕《ぼく》の行動は完全にルーティン化されている。

日中はアニタさんに回復魔法《まほう》を教えてもらい、ひたすら練習。

夜になると、こっそり安全地帯から離《はな》れて一人で修行《しゅぎょう》を始める。

この日の夜も、アニタさんが眠《ねむ》ったことを確認《かくにん》した僕は、音を立てずに寝袋《ねぶくろ》から出て深夜の修行に向かった。

『来たのじゃ！　デス・マンティスが二体と――』

「――タイタン・ゴーレムが一体だね」

魔物たちが奇声《きせい》を発してこちらへ近づいてくる。

以前なら焦《あせ》ったかもしれない光景。しかし今は冷静に状況《じょうきょう》を判断できる。

「《アクア・シュート》」

先頭を走っていたデス・マンティスの頭に、水塊《すいかい》をぶつけてよろけさせる。

そして――。

「《ブレイズ・エッジ》ッ‼」

よろけた魔物に炎《ほのお》の斬撃《ざんげき》を叩《たた》き込《こ》む。

少し多めに魔力を注いだ結果、絶命したデス・マンティスの巨体《きょたい》は後方へ吹《ふ》き飛び、二体目のデス・マンティスと衝突《しょうとつ》した。その隙《すき》に懐《ふところ》へ潜《もぐ》り込み、再度《ブレイズ・エッジ》を放つ。位置がよかったため、一つの斬撃で二体目のデス・マンティスとその隣《となり》にいたタイタン・ゴーレムをまとめて斬《き》り伏《ふ》せることができた。

「よし、終わり」

剣《けん》を鞘《さや》に入れて、一息つく。

『右腕《みぎうで》をちょっと怪我《けが》してるのじゃ』

「あ、ほんとだ」

サラマンダーの指摘《してき》を受けて、僕はすぐに《キュア》で擦《す》り傷を癒《い》やした。

以前と違《ちが》って一瞬で治療《ちりょう》が完了《かんりょう》する。

修行の成果が順調に実ってきて、達成感を覚えつつあった。

特にここ数日、深夜の修行でも魔物と戦うようにしてからはすこぶる調子がいい。

初めて回復魔法を教えてもらった日はまだ実戦で使うには不安だったため、自傷して回復するという修行をしていた。しかしアニタさんに使いこなせているとお墨付《すみつ》きをもらった今は、実戦の最中でも躊躇《ちゅうちょ》なく発動している。

こうなると、わざわざ自傷するよりも魔物と戦って傷ついた方が効率的だと気づいた。魔力量の底上げにも繋《つな》がるし、かつ回復魔法の練習にもなる。今の僕にとって魔物との戦闘《せんとう》はまさに一石二鳥だ。

しかし、この修行法が思った以上に今の僕と噛《か》み合っていたのか、成果が出るのは素直《すなお》に嬉《うれ》しいが…………。

「……あんまり傷つかなくなってきたね」

『うむ！　すっかり楽勝なのじゃ！』

「でも、これじゃあ回復魔法の練習にはならないよ。もうちょっと強い魔物と戦おう」

『えっ』

サラマンダーが藪蛇《やぶへび》を突《つつ》いたかのような声を漏《も》らした。

徹夜《てつや》十日目――今の僕は、外傷なら骨折レベルの怪我でも瞬時に治せるようになった。

だから今更《いまさら》、軽傷を治療したところで大した意味はない。

「魔法にもだいぶ慣れてきたな」

『毎日練習した甲斐《かい》があったのじゃ』

「うん。……魔法の練習、結構楽しいんだよね。粘土《ねんど》工作みたいで」

ルークを演じる……その目標を果たすために全《すべ》てを捧《ささ》げる覚悟《かくご》をした僕にとって、楽しむという浮《う》ついた感情は自重するべきだが、モチベーションが一向に下がらないのは幸いだった。

魔法は面白《おもしろ》い。小学生の頃《ころ》、図工の授業で粘土工作したことを思い出す。創意工夫《くふう》で魔力をこねくり回し、思い描《えが》いた通りの結果を実現できた時の楽しさは格別だ。

最近は《キュア》を二重に発動することを覚えた。効果範囲《はんい》は狭《せま》いけれど、中級の回復魔法より回復速度が速く、かつ燃費もいいので重宝している。

アニタさんにそれを伝えると「多重起動じゃん！　なんで知ってるの⁉」と驚《おどろ》かれた。魔法を二重、三重と展開していく方法はそこそこ難しくて有名なテクニックだったらしい。

『お主には元から才能があったのじゃ。妾《わらわ》の存在は関係なしに』

それは、どういう意味だろうか？

僕が魔法を上手《うま》く扱《あつか》えるのは、サラマンダーが普段《ふだん》から魔力の操作を教えてくれるからだと思っていたが……。

『妾と契約《けいやく》したあと、すぐに精霊術《せいれいじゅつ》を使ったじゃろう？　あの時、大部分の魔力は妾がコントロールしておったが、精霊術は契約者のセンスにも依存《いぞん》しているのじゃ。ルークには最初から魔力を扱う才能があった。それも多分、とびきりのじゃ』

「……そっか」

冷静に考えれば、楽しんで成長できている時点でとてつもない才能なのだ。多くの人は努力の過程で楽しみよりも苦痛を味わい、道半ばで挫折《ざせつ》してしまうというのに。

（ルーク……君は本当に、英雄《えいゆう》になるために生まれてきたような男だな）

なのに、大切な仲間を一人失ってしまって本当に申し訳ない。

決して自惚《うぬぼ》れることなく、決して油断することなく——僕はアニタさんが起きるまでひたすら魔物と戦った。

◆

「ルーク君！　一大事だよ！」

起床《きしょう》したアニタさんは、鞄《かばん》の中を見つめてそんなことを言った。

「食料が尽《つ》きました!!」

「……あぁ」

まあ、いつかはそうなるだろうとは思っていた。

冒険者《ぼうけんしゃ》ギルドの依頼《いらい》を受けてこの洞窟《どうくつ》に入ったアニタさんは、念のため長期戦を想定していたらしく一ヶ月分の携帯《けいたい》食料を用意していたらしい。しかし僕が来たことによって食料の消費量は二倍になってしまった。

最初、僕はそれを見越《みこ》して「食事は自分で用意する」と言ったが、アニタさんは「食事も用意できない師匠《ししょう》と思われたくない！」と言って有無《うむ》を言わせずに携帯食料を分けてくれたのだ。……僕が野草ばかり食べていることを知ってドン引きしていたので、単なる哀《あわ》れみかもしれないが。

「じゃあ俺《おれ》が調達してこよう」

「え、でも私、野草は嫌《いや》なんだけど……」

「別に野草しか食べないわけじゃねぇよ」

もしかして僕のこと、草食動物だと思ってる……？

「実はちょっと外に用事があってな。丁度いいから近くの村で買ってくる」

「そうなんだ。じゃあお金だけ渡《わた》すね。……はい、これ」

アニタさんから貨幣《かへい》が入った袋を渡される。

「悪いな」

「このくらいは全然いいよ。私、これでもお金持ちだから」

「流石《さすが》はSランク手前の冒険者だな」

「あれ、私そんなことルーク君に言ったっけ？」

しまった、原作知識を話してしまった。

激しく焦燥《しょうそう》する。けれどルークとして振《ふ》る舞《ま》うことを忘れてはならない。胸中の不安を隠《かく》しつつ、僕はいつも通り自信満々な男を演じて告げた。

「見れば分かるさ。アニタが強いことくらい」

「えっへっへ、分かっちゃったかぁ～」

アニタさんは得意気に胸を張る。

純粋《じゅんすい》な性格の人でよかった。

「で、食料はどのくらい買えばいい？　十日分くらいか？」

「うーん……取《と》り敢《あ》えず、私は三日分くらいでいいよ」

思ったよりも少ない。

不思議に思った僕に、アニタさんは不敵な笑《え》みを浮《う》かべた。

「そろそろ毒が治せそうなんだよね。成分の解析《かいせき》にだいぶ時間かかっちゃったけど……治り次第《しだい》、依頼をこなしに行くつもりだから」

ギルドで依頼を受けた彼女《かのじょ》には、その依頼をできるだけ迅速《じんそく》に遂行《すいこう》する義務がある。

そしてそれは、アニタさんとの修行が終わることも意味していた。

「分かった。ならせめて、いいものを買ってくる」

「気が利《き》くね～。それじゃあ楽しみにしてるよ」

ひらひらと手を振るアニタさんに軽く笑いかけ、僕は洞窟の外に出た。

『で、外に用事って何のことなのじゃ？』

洞窟の外に出た僕へ、サラマンダーは訊《き》いた。

久々に日光を浴びた僕は、軽く伸《の》びをしながら答える。

「色々とやっておきたいことがあるんだ」

原作のストーリーを思い出す。

四大精霊サラマンダーと契約したルークは、幼馴染《おさななじ》みのアイシャと共に王都にあるシグルス王立魔法学園へ向かう。二人が出発してから学園の入学試験を受けるまで、凡《およ》そ一ヶ月の月日が流れるが……この一ヶ月は移動にかかった時間だけではない。

本当は、村から王都までの道中で幾《いく》つかのイベントをこなすのだ。

それを今から――高速で回収しに向かう。

（一つ目のイベント、アイシャの回復魔法のチュートリアル）

原作のルークは、王都へ続く街道《かいどう》を進む途中《とちゅう》でハウンド・ウルフという狼《おおかみ》型の魔物と遭遇《そうぐう》する。

この魔物との戦闘では、アイシャの回復魔法のチュートリアルが行われる。

本来遭遇する日程から大きく逸《そ》れているため、見つからないと思ったが、念のため確認しに向かうと原作通りに魔物と遭遇した。ひょっとしたらイベントとは関係ない個体かもしれないが、どのみち見つけた以上は退治しておく。魔物は人を見たら積極的に襲《おそ》ってくるので、倒《たお》しておくに越《こ》したことはない。

「サラマンダー、剣に炎を纏わせてくれ。纏わせるだけでいい」

『了解《りょうかい》なのじゃっ‼』

今の僕なら精霊術を使う必要すらない。

すれ違いざまに二体のハウンド・ウルフを切断する。刀身は何の抵抗《ていこう》もなく魔物の肉体に沈《しず》み、ジュッ、という音がしたかと思えば次の瞬間には魔物が焼き切れていた。

速《すみ》やかに全ての魔物を倒す。……油断する気はないが、ひたすら格上の魔物と戦ってきた僕が、今更この程度の魔物に後《おく》れを取ることはない。

回復魔法のチュートリアルを、僕は一切《いっさい》傷つくことなく済ませた。

走って次の目的地へ向かう。

(二つ目のイベント、持ち主がいない馬車)

原作のルークは、王都へ向かう途中で魔物に襲われている馬とボロボロの荷台を見つける。

本来ならルークはここで馬を助け、馬車を入手する。ゲームシステム的には、ここで初めて徒歩以外の、馬車という移動手段を選択《せんたく》できるようになるわけだ。ちなみにその馬車は王都のとある施《し》設《せつ》に格納することができ、ストーリーを進めることで色や模様を自由にカスタマイズできるというこだわり要素として楽しめる。

通常なら村を出て五日目に始まるイベントだが、既《すで》に二十日近く経過している。

流石にもう馬はいないか……と思っていたが、

『ルーク、馬が襲われているのじゃ‼』

まだいた。

馬がいる場所も、馬を襲っている魔物も原作とは完全に異なる。ただ馬だけは原作とそっくりの見た目なので、恐《おそ》らく同一の個体だった。

「サラマンダー、肉体強化！」

『うむ！』

馬はレッド・ベアという赤い熊《くま》のような魔物に包囲されていた。

このままでは間に合わない。そう判断した僕は精霊術を発動する。

『猛《たけ》き大火よ！』

「我《わ》が身に宿り闊歩《かっぽ》せよッ‼」

炎が全身を包む。

「――《ブレイズ・アルマ》‼」

紅炎《こうえん》の鎧《よろい》を纏い、僕は走り出した。

身体能力を大幅《おおはば》に向上する火の精霊術《ブレイズ・アルマ》は、ゲームではただのバフ系スキルとして存在していたが、現実で使うとあらゆる精霊術の中でも群を抜《ぬ》いて使い勝手がいいと気づいた。膂力《りょりょく》が向上すればそれだけで行動の選択肢《せんたくし》も増える。今後は《ブレイズ・アルマ》を中心に戦術を組み立てていくことになるだろう。

一瞬でレッド・ベアの背後まで近づいた僕は、すぐに《ブレイズ・エッジ》を放つ。毛むくじゃらの巨躯《きょく》が両断された。

残る三体も手早く一掃《いっそう》する。

「取り敢えず、魔物は倒したけど……」

剣を鞘に収めながら、助けた馬を見る。

原作のルークは、この馬車を使って王都へ向かうわけだが……今の僕はさっき使った《ブレイズ・アルマ》があり、馬よりも速く移動できる。

正直、馬はもう必要ない。

しかしそうなると……この馬、どうしよう。

『この馬、野生でもやっていけると思うのじゃ』

「ほんと……？」

『うむ。「感謝はするが、助けを呼んだつもりはない。俺はこのスリルを求めて野生に還《かえ》ったんだ。もう人に飼われる気はないぜ」と言っているのじゃ』

ほんと……？

そういえば、精霊は自然物と仲がいいという設定が資料に書かれていた気もする。ゲームでは特に触《ふ》れられていない設定だったので忘れていたが、まさかこんな形で回収されるとは。

「……この辺りは魔物が多いから、もうちょっと遠くで過ごした方がいいよ」

『「お節介《せっかい》は不要だぜ」と言っておるのじゃ』

ヒヒーン、しか言ってないんだけど。

しかしサラマンダーも嘘《うそ》をつく性格ではない。本人（馬）がそう言っているなら、このまま放置してもいいか……。

ちょっと調子が狂《くる》ったけれど、これで二つ目のイベントは達成ということにする。

　王都までの道中で起こるイベントは、あと一つだ。

（三つ目のイベント、ルメリア村の畑荒《あ》らし）

　目的地まで少し距離《きょり》があるため、《ブレイズ・アルマ》を発動して移動する。炎の尾《お》を引きながら僕は街道を駆《か》け抜けた。

　ルメリア村の畑荒らし。このイベントは、ルークとアイシャが道中にあるルメリア村を訪《おとず》れることで発生する。丁度、今の僕と同じように食料が尽きたルークたちは、村に寄って食べ物と飲み物を譲《ゆず》ってもらうことにした。その際にルークたちは村の宿で一泊《ぱく》するのだが、翌朝になるとなんと村の畑がズタズタに荒らされているという事件が起きるのだ。

　村人たちは外から来たルークたちが犯人だと疑った。ルークたちはその疑いを晴らすために犯人捜《さが》しをする。畑に残った足跡《あしあと》や、住民たちの目撃情報を頼《たよ》りに、ルークたちが辿《たど》り着いた真犯人の正体は――野生の魔物だった。

　このイベントを、丸ごと省略する。

「――《ブレイズ・エッジ》ッ‼」

　ルメリア村の北部に広がる雑木林《ぞうきばやし》。そこに潜《ひそ》む兎《うさぎ》型の魔物、エッジ・ラビットを八体討伐《とうばつ》する。

　原作では今晩、彼《かれ》らが畑荒らしを起こす。それを未然に防ぐことに成功した。

『むっ⁉　ルーク、大きめの魔物がいるのじゃっ！』

　サラマンダーが警告する。

　そうだった、畑荒らしのイベントは最後に中ボスと戦うんだった。

　エッジ・ラビットたちの親玉である、巨大な兎型の魔物――ビッグ・ラビットが襲い掛《か》かってくる。

「接近される前に倒そう」

『了解じゃ！　――気高き炎よ‼』

「疾風《はやて》に乗って空を射貫《いぬ》け‼」

ビッグ・ラビットの必殺スキル《超兎蹴り《ちょううさぎげ》》は、くらうと大ダメージになる。

避《よ》けられる自信もあるが、ここは念のため近づかれる前に倒すことにした。

「――《ブレイズ・ストライク》ッ‼」

炎の閃光《せんこう》がビッグ・ラビットを貫《つらぬ》く。

倒れ伏した魔物の巨体を見て、僕は一息ついた。

（討伐タイムは四秒、ＲＴＡよりも速い。……よかった、ちゃんと僕は強くなっている）

精霊術の炎が森の木々に移ってしまったので、素早《すばや》く《アクア・シュート》で消火する。水属性の魔法は思わぬところでも活躍《かつやく》した。

「さて、じゃあ食料を譲ってもらって帰ろうか」

『そうじゃな』

何事もなかったかのようにルメリア村へ向かい、僕は村人たちから食料を買い取った。

食料はアニタさんだけでなく僕も三日分にしておいた。当初の予定ではもう一週間ほど洞窟に籠《こ》もる予定だったが、偶然《ぐうぜん》にもアニタさんと出会って水属性の魔法を学ぶことができたため、最近は洞窟の魔物が相手でも負荷《ふか》が足りなくなってきたのだ。

アニタさんがいなくなるなら、丁度いいし僕も王都へ向かうことにしよう。

次の修行についても色々と考えている。

「……ん？」

食料を担《かつ》ぎながら洞窟へ戻《もど》ると、その途中で違和《いわ》感を覚えた。

洞窟の中――僕とアニタさんがいつも使っている安全地帯の辺りから、凄《すさ》まじい圧力を感じる。

（なんだ……この、圧倒《あっとう》的な魔力……っ!?）

空気が重たい。近づくことを躊躇《ためら》ってしまう。

これは魔力だ。――この先に、とんでもない魔力の持ち主がいる。

人だろうか、魔物だろうか。……後者だとしたらアニタさんは無事だろうか。

得体の知れない存在感に、幾つもの不安が脳裏《のうり》を過《よ》ぎる。

ポタリ、と冷や汗《あせ》が地面に垂れ落ちた。

その音を聞いた瞬間、僕は我に返る。

――ルークは恐れない。

圧倒的な魔力よりも、ルークを演じきれていないことの方が何千倍も恐ろしい。

ルークはこんなふうに焦らない。ルークはまだ見てもいない相手にこんな恐怖《きょうふ》を抱《いだ》かない。

冷静な心を取り戻し、僕は前へ進んだ。

「あ、ルーク君。おかえり」

いつもの安全地帯に向かうと、そこにはアニタさんが平然と佇《たたず》んでいた。

何もない。魔物がいるわけでも、怪《あや》しい人物がいるわけでもない。

僕が感じていた圧倒的な魔力は――アニタさんから感じていた。

「ア、ニタ……？」

「ん？　……あっ、ごめんごめん！　驚かせちゃった？」

アニタさんはお茶目に謝罪する。

「ようやく毒の治療が完了したの。あの毒、魔力を奪《うば》う効果もあったから今まで色々と窮《きゅう》屈《くつ》だったんだけど……やっと本調子に戻れたよ」

アニタさんが声を発する度《たび》に、強《きょう》烈《れつ》な魔力が飛んで来た。

確かに今までは毒で調子が悪いと言っていた。しかし調子を取り戻しただけで、まさかこんなに存在感が増すとは……まるで別人である。

（これが、Ｓランク手前の冒険者……っ）

僕は心のどこかでアニタさんのことを見くびっていたのかもしれない。

アニタさんはレジェンド・オブ・スピリットの中でも屈《くっ》指《し》の実力者。彼女自身が朗《ほが》らかな性格なので今まで意識していなかったが、その強さを肌《はだ》で感じた今、僕は思わず戦《せん》慄《りつ》してしまった。

「いや、あのね。そんなに驚かなくてもいいんじゃない？」

アニタさんが苦《く》笑《しょう》して言う。

「ルーク君も同じくらいだよ？」

「え？」

「うわぁ、自覚なかったんだ……。まあ魔力量が多い人って、最初から多いんじゃなくて、多くなりやすい人のことを指すからね。自覚しにくい人もいるって聞いたことあるけど……」

その話しぶりから察するに、ここまで自覚がないのは珍《めずら》しい例だったのだろう。

（サラマンダー……教えてくれてもよかったのに）

『わ、妾は最初から言っておったのじゃ！　伸びしろが凄《すご》いと‼　元から才能があると‼』

魔力量のことまで指しているとは思わなかった。

しかし、どうりで洞窟の魔物に物足りなさを感じてしまうわけだ。格上の魔物を狩《か》り続けてしばらく、今や僕の方が格上になってしまった。

「……俺たちの修行は、あと三日で終わりか？」

「うん、残念ながらそうなるね」

いざ終わるとなると寂《さび》しい。

それはアニタさんも同じなのか、ほんのりと悲しそうな顔をしていた。

「ただその前に、ルーク君に一つ頼《たの》みがあるんだけど」

アニタさんは真《ま》っ直《す》ぐ僕の目を見つめて言った。

「私の依頼、手伝ってくれない？」

◆

二日後。

僕とアニタさんは、万全《ばんぜん》の準備を調《ととの》えて洞窟の最深部へ向かった。

準備の主な内容は、本調子に戻ったアニタさんのリハビリと、作戦会議である。

アニタさんは伊達《だて》にSランク手前の冒険者ではなく、リハビリの方法についても熟知していた。手頑な魔物と何度か戦い、それを客観的な視点――つまり僕の視点から評価する。ぎこちないところはないか、消耗《しょうもう》は適切か、それらを綿密に擦り合わせた。

体調と感覚、双方《そうほう》が完治したことを確認して、アニタさんの準備は終了する。

そこからはひたすら作戦会議を行った。なにせアニタさんにとって、今回の敵は一度敗北している相手。慎重《しんちょう》にならざるを得なかった。

「正直、苦渋《くじゅう》の選択だったよ。ルーク君を巻き込むことは」

歩きながらアニタさんは言った。

「でも、頼《たの》まずにはいられないくらいには、ルーク君は強かったから……ごめんね、巻き込んじゃって」

「気にするな。アニタには魔法を教えてもらった恩がある」

「そう言ってくれると助かるよ」

アニタさんが笑う。

しばらく歩くと、目の前に分厚い氷の壁《かべ》が見えた。

「これが、結界か」

「専門じゃないから間に合わせだけどね。でも、なんとか閉じ込められたかな」

アニタさんは前回の戦いで撤退《てったい》を余儀《よぎ》なくされたが、成果が全くなかったわけではない。アニタさんは魔物をそれなりに消耗させ、その上で結界を張って逃《に》げられないようにしたのだ。

『濃密《のうみつ》な魔力が込められておる……妾の炎でも簡単には溶《と》かせんのじゃ』

この氷の壁は相当頑強《がんきょう》に作られているらしい。

結界と言っていたので、ただ硬《かた》いだけではなく様々な効果が付与《ふよ》されているのだろう。

「結界を解くよ」

いよいよ戦いが始まる時だ。

アニタさんが氷の壁に触れると、ポロポロと表面の氷が剥《は》がれ落ちていった。地面に落下した氷はすぐに溶け、足元に大きな水溜《みずた》まりができる。

壁が溶けたことで、少しずつ洞窟の奥《おく》から魔力が溢《あふ》れ出してきた。

禍々《まがまが》しくて、暴力的な魔力……その持ち主が今、姿を現す。

「グゥウウゥォオオォォォォオオォォォオ――――ッ‼」

深緑の鱗《うろこ》。

巨大な翼《つばさ》と尾。

獰猛《どうもう》な爬虫類《はちゆうるい》の瞳《ひとみ》。

僕はその魔物を、アニタさんに教えてもらう前から知っていた。

「ポイズン・ドラゴン……ッ‼」

巨大な竜《りゆう》がそこにいた。

レジェンド・オブ・スピリットにおいて、ドラゴンはあらゆる魔物の中でも特に強大な存在として描かれている。目の前のドラゴンもその例に漏れず、対峙《たいじ》しただけで全身の肌が粟立《あわだ》つプレッシャーを感じた。

冒険者ギルドでは、ドラゴンの脅威《きようい》度はAランク以上に認定されている。しかしただのAランクならアニタさんが単独でも倒せるはずなので、恐らくこのドラゴンはSランク……最上位の脅威度に認定されているのだろう。

どう考えても今の僕が挑《いど》んでいい相手ではない。

倒せば魔力量は爆発《ばくはつ》的に伸びるだろうが、あまりにもリスクが高すぎる。

原作のルークはこの魔物と戦わない。

だから本来なら僕がリスクを負ってまでこのドラゴンと戦う必要はないのだ。

なのに、僕がアニタさんを手伝うと決めた理由は――――。

「村を、八つ滅《ほろ》ぼしてるの」

昨日の夜。

アニタさんは眠る前に、静かにドラゴンのことを語ってくれた。

「成体になるまでずっと身を潜めていたんだろうね。ある日、そのドラゴンはいきなり森の中から現れて、近隣《きんりん》の村を一掃した。多くの人がドラゴンの被害《ひがい》に遭《あ》って、すぐに冒険者ギルドへ正式な討伐依頼が出された。……でも、報酬《ほうしゅう》が安いから引き受ける冒険者が少ないんだよ」

「なんで報酬が安いんだ？」

「貴族が被害に遭ってないから」

端的《たんてき》な答えが述べられる。

「正確には、領土を荒らされているから被害はあるんだけど、多分どうでもいい土地だったのかな。……普通、高ランクの魔物の討伐依頼は国か富裕層《ふゆうそう》が出すの。じゃないと依頼の難易度と釣《つ》り合う報酬が用意できないから。でも偶《たま》に、今回みたいに貴族が魔物の被害者を見捨てることがある。そうなるとしばらく魔物が野放しにされちゃうんだよね」

「野放しって……そんなことしたって、いつかは貴族も困るだろ？」

「そのドラゴン、頭がいいのか知らないけど、人が多い街にはいかないんだよ。規模の小さい村ばかり狙《ねら》っている。だから楽観視してるんじゃないかな」

　原作のルークは早々に王都の学園へ向かうため、この土地に関する描写《びょうしゃ》はあまりない。だから僕は、まさかここの領主がそんなに愚《おろ》かだとは知らなかった。

「そんなわけで、私がやることにしたわけ」

「……正義感があるんだな」

「そんなんじゃないよ、個人的な理由があっただけ。……私さ、被害に遭った村の一つにしばらく滞在《たいざい》していたことがあるんだよね。まだ駆け出しだった頃に色々世話になったから、その恩を返したいの。……まあ、もう返す相手は生きてないんだけどさ」

　アニタさんは笑って言った。

　しかし目は笑っていなかった。

　その目は強い決意を宿していた。

　せめて自分が、あのドラゴンを倒してみせると。

（そんな、話を聞いたら……）

　昨日の夜、アニタさんと交《か》わした会話を思い出す。

　僕は力強く剣の柄《つか》を握《にぎ》り締《し》め、ドラゴンと対峙した。

（そんな話を聞いたら――――ルークは戦うに決まっているッ‼）

　八つの村が滅ぼされた。

そのうちの一つはアニタさんにとって縁《えん》のある大切な場所だった。

もしもルークが、その話を聞いたら——間違いなくドラゴン退治に協力しただろう。

だから僕は今、ここにいる。

リスクなんて関係ない。大事なのは、ルークならどうするかだ。

「ルーク君！　作戦通り、まずは見極めるよ‼」

「あぁッ‼」

森の奥深くや洞窟に棲息《せいそく》するポイズン・ドラゴンは、薄闇《うすやみ》の中でも目が利き、暗い視界のままでは僕たちが圧倒的に不利だ。

そこで、まずは僕が洞窟の壁面《へきめん》に火を灯《とも》し、視界を確保する。

「——《アイス・ランス》ッ‼」

視界が確保できた瞬間、アニタさんが氷の槍《やり》を放つ。

並みの人間なら一発だけでも致命傷《ちめいしょう》になるような魔法——それが五発同時にポイズン・ドラゴンの足元へ叩き付けられた。

ドラゴンが悲鳴を上げた。

その巨体がよろめいたのを見て、僕も精霊術の準備をする。

『気高き炎よ‼』

「疾風に乗って空を射貫け‼」

腰《こし》を捻《ひね》り、剣を限界まで引き絞《しぼ》り——全力で突き出す。

「《ブレイズ・ストライク》ッ‼」

炎の閃光が、ドラゴンの頭蓋《ずがい》に命中した。

深緑の鱗を貫くことはできなかったが、それでもドラゴンは苦しそうな鳴き声を発する。

『こやつ、弱っておる‼』

サラマンダーが頭の中で叫《さけ》んだ。

『予想通り、結界の中に閉じ込められておったから餓死《がし》寸前なのじゃッ‼』

僕とアニタさんが考えた作戦は二つある。

前提として——恐らく、ドラゴンは結界に閉じ込められたせいで弱っていると僕らは予想していた。そこで、ドラゴンがどの程度弱っているかを見極めた後、二通りの戦略を考えた。

一つ目。

ドラゴンが相当弱っているようなら、一気に畳《たた》みかける。

二つ目。

ドラゴンがあまり弱っていなそうなら、僕が足止めして、もう一度結界を張り直す。

要するに、僕らは三ラウンド目を想定していた。

元々、アニタさんは苦肉の策としてドラゴンを結界に閉じ込めたわけだが、後にこれが想像以上に戦略として理に適《かな》っていることに気づいた。ここは洞窟の中で食べ物が少ない。アニタさんは予期せぬ形でドラゴンを兵糧攻《ひょうろうぜ》めにしていたのだ。

兵糧攻めが有効なら焦る必要はない。

倒せそうなら倒すが、倒せなければ再び兵糧攻めに切り替《か》えればいいだけだ。

作戦の肝《きも》となるのは、ドラゴンがどこまで弱っているのか正しく見極めること。

その判断は、一度このドラゴンと戦っているアニタさんが負うことになっていた。

「《アクア・ウェーブ》ッ‼」

アニタさんが水の波を放つ。

ドラゴンは波に足をすくわれて身動きできずにいた。

ここは洞窟の中。ドラゴンが潜むだけあってこの辺りの空間は広々としているが、それでも天井《てんじょう》の岩盤《がんばん》は厚く、ドラゴンが翼を広げて飛ぶことはできない。

ならば足さえ潰《つぶ》せば機動力を完全に封《ふう》じることができる。

「ブレスが来るよっ‼」

ドラゴンの口腔《こうくう》が毒々しい緑色に発光していた。

次の瞬間、巨大な毒の塊《かたまり》が吐《は》き出される。

狙いは——僕だ。

アニタさんはこの毒の砲撃《ほうげき》を受けてしまったせいで撤退を余儀なくされた。

このブレスの威力《いりょく》は間違いなく強烈で、直撃すれば作戦が破綻《はたん》してしまうだろう。

だから——絶対に避ける‼

「《ブレイズ・アルマ》ッ‼」

真紅《しんく》の炎が身体を覆《おお》う。

目にも留まらぬ速さで砲撃を避けた僕は、ドラゴンの死角に潜り込んで《ブレイズ・ストライク》を放った。

再びドラゴンが悲鳴を上げる。

　ドラゴンは僕たちに背を向け、何処《どこ》かへ移動しようとしたが――。

「逃がさないっ‼」

　先回りしていたアニタさんが、氷の槍でドラゴンの足を止めた。

　ドラゴンがこの洞窟へ入る際に使ったと思《おぼ》しき入り口は、事前に把握《はあく》している。地の利が欲《ほ》しいと判断したドラゴンが、そこから外へ逃げ出そうとするのも予測済みだ。

「《ブレイズ・エッジ》‼」

「《アクア・ハンマー》ッ‼」

　炎の斬撃。その直後、アニタさんが水でできた巨大な槌《つち》でドラゴンの身体を叩く。

　ドラゴンが大きく仰《の》け反った。

「――畳みかけるよッ‼」

　アニタさんが叫んだ。

　一つ目の作戦を選ぶと決めたらしい。ブレスの威力や、攻撃《こうげき》を受けた際の怯《ひる》みやすさを確認したところで、ドラゴンが相当弱っていると判断できたのだろう。

（サラマンダー、行くよ‼）

『うむッ‼』

　全身を真紅の炎が包む。

　同時に、煌《きら》めく炎が剣を纏う。

　以前から練習していた、二つの精霊術の組み合わせ。

　肉体強化の効果を持つ《ブレイズ・アルマ》によって、大幅に威力が向上した炎の斬撃――。

「――《ブレイズ・エッジ》イイッ‼」

ドラゴンの胴体《どうたい》を、灼熱《しゃくねつ》の斬撃が抉《えぐ》った。

全身が火傷《やけど》してしまいそうな熱風が吹き荒れる。

だが刹那《せつな》、周囲の大気が凍《い》てついた。

「ここにいる無数の精霊たちよ……お願い、どうか私に力を貸してっ‼」

切実な願いが、何者かに届いたのだろう。

莫大《ばくだい》な魔力がアニタさんのもとへ集まり、大規模な術が展開される。

「疑似精霊術――《クリスタル・ランス》ッ‼」

巨大な氷の槍が、アニタさんの頭上に現れた。

通常の魔法として存在する《アイス・ランス》とは比べ物にならないほどの大きさだ。ドラゴンの身の丈《たけ》を凌駕《りょうが》するほどの氷の槍が、今、放たれる。

ドラゴンの身体から大量の血飛沫《ちしぶき》が上がった。

その血飛沫が瞬《また》く間に凍《こお》る。

緑色の怪物《かいぶつ》は、やがて全身を氷に覆われて――沈黙《ちんもく》した。

◆

「やった、のか……?」

氷像と化したドラゴンを見て、僕は呟《つぶや》く。

その背後から、トタトタトタと軽い足音が聞こえ――。

「やった――――――――――――!!」

「ぐふっ!?」

アニタさんに、思いっきり飛びつかれた。

「いや～、思ったよりあっさり倒せたね～!　ルーク君がいてくれたおかげだよ～～～～!!」

「う、嬉しいのは分かるが、放せ……」

「な～に～?　照れてんの～?　うりうり～～～」

テンションがハイになっているのか、アニタさんが頰《ほお》を擦《こす》り付けてくる。

恥《は》ずかしいけれど、おかげでようやく実感できた。

僕たちは――勝ったんだ。

『驚いたのじゃ』

サラマンダーの声が頭の中に響《ひび》く。

『周囲にいる極小精霊たちに協力を求め、精霊術を再現するとは。……技術は素晴《すば》らしいが、極小精霊たちが言うことを聞いてくれるかどうかは完全な気分次第。正直、不発に終わる可能性もあったのじゃ』

どうやらアニタさんは綱渡《つなわた》りなことをしていたらしい。

まあ、アニタさんのことだから次の手も用意はしていたのだろう。その上で極小精霊に頼ることがベストだと判断したのだ。

実際、僕もこんなにあっさりとドラゴンを倒せるとは思っていなかった。アニタさんが最後に放った精霊術……あれの威力がとんでもなく高かったのだ。

「ルーク君！　実はね！　実はねっ！　緊張《きんちよう》するかと思って敢えて黙《だま》っていたんだけど、あの魔物、ネームドなのっ‼」

「ネームドって……強すぎて二つ名をつけられている魔物だったか」

「そう！　そのネームドを倒したんだから、私たち一気に名が売れるよっ‼」

「へぇ、そいつはいいな。英雄に一歩近づいたぜ」

きっとルークもこんなことを言われたら満面の笑みで喜ぶだろう。

だが同時に、僕の脳裏に薄《うっす》らと何かが過《よぎ》る。

（……あれ？）

アニタ＝ルーカス、ネームド、ドラゴン……これらのキーワードになんとなく聞き覚えがある。

嫌な予感がした。

まだ、戦いは終わっていないような──。

「ん？」

考え込む僕を他所《よそ》に、アニタさんが小さな声を発する。

「なんだろう、この穴。まだ先に何かあるような……」

アニタさんはドラゴンの後方にも大きな空間が広がっていることに気づいた。

暗くて先が見えないので、アニタさんは入り口の辺りで首を傾《かし》げている。

刹那──暗闇から、毒の砲撃が飛来した。

「アニタッ⁉」

あまりにも唐突《とうとつ》なことだった。

アニタさんは咄嗟《とっさ》に氷の盾《たて》を正面に出したが、衝撃までは防ぐことができず激しく吹き飛ぶ。

地面に転がったアニタさんは、苦悶《くもん》の表情を浮かべた。

「ごめん……しくった、かも……」

毒を受け止めきれなかったのか、アニタさんの身体は毒々しい紫《むらさき》に染まっていた。

暗闇の中から、深緑の鱗を纏った竜が現れる。

「二体目………っ」

敵戦力の誤算。

そんな単純なことをしてしまうなんて。

よく見ればそのドラゴンは、一体目と比べて一回り身体が小さい。

なんとなく状況が読めてきた。

「……子供だ」

目の前にいるドラゴンは、恐らく僕らが倒したドラゴンの子供である。

「あのドラゴンは最初からずっとここで子育てしていたんだ。誰《だれ》にも悟《さと》られないよう、慎重に……」

アニタさんによると、僕たちが倒したドラゴンはとても狡猾《こうかつ》だったらしい。幼体の間は姿を潜め、成体になってからも人の多い街ではなく小規模な村ばかりを襲っていたとのことだ。

だから、子供を隠す頭脳があった。自分と同じように、子供にも成体になるまで洞窟から出ないよう命じていたのだろう。あのドラゴンは、子供の存在が明るみに出れば危険を招くことを知っていたのだ。

――どうする？

状況がひっくり返った。

最大の懸念《けねん》はアニタさんが毒を受けてしまったことである。申し訳ないが、今のアニタさんは戦力に数えられない。

子供と言っても、見たところ限りなく成体に近い身体つきをしている。

あと数日も経てば親と一緒《いっしょ》に外へ出ていたのかもしれない。このタイミングで邂逅《かいこう》したのは、幸運と言っていいのか不運と言うべきなのか……。

『来るのじゃっ‼』

サラマンダーの警告が聞こえたと同時に、僕は反射的に飛び退《の》いていた。

ポイズン・ドラゴンの爪《つめ》が、先程《さきほど》まで僕の立っていた地面を抉る。

その動きはまだ止まらない。

ドラゴンの尾が頭上から迫《せま》った。紙一重《かみひとえ》で尻尾《しっぽ》を避けた僕は、冷や汗を垂らす。

「速い――っ⁉」

『このドラゴン、餓《う》えておらんのじゃ！　恐らく、あの親となるドラゴンが食べ物を与《あた》え続けていたんじゃろう……‼』

自分の分も――と、後に続く言葉をサラマンダーは引っ込めた。

僕の戦意を喪失《そうしつ》させないための気遣《きづか》いだろう。

今、このドラゴンはどんな気持ちだろうか？

親と共に結界で閉じ込められ、巣に残っている数少ない食料を殆《ほとん》ど自分だけが受け取って……そのせいで餓死寸前に追い込まれた親は、最後、自分たちを閉じ込めた人間に殺された。
ドラゴンは怒《いか》り狂っている。
その気持ちを想像すると、胸が苦しくなりそうだ。
――揺《ゆ》らいでたまるか。
それよりも考えなくちゃいけないことがあるはずだ。
ドラゴンによって滅ぼされた村。思い入れのある場所を失ってしまったアニタさん。
怒りを覚えているのはドラゴンだけではない。
覚悟を決めた僕の前で、ドラゴンの口腔が光る。
ブレスだ。しかも今までのものとは比べ物にならないほど溜《た》めが大きい。
ドラゴンがブレスを放った。
その狙いは、僕たちではなく――天井の岩盤だった。
「っ⁉」
毒の砲撃が天井に触れた瞬間、轟音《ごうおん》が耳を劈《つんざ》いた。
激しい地響きに、僕は剣を杖《つえ》代わりにして辛《かろ》うじて転倒を免《まぬが》れる。
舞い上がった砂塵《さじん》が、風に流されて霧散《むさん》した。
……風？
なんで風があるんだ。
ここは洞窟の奥底なのに……。
「そ、んな……っ」

アニタさんが天井を見て青褪《あおざ》めた顔をした。

すぐに僕も現状を把握する。

決して壊《こわ》れることはないだろうと思っていた天井の岩盤が粉々に破壊《はかい》されていた。その先に見える青々とした空から明るい陽光が差し込んでいる。

『こやつ、逃げる気じゃっ!!』

サラマンダーが叫んだ。

僕は飛び上がるドラゴンに向かって、剣を突き刺《さ》す。

「逃が、すかぁ――ッ!!」

剣が深々とドラゴンの肉に刺さった。

ドラゴンはそのまま僕を引き摺《ず》って浮上《ふじょう》する。

「アニタ!!」

「追って!! 私は大丈夫《だいじょうぶ》だから……っ!!」

この洞窟には危険な魔物がたくさんいる。怪我人のアニタさん一人を置いていくのは恐ろしかったが、同時にこのドラゴンがみすみす外に出ることも恐ろしかった。

アニタさんのことを信頼し、僕は強く剣を握り締める。

ドラゴンは高く飛び立った。

「ぐう……ッ!?」

『振り落とされんよう注意するのじゃ!!』

強風に何度も振り落とされそうになるが、必死に剣にしがみつく。

あまり遠くにいかれるとアニタさんが追いつけない。サラマンダーに炎を出してもらい、ドラゴンの身体を燃やした。

ドラゴンが悲鳴を上げて落下する。

地面に下りると同時に受け身で衝撃を和《やわ》らげた僕は、辺りの状況を確認した。

「ここは……村？」

簡素な木造の小屋が並び、耕された畑と放牧された動物がいる。

村だ、間違いなく。だが原作を熟知しているはずの僕は、何故《なぜ》かその村の存在を知らなかった。

「なんだ、この村……？　こんなところに村なんてあるはずが……っ⁉」

原作の知識が通用しないことに動揺《どうよう》する。

そんな僕を他所に――。

『マズい……人が、いるのじゃ……っ‼』

サラマンダーが焦燥する。

それが正常な反応だった。僕も改めて現状を把握する。

突如《とつじょ》現れたドラゴンを見て、村人たちは絶望していた。

彼らには申し訳ないが、本当に絶望したのは僕たちである。村人たちを守りながらあのドラゴンと戦うのは至難の業《わざ》と言えるだろう。

しかしその瞬間、僕の中にいるルークが告げる。

――絶対に守れ。

犠牲者《ぎせいしゃ》を出すな。

ルークの掲《かか》げる英雄の条件が、僕の背中にのし掛かった。

守れ。

守り切れ。

それこそが、ルークになるための試練だ。

「きゃあぁあああぁぁぁあああああっ⁉」

「ド、ドラゴンだぁあぁあぁぁぁぁあぁあッ⁉」

村人たちはパニックを起こしていた。

無理もない。寸前まで平和だったはずの村に、突如として最大級の災厄《さいやく》が現れたのだから。

ドラゴンの危険性は、この世界に生きる者なら誰でも知っている。

だからこそ村人たちは正気を失って各々《おのおの》が我先にと逃げ出した。

「ばらけるなッ‼　全員で街道の方へ逃げろ！」

声を張り上げる。

その直後、予想していた厄介《やっかい》な展開が訪れた。

『いかん！　他の魔物も出てきたのじゃッ‼』

「っ⁉　くそ――ッ‼」

パニックになっているのは人間だけじゃないということだ。

辺りに棲息していた魔物も、ドラゴンが現れたことで混乱して表に出てきた。茂《しげ》みに隠れていたエッジ・ラビット、昼寝《ひるね》していたレッド・ベアが、自分たちの前に現れた村人を敵とみなして襲い掛かる。

「《ブレイズ・アルマ》ッ‼」

炎の鎧を纏った僕は、魔物に襲われている村人を抱《かか》えて街道まで移動した。

「早く逃げろッ‼」

「あ、ありがとう、ございます……」

村人は礼をしてからすぐに走り出した。

『ルーク‼』

サラマンダーが叫ぶ。

次の瞬間、僕の身体は宙へと弾《はじ》き飛ばされていた。

「が、は…………ッ⁉」

ドラゴンの体当たりを受けたらしい。

あまりの激痛に一瞬気を失いそうになる。受け身をとることもできず、地面を激しく転がった僕は血反吐《ちへど》を吐いた。

……問題ない。

まだ戦える。

何のために回復魔法を覚えたと思っているんだ。

「……《キュア》」

速やかに負傷を治し、冷静な思考を取り戻す。

パニックになった魔物を片《かた》っ端《ぱし》から倒してもキリがない。やはりこのドラゴンを倒すことが先決だ。

「き、君っ！」

背後から誰かが駆け寄ってくる。

振り返ると、二人の男が焦った顔つきでこちらに近づいていた。

「私たちは冒険者だ！　手伝うぞ！」

「駄目《だめ》だ！　アンタたちじゃ――」

力にならない！

僕がそう言うよりも早く、冒険者を名乗った男はドラゴンの魔力に気圧《けお》された。

「あ、ぁ……っ」

「危ない‼」

頭上からドラゴンの尻尾が迫る。

このままじゃ冒険者たちが巻き添《ぞ》えをくらうと判断し、剣を盾にして正面から尻尾を弾き返した。

「な、なんだ、あれは……化け物か……ッ⁉」

冒険者たちは先程までの戦意を完全に失っていた。

僕やアニタさんは平気だったが、あのドラゴンは濃密で禍々しい魔力を宿している。常人なら近づくだけでも精神が壊れそうになるだろう。

それに、多分このドラゴンはアニタさんと一緒に倒した親個体よりも強い。身体の大きさは親よりも一回り小さいが、餓えていないため動作が力強く、洞窟の天井を崩《くず》した時のブレスも凄まじい威力だった。

「冒険者は他の魔物を倒してくれ‼」

「だ、だが、ドラゴンはどうする……⁉」

「俺が倒すッ‼」

冒険者が目を見開く。

「無理だ、君一人で‼」

「俺を信じてくれ‼」

僕は大きな声で堂々と告げた。

「俺は、ルーク＝ヴェンテーマ！　誰よりも強い男だ‼」

この場にいる誰よりも力強い存在感を、僕は出す。出してみせる。

ひょっとしたらそれは無意識に自分へ言い聞かせていたのかもしれない。それでも、僕の言葉は確かに届いたのか――。

「……ッ‼　分かった、そっちは任せるぞ……‼」

冒険者たちが首を縦に振り、魔物たちへの対処にあたる。

問題は、ドラゴンが僕以外の村人を標的に定めないかだが……その不安は杞憂《きゆう》に終わる。

ドラゴンは、真っ直ぐ僕だけを見据《みす》えていた。

（……そうだよな）

お前にとって僕は親殺し。

ドラゴンからしたら、この村へ来たのは逃げたというより洞窟が手狭《てぜま》で戦いにくかったからだろう。最初から僕を見逃《みのが》す気はない。

（サラマンダー、ここからは《ブレイズ・アルマ》を常時展開で）

『承知したのじゃ‼』

全身を炎が包む。

「グルゥォォオォォオォオォォォォオオォオォ――ッッ‼」

ドラゴンが噛みついてきた。

間一髪《かんいっぱつ》でその攻撃を避けると、今度は身体を回転させて尻尾の薙《な》ぎ払《はら》いを繰《く》り出してくる。剣を縦に構え、尻尾を刀身で受け止めながらドラゴンと距離をとった。

一撃が致命傷になるほどの威力だ。

僕《ルーク》が死んだら、この世界は滅んでしまうという恐怖が蘇《よみがえ》る。

だが、ルークなら絶対にこのドラゴンから逃げないだろうという確信がある。

恐怖を生み出すのがルークなら、勇気を与えてくれるのもルークだった。

今は――後者が勝《まさ》る。

「おぉおおおぉぉぉぉぉおおぉぉぉぉ――ッ‼」

視界から余計な情報が消える。

魔物、人、植物、虫、それらが見えなくなってドラゴンだけを認識している状態になった。

この絶望的な状況に、ルークの才能が新たな力を与えてくれた。

極限の集中力。――ドラゴンとは関係のない不要な情報が消え、逆に戦うために必要な情報だけが脳内で拡大されていく。

世界がモノクロに染まった。

その中で唯一《ゆいいつ》ドラゴンのことだけははっきり見える。怒りに染まった目の色も、喉《のど》の奥でグルグルと響く唸《うな》り声も、今の僕は鮮明《せんめい》に認識できた。

お前ならやれる。

僕の中のルークが、そう言っているような気がした。

「《ブレイズ・ストライク》ッ‼」

炎の閃光がドラゴンの身体に直撃した。

効いているかは分からない。だが膂力に差がありすぎて接近戦はリスクが高い。このヒットアンドアウェイを基本戦術とするしかない。

（サラマンダー！　身体強化にもっと魔力を込められるか⁉）

『し、しかしこれ以上はお主の身体に負担が……ッ‼』

（構わない‼）

サラマンダーはまだ躊躇っているようだったが、次の瞬間、《ブレイズ・アルマ》の効果が一段階向上したことを実感した。立っているだけで肉体が軋《きし》む。今の僕が手を出してはいけない力なのは明白だった。

『突進してくるのじゃ‼』

すぐに僕は二発目の《ブレイズ・ストライク》を放つ。

しかしドラゴンの勢いが衰《おとろ》えることはない。急いで真横へ飛び退く。

「ぎ……ッ⁉」

全速力に身体が耐《た》え切れず、つま先の骨が砕《くだ》けた。

瞬時に《キュア》で治療する。

痛い。でも我慢《がまん》できる。

たとえ肉が千切れても、骨が砕けても、絶対に足を止めない。痛みさえ堪《こら》えることができれば回復魔法で即座《そくざ》に治療できる。

（痛みも……邪魔《じゃま》だ‼）

心の中で唱えた瞬間、不思議と痛みが消えたような気がした。

ルークの才能が僕の意思に応《こた》えてくれたのか……これで存分に無茶ができる。

肉体の損傷を度外視すれば、ドラゴンとの接近戦も可能だった。

研ぎ澄《す》まされた集中力が、ドラゴンの鱗に隙間《すきま》があることを見抜く。攻撃を捌《さば》く際にその隙間へ剣を突き刺して、次々と鱗を剥がしていった。

まるで針の穴に糸を通すかのような繊細《せんさい》な作業の連続。大地が揺れ、砂塵が舞い上がるこの激しい攻防の中で、僕は少しずつドラゴンの喉元に迫った。

だが、その時――。

「誰か……助けて……っ‼」

目の前のドラゴンに極限まで集中しなければならない状況で、その声が聞こえたのは、きっとルークにとって困っている人を助けることは何より大事だからだろう。

声がした方を見れば、崩れた建物の瓦礫《がれき》に足を挟《はさ》んでしまい、身動きできない女性がいた。

そんな彼女に熊の魔物、レッド・ベアが近づいている。

「ッ‼」

冒険者たちは他の魔物の対処で間に合いそうにない。

僕は一瞬で彼女のもとへ駆け寄り、傍《そば》にいた魔物を斬った。

少し遅《おく》れて冒険者がやって来る。

だが同時に、ドラゴンもこちらへ接近していた。

「少年、すまない……‼」

「俺が時間を稼《かせ》ぐ‼　早くその人を連れて逃げろッ‼」

ドラゴンは容赦《ようしゃ》なく僕に襲い掛かった。

ここで僕がやられたら、目の前にいる冒険者たちもまとめてやられる。

なんとしても、倒れるわけにはいかない――。

(守れ……‼　何があっても守れ‼)

ドラゴンの殺意が全身にのし掛かった。

それでも僕は前を向く。

(今度こそ――僕はルークの意志を継《つ》いでみせるッ‼)

アイシャは守れなかった。

だから、次こそは――絶対に守る‼

『荒れ狂う炎よ‼』

「邪悪を切り裂《さ》く刃《やいば》と化せッ‼」

力強く握る剣に、炎が迸《ほとばし》る。

「──《ブレイズ・エッジ》ッ‼」

炎の斬撃がドラゴンの突進を止めた。

高熱の爆風が吹き荒れ、全身の肌が焼けるような痛みを覚える。

（まだ術を止めるなッ‼）

『っ‼　分かったのじゃ‼』

ドラゴンの猛攻は止まっていなかった。

だから僕も、炎の剣で斬り続ける。

「うおぉぉぉおおぉぉぉぉおおぉぉぉぉおぉおおぉぉ──ッ‼」

爪を、翼を、尻尾を、ありとあらゆるドラゴンの攻撃を斬って凌《しの》ぐ。

腕が折れた──《キュア》。

関節が外れた──《キュア》。

絶え間なく攻撃と回復を繰り返す。

紅蓮《ぐれん》の斬撃が幾つも重なっていくその様は、まるで炎の嵐《あらし》だった。

「す、凄い……」

「信じられん……彼は一体、何者だ……っ⁉」

後方から冒険者たちの声が聞こえた。

炎が迸り、ドラゴンの爪を力強く弾き返す。

《ブレイズ・エッジ》──十連刃《れんじん》。

ドラゴンの巨躯が大きくよろめいた。

今の僕ではこれ以上の連発はできない。魔力ではなく体力が限界だ。

だというのに、ドラゴンは……退《ひ》かない。

全身に斬撃の痕《あと》を刻み、よろけながらも、ドラゴンはこちらを鋭《するど》く睨《にら》んでいた。

『ブレスじゃっ‼』

ドラゴンの口腔が輝《かがや》く。

毒の砲撃が来る——これぱかりは避けなければならない。

だが、避ければ後ろにいる冒険者たちにあたってしまう。

——できるはずだ。

剣の天才であるルークなら、この程度どうにかしてみせるに違いない。

そうだろう、ルーク？

お前はこのくらいじゃ絶望しないはずだッ‼

至近距離で毒の砲撃が放たれた。僕の身体に触れるまでコンマ一秒もない。

だが僕は最後まで焦ることなく、迫り来る砲撃に刀身を合わせ、横に薙ぐことで受け流す。

『な、んと……ッ⁉』

サラマンダーが驚愕《きょうがく》の声を漏らした。

自分自身ですら驚くほどの神業だ。

刹那、僕はありったけの魔力を練り上げる。

「サラマンダァアァアァアァアァアァアァ――ッ‼」

高い威力のブレスを放った反動で、ドラゴンは硬直《こうちょく》していた。

窮地《きゅうち》を脱《だつ》した直後の、絶好のチャンス。

今ここで、決めるしかない――ッ‼

『絢爛《けんらん》なる烈火《れっか》よ‼』

「遍《あまね》く災禍《さいか》を斬り伏せろッ‼」

それは、最初に覚えた精霊術《ブレイズ・エッジ》の上位互換《ごかん》。

刀身を包む炎が真っ直ぐ伸びて、巨大な炎の剣と化す。

「《ブレイズ・セイバー》ァアァアァアァアァ――ッッ‼」

炎の大剣が、ポイズン・ドラゴンの身体を両断した。

◆

結果だけ見れば、僕は快挙を成し遂《と》げた。

弱冠《じゃっかん》十五歳《さい》の少年が、Sランクに認定された魔物を倒してみせたのだ。僕はレジェンド・オブ・スピリットの原作や設定資料集を熟知しているつもりだが、これほどの実績を持つ登場人物はこの世界に存在しないはずである。

しかし、現実には結果だけではなく過程もついてくる。

僕の心は決して浮かれていなかった。

今回の騒動《そうどう》で、一つの村が大きな損害を受けた。

負傷者は約二十人。

そして死者は――――一名。

死んだのは十歳にも満たない少女だったらしい。

僕がドラゴンと戦っている間に、パニックで暴れている魔物に襲われて、最後は倒壊した建物の下敷《したじ》きになった。

だから、村はドラゴンを倒しても重たい雰囲気《ふんいき》のままだった。

誰もが口数を少なくしたまま、最低限の復旧作業を始めた。

その翌日――。

「……まだ、目を覚まさないか」

静かな部屋でベッドに眠るアニタさんを見る。

復旧作業を手伝いながら偶にこうして様子を確認しに来ているが、アニタさんはまだ目を覚まさなかった。

「ルーク殿《どの》」

村長が部屋に入ってきて、声を掛けられる。

村長は四十歳くらいの男性だった。村長にしてはまだ若いが、何事も即断即決で進められる行動力が村人たちに認められ、今の地位に就《つ》くことになったらしい。実際、復旧の指揮を執《と》る彼の手腕《しゅわん》は見事なものだった。

「アニタ殿の容体は？」

「回復魔法をかけているが、まだ目を覚まさない。かなり強力な毒をくらったからな」

「……そうか」

ドラゴンを倒したあと、僕はすぐに洞窟に戻ってアニタさんを捜した。

アニタさんは僕たちが別れた場所で倒れていた。ブレスを正面から受けてしまったせいで移動する力すらなかったのだろう、僕は気絶していたアニタさんをこの村まで運び、療養させてもらうよう頼んだ。

徹夜で《キュア》を使い続けた結果、当初と比べて顔色はだいぶよくなった。呼吸も落ち着いてきている。あと数日もすれば目を覚ますだろう。

「すまない、そろそろ俺は出発する」

村長に向かって僕は言った。

本当なら復旧をもう少し手伝いたいし、アニタさんにも一言挨拶《あいさつ》をしたい。しかし入学試験の日が迫っていた。これ以上は村に滞在できそうにない。

「承知した。アニタ殿は我々が責任をもって看病しよう」

「頼む。本当はもう少し復旧を手伝いたいところだが……」

「君はもう十分手伝ってくれたさ」

村長が微笑《びしょう》する。

「ありがとう。ルーク殿のおかげで私たちは助かった」

「……だが俺は、一人死なせてしまった」

「君がいなければ皆《みな》死んでいた」

村長は真剣な面持《おもも》ちで告げた。

「どうか胸を張ってくれ。君はこの村の英雄だ。きっと、死んでしまったあの子も……君が塞《ふさ》ぎ込む姿は見たくないだろう」

僕を慰《なぐさ》めるためだけの言葉でないのは明らかだった。

復旧作業を手伝っている時も、僕は周りの村人たちの様子を窺《うかが》っていた。しかし彼らも村長と同様、心の底から僕とアニタさんに感謝しているようだった。

吐き出したい感情を必死に堪えて、僕は村長を見る。

「死んでしまった子の名前を教えてくれ」

村長は一瞬だけ目を丸くしたが、すぐに答えた。

「フィナだ。フィナ＝ハウルト」

「フィナ＝ハウルトか。その名は生涯《しょうがい》忘れない」

「……君は強いな」

静かに、小さく村長は息を吐いた。

「また村に来てくれ。いつでも歓迎《かんげい》する」

村長と握手《あくしゅ》を交わす。

小屋を出て、僕は街道の方へ向かった。

「お兄ちゃん！」

活発そうな少年に声を掛けられる。

復旧を手伝っていたのだろう。顔や服に汚《よご》れをつけた少年は、僕に向かって涙《なみだ》ぐみながら――。

「お母さんを助けてくれて、ありがとう‼」

……ああ、そうか。

この少年は、崩れた建物の瓦礫に足を挟んで動けなくなっていた女性の息子《むすこ》なのだろう。髪《かみ》の色と顔立ちがよく似ていた。

少年の感謝を受け取って、僕は村を出た。

ドラゴンが暴れたことで辺りには魔物の気配もない。

周りに人がいないことを確認してから、僕は――慟哭《どうこく》した。

「う、あぁあぁぁぁ……あぁああぁぁぁぁあぁッ‼」

死んだ。

一人、死なせてしまった。

僕は絶対に犠牲者を出してはならなかった。既に一度、大切な人を死なせてしまっているというのに……ただでさえ本物のルークと乖離《かいり》しているというのに、僕はまたルークらしくない失敗をしてしまった。

何が英雄だ……ッ！

本当に英雄なら、誰も死なせることはない。

「くそ、くそぉぉおぉぉぉぉッ‼」

この身を罰《ばつ》したくて、僕は地面に頭を叩き付けた。

額から垂れた血が地面を赤く染める。

『お、落ち着くのじゃ！　お主はよくやってる！　よくやってるではないか‼』

サラマンダーが動揺した様子で言った。

『確かに、大喜びできる結果ではないかもしれん！　じゃがお主は、ネームドのドラゴンを討《う》ち、その更《さら》に上位となるドラゴンまで倒してみせたッ‼　――Sランクの魔物を二体も倒してみせたんじゃぞっ⁉　信じられんほどの快挙じゃ‼　まさに英雄そのものじゃ！　お主がそこまで自分を責める理由などないッ‼』

サラマンダーは優《やさ》しい。だからいつだって僕を慰める言葉をくれる。

でも、僕はその優しさに揺らいではならない。

自分を責める理由がないだって……？

「そんなわけないだろッ！」

僕は怒りのままに叫ぶ。

「僕のせいで人が死んだんだ！　僕が弱かったせいで守り切れなかったんだ！　――あのドラゴンだって、僕が村まで連れてきたようなものだ‼」

『そ、そんなわけあるかッ‼』

サラマンダーが大きな声で告げた。

『ルーク、よく聞け‼　お主がいなければアニタは死んでおった‼　この村だって滅んでおった‼　お主が被害を最小限に留《とど》めたのじゃ！』

「そんな、ことは――」

『もし妾たちがドラゴンを放置していれば、きっとドラゴンはあの村を滅ぼしていたのじゃ‼　現に妾たちが最初に倒したドラゴンは、近隣の村をまとめて滅ぼしたんじゃろう⁉　妾たちがドラゴンと戦ったのは絶対に間違いではない‼』

サラマンダーの主張は一理あると思う。

でも、納得《なっとく》できない。

「それでも……僕は、ルークなんだ……ッ‼」

魂《たましい》が叫んでいる。

こんな現実、俺は認めないと——僕の中にいるルークが告げる。

「ルークなら誰も死なせない‼　ルークなら誰も悲しませないッ‼　ルークはいつだって完璧《かんぺき》じゃなきゃ駄目なんだ！　そこにいるだけで皆が安心できるような、最強の男じゃないと駄目なんだッ‼」

額を地面に打ち付ける。

血と涙が止めどなく流れ出た。

『お、お主は一体、何を目指しておるんじゃ……。そんな荒唐《こうとう》無稽《むけい》なものを、英雄だと思っておるのか……？　だとしたら、お主の生き方はあまりにも酷《こく》な……っ』

精一杯《せいいっぱい》やっているつもりだったのに、それでもまだ足りなかった。

僕は一体どうすればいいんだ……？

誰か……誰でもいいから教えてくれ……。

「ルーク君」

その時、僕を呼ぶ声がした。

振り返ると、そこにはアニタさんがいた。

瞬間、頭が混乱する。

どうして？　毒の影響でまだ目覚めないはずでは……？

いや、そんなことより――――。

――見られた。

ルークは弱音なんて吐かない。

いつだって皆を引っ張る熱い男なのに――見られてしまった。

すぐに平静を装《よそお》う。

彼女の前では、僕は常にルークでなくてはならない。

「よお、アニタ。怪我はもう治ったのか――――」

僕の言葉を無視して、アニタさんは僕の身体を抱き締めた。

「……ルーク君も、そんなふうに悲しむことがあるんだね」

「ちが……これは、そんなんじゃなくて……っ」

アニタさんの腕にはほとんど力が入っておらず、身体も震えていた。抱き締められたというより、寄りかかられたような感じだった。

毒が完治したわけではない。アニタさんは満身創痍だ。

それでも、駆けつけてくれたのだろう。

優しくて、暖かい。……ルークがこんなものを求めちゃいけない。

なのに何故か、僕はアニタさんから離れることができなかった。

「いいと思うよ、悲しんでも」

ポタリ、と僕の肩《かた》に何かが垂れる。

それはアニタさんの涙だった。

「こうやって、一緒に涙を流すのも……きっと大切だよ」

アニタさんも泣いていた。

僕と同じように、自分を責めていた。

「ごめんね、間に合わなくて……私が、先にやられたから……っ」

「ち、がう……俺が、弱かったから……っ」

どうしても涙が止められない。

僕の中にいるルークが、静かに霞《かす》んでいく。

駄目だと分かっているのに……僕はアニタさんの胸の中で泣き続けた。

——後に思い出す。

この事件は、レジェンド・オブ・スピリットの設定資料集にたったの一文だけ記載《きさい》されていた、アニタさんがトラウマとして抱えている過去だった。

原作のアニタさんは単身でポイズン・ドラゴンに挑み、その結果、ドラゴンを仕留めきれずに一つの村が丸ごと滅ぼされてしまう。アニタさんはそんな過去をトラウマとして背負って生き、やがて学園を卒業したルークと出会うはずだった。

どうりで僕があの村のことを知らないわけだ。

あの村は、原作では滅んでいて登場しないのだ。

サラマンダーの言う通り、僕がいなければ村の被害はもっと甚大《じんだい》になっていたらしい。僕がいたおかげで村は滅びなかったというのは確かに事実ではあるだろう。

でも、だから何だと言うのだ。

もしも原作のルークがこの事件に遭遇していたなら、きっと一人も犠牲者を出すことなく村を救ってみせたのだ。

完全無欠にして最強の主人公――ルーク＝ヴェンテーマ。

僕は彼にならなくてはならない。

僕はまだ弱い。

アニタさんと共に泣きながら、何度もそう思った。

三章　王都へ

一頻《ひとしき》り泣き続けた僕《ぼく》たちは、その後、お互《たが》いに次の目的地へ向かうことにした。

僕は王都へ、アニタさんはまだ身体が完治していないため村へ。アニタさんにもその後の予定があるらしく、どのみち異なる方角へ向かわなくてはならないので、僕たちはここでお別れだ。

「弱音を吐《は》きたくなったら、いつでも私を呼んでね。いくらでも胸を貸すからさ」

アニタさんが慈愛《じあい》に満ちた顔で僕に言った。

しかし僕は首を横に振《ふ》る。

「弱音なんて吐かないさ」

僕は、慈愛に満ちた目で見られてはならないのだ。

何故《なぜ》なら――――。

「俺《おれ》はルーク＝ヴェンテーマ。いずれ英雄《えいゆう》になる、誰《だれ》よりも熱い男だぜ」

「……そっか。なら大丈夫《だいじようぶ》だね」

アニタさんは優《やさ》しく笑った。

慈愛は受け取らない。ルーク＝ヴェンテーマは強くて堂々とした男でなくてはならないのだ。人から心配されるようでは、僕はルークになれない。

「じゃあ餞別《せんべつ》に、これをあげる」

そう言ってアニタさんは、小さな革袋《かわぶくろ》を取り出した。

「これは……金か？」

「うん。王都の宿代にでも使ってちょうだい」

アニタさんがお金に余裕《よゆう》があることは以前にも聞いている。

僕はお言葉に甘《あま》えることにして、貨幣《かへい》の入った袋を受け取った。

「あと、もう一つあげるね」

もう一つ？　と首を傾《かし》げる。

その直後、額に柔《やわ》らかい感触《かんしょく》がした。

目と鼻の先にアニタさんの顔がある。何をされたのかすぐに察した僕は、思わず後退《あとじさ》った。

「な、なにを……っ」

「あはは！　大人ぶりたいなら、今後はこういうことにも気をつけないとね～」

人の悪い笑《え》みを浮《う》かべて、アニタさんは踵《きびす》を返した。

ひらひらと手を振りながら去って行く彼女《かのじょ》の背中を、僕は複雑な心境で見送る。

（……僕も、出発しよう）

街道《かいどう》を真《ま》っ直《す》ぐ進めば王都に到着《とうちゃく》する。

アニタさんと別れた僕は、振り返ることなく王都へ向かった。

◆

原作と違《ちが》って馬を持っていない僕は、身体能力を強化する精霊《せいれい》術《ブレイズ・アルマ》を発動し、高速で走って移動していた。

定期的に《バイタル・ヒール》で体力を回復させつつ、半日ほど走り続けた頃《ころ》。僕は目的地である王都に到着する。

『ふおぉぉ……文明の進化を感じるのじゃ……‼』

夕焼けに染まる街並みを眺《なが》めて、サラマンダーが感動していた。

かくいう僕も感動している。この王都はレジェンド・オブ・スピリットの学生編の主な舞台《ぶたい》……ゲームの一ファンとして胸が躍《おど》る光景だ。

だが同時に、寂《さび》しさも感じる。

首元につけた黒いリボンに触《ふ》れた。

(……本当はここに、アイシャもいたんだ)

原作ではここで、ルークとアイシャが王都の街並みに対して色々コメントする。美味《おい》しそうなパン屋さんがあるとか、もしもここで家を買うとしたらあんな見た目がいいとか……時には甘酸《あまず》っぱい青春を感じさせるようなやり取りもあった。

けれど、もうその可能性は失われてしまった。

今のルークは王都に到着しても話し相手がいない。

そんなことを思いながら、パン屋の前を通ると――。

『ルーク！　あのパン、うまそうなのじゃっ‼』

サラマンダーがそんなことを言う。

こんな偶然《ぐうぜん》あるのだろうか……それは原作でアイシャが言う台詞《せりふ》と同じだった。

「……そうだね。今度寄ってみようか」

『む～、今は駄目《だめ》なのじゃ？』

「時間が遅《おそ》いから、先に宿を取ろう」

今の僕にも話し相手はいる。

その事実に微《かす》かな罪悪感……そして温かさを感じ、僕は石畳《いしだたみ》を歩いた。

『入学試験は明日からじゃったか』

「そうだね。明日から五日間続く予定だ」

試験は三つに分かれている。

一次試験は筆記試験。つまりペーパーテストだ。

二次試験は面接。学園の教師から色んな質問をされ、それに答える。

そして最終試験は、生徒の実力を測るものとなる。

最終試験の全貌《ぜんぼう》はまだ受験生に知らされておらず、当日に発表される手筈《てはず》となっている。

去年も一昨年《おととし》もその内容は受験生同士の模擬《もぎ》戦だったため、今年もそうなるのではないか……という推測が受験生たちの間では飛び交《か》っていた。

しかしルークを含《ふく》む、一部の優秀《ゆうしゅう》な受験生は異なる試験を受けることになる。

シグルス王立魔法《まほう》学園には特別なクラスがある。そのクラスに入るための特別な試験を受けることになるのだ。

『アンタから餞別も貰《もら》ったし、いい部屋に泊《と》まるのじゃぞ‼』

「餞別……」

僕はアニタさんから別れ際《ぎわ》にされたことを思い出した。

ルークならああいうことをされても堂々としているのに、僕は思い出すだけでも動揺《どうよう》してしまう。

『……ルークはスケベなのじゃ』

「スケ……っ⁉　だ、だって、仕方ないだろ、あんな急に……っ‼」

『でも嬉《うれ》しそうだったのじゃ』

サラマンダーはどこか不機嫌《ふきげん》そうに言う。

『最近、妾《わらわ》たちの結びつきが強くなったからか、ルークの考えていることが少しずつ分かるようになってきたのじゃ。……アニタに口づけされた時、お主が喜んでおったことを妾は知っておるぞ』

僕の心が読めるようになってきたらしい。

人と精霊の間には親密度というパラメーターが存在する。この数値が向上すればするほど、両者は以心伝心の仲となるわけだが……おかしい、いつの間にそんなに親密度が高くなっていたんだ……。

『ふん……妾だって、その気になれば……』

サラマンダーはブツブツと何かを呟《つぶや》いていた。

◆

「……あれかな」

見覚えのある建物を発見し、近づく。

オレンジ色の屋根がある二階建ての建物……間違いない。原作のルークたちが利用した宿、眠《ねむ》る子羊亭《てい》だ。

古めかしい扉《とびら》を開き、カウンターへ向かう。

「いらっしゃい。……おや、子供だね。保護者はいるのかい？」

「いや、俺一人だ」

「うちは未成年だけだと泊めないよ」

えっ、と思わず声が漏《も》れた。

原作のルークとアイシャは入学試験の間、この宿に泊まっていたはずだが……。

（そうだ、思い出した。アイシャがこの人と知り合いなんだ。だから原作では顔パスで泊まれたけど……）

アイシャがいない今はそういうわけにもいかない。

「あー……アイシャ＝ヴェンテーマって知ってるか？」

「アイシャちゃん？　知ってるわよ」

「俺はアイシャの幼馴染《おさななじみ》なんだ。そのよしみで、なんとか泊めてくれないか？」

「うーん、そう言われてもねぇ。嘘《うそ》か本当か分からないし、仮に本当だとしてもやっぱり子供一人だけを泊めるのはちょっと……」

アイシャがいないことに加え、僕が一人であることも気にされている。

家出した少年と思われているのかもしれない。他の宿泊客《しゅくはくきゃく》のためにも厄介事《やっかいごと》は避《さ》けたいという彼女の気持ちもよく分かる。

「これ、そこの」

その時、背後から女性の声がした。

振り返ると、そこにはベージュ色の髪《かみ》を伸《の》ばした、二十代くらいの女性がいた。

その頭からは二本の角が生えている。

「妾がルークの保護者じゃ。これでよいかの？」

「あ、ああ。構わないよ。……なんだ、ちゃんと保護者がいるなら言ってくれないと」

謎《なぞ》の女性が僕の保護者ということになった。

部屋の鍵《かぎ》を渡《わた》され、僕はフロントの奥《おく》へ進む。

宛《あて》がわれた部屋に入って一息ついた後、僕は女性の方を見た。

「サラマンダーだよね？」

「うむ！　よく分かったのう‼」

まあ原作で見たことあるし……。

高位の精霊は姿を変えることができる。四大精霊のサラマンダーは原作でも途《と》中《ちゆう》から人間の姿になっていた。

ベージュ色のさらさらとした長髪《ちようはつ》に、ドラゴンのものに似ている二本の角、和服のような赤い衣《い》装《しよう》に、腰《こし》から伸びている赤黒い尻尾《しつぽ》。

サラマンダーはこの姿になってから、急激にプレイヤーの人気を獲得《かくとく》した。それこそ人気投票で何度か一位になるほどに。

本来ならシナリオがもっと進んで、かつ親密度が一定以上でないとサラマンダーは人間の姿にならないはずだが……心を読まれた件といい、やはり今の僕は原作以上にサラマンダーとの関係が深くなっているらしい。

「人間の姿になったのは初めてじゃが、我ながら完璧《かんぺき》とみた！　しかし、大人の姿は少し身体が重たいのう。もっと、こう、コンパクトに……」

サラマンダーの身体から、ポン！　と小気味いい音がする。

次の瞬間《しゅんかん》、サラマンダーの身体は少女……というより幼女のものになっていた。

「うむっ‼　このくらいが丁度いいのじゃ！」

サラマンダーは俗《ぞく》に言う「大人モード」から「のじゃロリモード」になった。原作通りだと、基本的にはこちらの姿で行動することになる。

ちなみに、大人モードよりもこちらの方が人気である。ロリコンどもめ。

「お主が王都へ移動している間、ずっと人の姿になる方法を考えていたんじゃ。うーむ、我ながら見事……今まで一番頭を使った気がするのじゃ」

「え、そんなに頑張《がんば》ってくれたの？」

僕が宿に泊まれなくて困っているから対応してくれたわけではないらしい。

どうりで移動中、いつもより口数が少なかったわけだ。

「ありがたいけど、なんでそこまでして人の姿に？」

「そ、それは、その……」

「あ、待って。折角だからあててみせるよ」

どうもサラマンダーとのイベントが原作よりも早めなので、僕はここらで親密度チェックをすることにした。

精霊との親密度が向上すれば、両者の関係に様々な変化が起きる。初期段階では心の中で会話できる程度だが、次の段階では感情の共有が可能になり、更《さら》に親密になれば記憶《きおく》の共有なども可能になる。

果たして僕とサラマンダーの親密度はどの段階なのか……確かめるために、僕はサラマンダーのことを強く意識した。

すると、ある感情が胸中に去来する。

ムズムズしていて、モヤモヤしていて、なんだかもどかしい感じ………。

「これは……なんだろう。羨望《せんぼう》……いや、嫉妬《しっと》かな？」

「ぎょっ⁉」

サラマンダーが顔を真っ赤に染めた。

不思議な感情と同時に、イメージが頭の中に入ってくる。

アニタさんの顔が脳裏《のうり》に浮かんだ。

「えーっと……よく分からないけど、アニタさんに嫉妬してるの？」

「ちちち、違うのじゃ！　違うのじゃあっ‼」

「いや、でもそういう感情が伝わってくるんだけど……」

「み、見るでない‼　やめるのじゃ！　見るでないっ‼」

サラマンダーは胸を押《お》さえながら、部屋の隅《すみ》にあるベッドの上まで後退った。

なんだか犯罪的な光景である。

「わ、妾は、その……お主とアニタのやり取りを見て、悔《くや》しくなったのじゃ」

サラマンダーは、顔を伏《ふ》せて語り出す。

「……妾は所詮《しょせん》、言葉しか届けてやれぬ。じゃが、アニタはルークに胸を貸し……ルークはその胸の中で存分に泣いておった」

それはルークを目指す僕にとっては恥《は》ずべき記憶。

しかしサラマンダーは、僕とは異なる理由で恥じていたらしい。

「わ、妾はお主の精霊なのじゃ！　お主にとって一番の相棒なのじゃ！　じゃから、その……本当なら、妾がアニタのようにお主を慰《なぐさ》めてやりたかったのじゃ！」

「……それで、人間の姿になろうと？」

「そうじゃ‼」

真っ赤な顔でサラマンダーは告げる。

「こ、これからは妾が胸を貸してやるのじゃ！　じゃから、泣きたくなったらいつでも妾を頼《たよ》るがいいぞ‼」

小さな身体で精一杯《せいいっぱい》両手を広げ、サラマンダーは僕を見る。

まさか、そんなに僕のことを真剣《しんけん》に考えてくれたなんて……気恥ずかしいが、それ以上に嬉しい。

未《いま》だルークとは程遠《ほどとお》い、こんな僕でも認めてくれる相手がいるのか。

それが何より信じがたかったが、サラマンダーの感情が伝わる今、彼女が嘘をついていないことが確信できた。

「ありがとう、サラマンダー。それじゃあ早速《さっそく》――」

「く、来るのかっ⁉　よ、よよよ、よいぞ！　ぎゅっとするがよいっ‼」

「その尻尾、貸してもらえる?」

「……のじゃ?」

目を丸くするサラマンダーに僕は言った。

「さっきからずっと、触《さわ》ってみたかったんだ」

「………………………好きにするがよい」

ベッドに腰掛《こしか》けるサラマンダーの尻尾を触る。

よく見れば細かい鱗《うろこ》が表面を覆《おお》っており、ザラザラとした肌触《はだざわ》りだった。なんだか程々に温かくて癖《くせ》になる。

長距離《ちょうきょり》の移動で少し疲《つか》れていたため、僕はしばらく無言でサラマンダーの尻尾を撫《な》で続けた。

「……なんか、思ってたのと違うのじゃ」

サラマンダーは嫌《いや》そうではなかったけれど、釈然《しゃくぜん》としていなそうだった。

◆

翌朝。

僕は入学試験を受けるべく、会場である学園まで向かった。

「ここが、シグルス王立魔法学園……」

思った以上に壮観《そうかん》だ。広大なグラウンドに、清潔感のある巨大《きょだい》な校舎。大都会である王都の中心にこれだけの敷地《しきち》を用意するとは……実にゴージャスな学び舎《まなや》である。

『き、緊張《きんちょう》してきたのじゃ』

（今日は筆記試験だけだし、そんなに緊張する必要ないよ）

サラマンダーを落ち着かせながら、校門前の受験生たちの列に並ぶ。

頭から獣《けもの》の耳を生やした獣人、耳が長い美形のエルフ、色んな種族がいた。村には人間しかいなかったので、少し新鮮《しんせん》な気持ちになる。

『お主、試験の対策は大丈夫なのじゃ？』

（………………）

『え？　な、なんでそこで黙《だま》るのじゃ？』

おや、おかしいな。

急にサラマンダーの声が遠くなった気がする。

「おはようございます。受験生ですか？」

列に並んで校門の前まで進むと、係員から確認《かくにん》をされた。

僕は「ああ」と首を縦に振る。

「では受験票をお見せください」

「受験票はないが、招待状を貰った」

「招待状、ですか……」

係員は妙《みょう》な反応をしたが、少なくとも招待状の存在には心当たりがあるらしい。

微かに怪訝《けげん》な顔をする係員へ、僕は孤児院《こじいん》に届いた招待状を渡す。

「ヴェンテーマ孤児院の……確認いたしました。それでは、こちらの道を真っ直ぐお進みください」

係員の指示に従い、僕は学園の敷地を歩いて試験会場まで向かう。

『なんというか、変な反応だったのじゃ』

（そうだね。孤児院のことを知っているような感じだったけど）

『試験対策はしたのじゃ？』

（…………）

『ルーク⁉　大丈夫なのじゃ⁉　お主ほんとに大丈夫なのじゃ⁉』

またサラマンダーの声が遠くなった気がした。おかしいなぁ。

ちなみに孤児院の伏線《ふくせん》が回収されるのはまだ先である。

これから僕たちが入学するシグルス王立魔法学園は、世界大戦を終わらせた英雄シグルス＝ヴェンテーマが創設した学園だ。

そして、僕やアイシャが育った孤児院の名前は、ヴェンテーマ孤児院。

英雄シグルスは、世界大戦によって親を失った子供たちのために、国内の各地にヴェンテーマ孤児院を設立した。しかし実は、シグルスがこの孤児院を設立したことにはもう一つの隠《かく》された意図が存在し……といった展開が後々発生するのだ。

が、今は気にしなくてもいいだろう。

会場である講堂の中に入ると、大量の机と椅子《いす》が並んでいた。

既《すで》にその半数が受験生たちで埋《う》まっている。シグルス王立魔法学園は王立なだけあって国内でも随一《ずいいち》の名門校……試験直前だというのに、受験生たちは最後の詰《つ》めと言わんばかりに黙々《もくもく》と参考書を読んでいた。

席に座《すわ》り、しばらく待っていると試験官が現れて答案用紙が配られる。

試験が始まると、受験生たちは静かに問題を解《と》き始めた。

（……サラマンダー）

『よ、ようやく喋《しゃべ》ったのじゃ……』

（ここの答え、分かる……？）

『お主……』

なんだか哀《あわ》れみの目で見つめられているような気がした。

（い、いや、大丈夫だよ。ちゃんと合格するから）

『ほ、ほんとか？　それも未来予知というやつなのか？』

（そう、未来予知。だから問題なし）

ヴェンテーマ孤児院の出身である僕は、実は一次試験の合格が確定している。二次試験以降は実力で合格しなければならないが、一次試験はどれだけ適当にこなしても問題ないはずだ。

正直、僕の場合、試験対策をしている暇《ひま》があればもっと強くなるべきだ。

最初からそのつもりで行動してきたけど……いざ解けない問題ばかり見ていると、ちょっと悲しくなってくる。

最低限の学力くらいは身に付けよう。そう反省した。

◆

「お疲れ様でした。試験の合否は明日の正午までに、こちらの魔法石で確認できるようになります。合格、不合格にかかわらずその後の指示も通達されますので、魔法石は決して紛失《ふんしつ》しないよう注意してください」

全《すべ》ての筆記試験が終わった後、学園の入り口にいる係員から魔法石を渡される。
掌《てのひら》に収まる程度の薄《うす》い円盤《えんばん》のような石だった。表面はスマートフォンのような液晶《えきしょう》パネルっぽいものになっている。

『この後はどうするんじゃ？』

魔法石をポケットに入れた僕に、サラマンダーが訊《き》いた。

「冒険者《ぼうけんしゃ》ギルドに行こうと思う」

『ギルドに？』

「理由は二つ。一つは実戦経験を得て実力を伸ばすこと。もう一つは、お金かな」

『金が必要なのじゃ？』

「うん。装備を調《ととの》えたい。特に性能のいい武器が欲《ほ》しい」

そう言って僕は腰に携《たずさ》えた剣に軽く触れた。

「きっちり手入れして長持ちさせていたけど、そろそろ限界が近いんだよね。ドラゴンと戦った時に刀身が殆《ほとん》ど潰《つぶ》れちゃったし」

『確かに……こうして聞いてみると深刻な問題なのじゃ』

武器は自分の命を預ける大事な相棒だ。比較《ひかく》するわけではないが、サラマンダーと同じくらい気を配らねばならないものである。

それに――ルークになってから、一つ分かったことがある。

多分、僕はルークと違ってご都合主義が起きない。

主人公補正と言ってもいいだろう。僕にはそれがないのだ。本物の主人公ではないのだから当然とも言える。……激しい戦闘《せんとう》をしたら、ちゃんと周りの人や建物にも被害《ひがい》が出るし、こんなのゲームなら大バッシングを受けるだろうと思えるような鬱《うつ》展開もどんどん発生してしまうのが現状だ。

今後、自分にとって都合のいい展開が偶然起きるようなことはないと考えていいだろう。基本的に、ルークが生来備えていた能力以外は期待しない方がいい。

思えば、ルークは本当にご都合主義の塊《かたまり》のような男だった。ルークがいれば誰も死なず、何もかもがまるっと解決する。

そのご都合主義がない分、僕はとてつもなく慎重《しんちょう》に行動せねばならない。

武器の新調はその一環《いっかん》だ。原作のルークは戦闘中に武器が壊《こわ》れることはなかったが、多分、僕の場合は容赦《ようしゃ》なく壊れる。だから注意せねばならない。

『しかし、急を要する必要はあるのか？　しばらくは試験で忙《いそが》しいじゃろう』

「シグルス王立魔法学園には、在学中はギルドへ登録してはならないっていう学則があるんだよ」

『……む？　なら、どのみち登録しても意味ないのではないか？』

「在学中の登録が禁止されているだけだから、在学する前に登録したらいいんだ」

『……法の抜《ぬ》け穴じゃ』

実際、原作にはその方法を使って、学生でありながらこっそり冒険者として活動しているヒロインがいる。

今回は彼女のやり方を真似《まね》させてもらおう。

「これから僕は、表向きは学生、裏では冒険者といった身分で活動する。……なにせ僕は寝《ね》なくてもいいからね。ギルドは夜中でもやっているし、一日を限界まで使い尽《つ》くせるよ」

『……くれぐれも、無茶だけはせぬようにな』

平日の日中は学生、深夜と休日は冒険者といったスケジュールになるだろう。過酷《かこく》な気もするが、弱い僕にはこのくらいが丁度いい。

冒険者ギルドに到着した僕は、すぐに扉を開いて中に入った。

併設《へいせつ》している酒場で盛り上がっていた屈強《くつきょう》な男たちが、僕のことを一瞥《いちべつ》する。ここはガキが来るような場所じゃねぇぞと彼《かれ》らの目が訴《うった》えていた。

その目を無視して、カウンターまで向かう。

「いらっしゃいませ、ご用件は何でしょうか」

「ギルドに登録したい」

「畏《かしこ》まりました。では試験を受けていただきますね」

冒険者ギルドは試験に合格さえできれば何歳《さい》からでも登録できる。

さっきまで学園の入学試験を受けていたのに、また試験だ。しかしギルドの試験は実力を試《ため》すものだけだったはず。それなら十全の力を発揮できる。

「ここ、ラーレンピア王国冒険者ギルド本部の試験は、ギルドの構成員との模擬戦になります。対戦相手のランクを指定できますが、どのくらいにしますか？」

「Sランクで頼《たの》む」

「…………はい？」

聞き返す受付嬢《うけつけじょう》に、僕は改めて告げた。

「とにかく、一番強い奴《やつ》を出してくれ」

◆

「俺を指名したのはお前か？」

ギルドのカウンター前で待つことしばらく。

階段から一人の男が下りてきて、僕に声をかけた。

彼が僕の試験官を担当してくれるらしい。

「ルーク＝ヴェンテーマだ。よろしく頼む」

「……なんだ、身の程知らずのガキかと思ったが、最低限の礼儀《れいぎ》はありそうだな」

男は目を丸くする。

心なしか、態度が柔らかくなったような気がした。

「俺はダリウス。一応、Sランク冒険者ってことになってる」

「一応？」

「つい最近、Sランクになったばかりなんでな」

ということは、アニタさんと近い実力の持ち主だ。

「アンタがこのギルドで一番強いのか？」

「ああ。正確には、今この場にいる中でという条件を付け加える必要があるけどな」

厳密にはダリウスさんが一番強いわけではないらしい。

僕としては――この試験で可能な限り優《すぐ》れた結果を出し、高いランクで冒険者の活動を始めたかった。そうすれば高難度の依頼《いらい》を受けることができ、短時間で大金を稼《かせ》げる身分になる。学業との両立を考えると、タイムパフォーマンスは意識したい。

「さて、それじゃあ早速試験を……と言いたいところだが、実はお前が来る数分前に、全く同じやり取りをした奴がいてな」

ダリウスさんが僕の背後へ目配せする。

すると、そこに立っていた同い年くらいの少女がこちらまで歩いてきた。

透《す》き通るような黄金の髪。初雪の如《ごと》く白い肌。触れることを躊躇《ためら》ってしまうほどの華奢《きゃしゃ》で小さな体躯《たいく》。そして、どこか眠たそうな、ぼーっとした顔つき。

僕はその少女を、知っていた。

「……リズ＝ファラキス」

少女は最小限の自己紹介《しょうかい》を済ませる。

「こいつも、お前と同じようにSランクの試験官をお望みだ。――というわけで、お前ら二人で協力してかかってこい」

どうやら僕だけでは相手にならないと判断されたらしい。

どうするべきか。悩《なや》む僕を他所《よそ》に、リズが口を開く。

「……不要」

リズは気怠《けだる》そうに言った。

「足手まとい……邪魔《じゃま》……」

初《しょ》っ端《ぱな》から言いたい放題である。

思わず顔が引きつりそうになるが、表情筋でどうにか堪《こら》えてみせた。

こういう時、ルークなら何と言うだろうか。

「……つまり、一人で戦いたいってことか？」

リズが怪訝な顔をした。

「いいぜ、先鋒《せんぽう》は譲《ゆず》ってやるよ。自分の強さに自信があるのはいいことだ」

リズはまるで毒気を抜かれたかのように、目を丸くした。

そのまま数秒ほど間を空けて、リズは小さな唇《くちびる》を開く。

「……変な人」

そう呟いて、リズはダリウスさんの方を向いた。

「一人ずつ来るのか？　まあそれも構わねぇが、手加減はしねぇぞ？」

「問題ない。……私は強い」

◆

ギルドの地下にある、広大な演習場。

僕とリズはそこに案内され、早速、ダリウスさんと模擬戦をすることになった。

「《アース・ニードル》」

開幕早々。

リズが土属性の魔法を発動する。

リズの足元から土の棘《とげ》が大量に射出された。本来なら細長い矢のような形状だったはずだが、彼女が放つ棘はもはや杭《くい》である。かなりの魔力を注いだのだろう。

「《ウィンド・シールド》」

ダリウスさんが冷静に対処する。

乱気流で壁《かべ》を作る、風属性の魔法だ。ダリウスさんは自身の正面に激しい乱気流を生み出し、迫《せま》り来る棘を次々と弾《はじ》いた。

その行動を見て、リズは《アース・ニードル》を解除する。

かと思いきや、今度はダリウスさんの両脇《わき》から、ダリウスさん目掛けて大量の棘が射出された。棘を発射する位置は足元でなくてもいいらしい。

『あのリズという娘《むすめ》、魔力の扱《あつか》いが上手《うま》いのじゃ』

（そうだね。規模が大きいから分かりにくいけど、かなり繊細《せんさい》に操作してる）

大きな棘を放つだけでは攻撃《こうげき》に物理的な隙間《すきま》が生まれてしまう。そこでリズは大きな棘の間に小さな棘も挟《はさ》み、隙間をなくしていた。

加えて様々なフェイントを織り交ぜている。たとえば棘の先端《せんたん》が微かに上を向いていたり、右を向いていたりするが、いざ放たれると全く違う方向へ射出されていた。

一見すればリズの戦闘スタイルは膨大《ぼうだい》な魔力に物言わせたごり押しだが、その真骨頂は精密な操作にある。

だが——決定打にはなっていない。

ダリウスさんの風の壁が想像以上に厚く、攻撃は全く届いていなかった。

リズもそれに気づいてか、新たな魔法を発動した。

「《アース・ウォール》」

「ん？」

リズの唱えた魔法名を聞いて、僕は思わず首を傾げた。

確か《アース・ウォール》は土の壁を生み出す、防御《ぼうぎょ》に適した魔法だ。搦《から》め手として、相手を壁に閉じ込《こ》めるような使い方もあるが、今の状況《じょうきょう》では防御にせよ閉じ込めるにせよ戦術の意味が薄い。

リズの狙《ねら》いはすぐに判明した。

ダリウスさんの足元から巨大な土の壁が現れる。そして——そのまま物凄《ものすご》い勢いで天井《てんじょう》まで押し上げた。

「こいつ⁉　押し潰す気か⁉」

ダリウスさんが驚《おどろ》く。

なるほど、岩の壁で相手を持ち上げ、そのまま天井と挟んで潰す気か。

面白《おもしろ》い魔法の使い方をする。

これは一本取ったか、そう思ったが——。

「《ウィンド・ムーブ》」

ダリウスさんが風属性の魔法を発動する。

次の瞬間、ダリウスさんの姿はリズの背後に現れた。

「っ⁉」

「悪いな。こいつを使った以上、圧倒《あっとう》させてもらうぜ」

リズが慌《あわ》てて後退する。

ダリウスさんは淡々《たんたん》とした様子で、掌を前に突《つ》き出した。

「《ウィンド・カッター》」

風の刃《やいば》が、目にも留まらぬ速さでリズの身体を裂《さ》く。

リズの真っ白な両手と両足が、浅く切られた。真っ赤な血が垂れ落ちる。

リズの脇を通り抜けた風の刃は、その後ろにある硬《かた》い壁に鋭利《えいり》な傷をつけた。

凄《すさ》まじい切れ味を誇《ほこ》る魔法だ……それを受けたリズが薄皮《うすかわ》一枚しか切られていないということは、手加減されたことを意味している。

「見えねぇだろ。俺も、魔法も。……これが俺の基本戦術だ」

「……まだ、終わってない……っ！」

リズが悔しそうにダリウスさんを睨《にら》む。

「じゃあ、こいつで終わりだ」

ダリウスさんが再び風の刃を放つ。

対し、リズはせめてもの抵抗《ていこう》と言わんばかりに《アース・ウォール》を目の前に展開した。本来の盾《たて》としての使い方だ。

大量の魔力を注ぎ込むことで硬度《こうど》が強化された岩の壁は、飛来する風の刃をいくらか弾いた。しかしダリウスさんが少し多めに魔力を注ぐと、風の刃が岩の壁をまるで豆腐《とうふ》のように綺麗《きれい》に裂いてみせる。

と、その時――。

壁によって弾かれた風の刃が、僕のもとへ飛んできた。

「あ、やべっ⁉」

ダリウスさんが焦燥《しょうそう》する。

しかし僕は冷静に、剣を抜いた。

「ほっ」

炎《ほのお》を纏《まと》った剣で、風の刃を消し飛ばす。

バチンッ！　という音が響《ひび》いた。

「…………マジか」

ダリウスさんがこちらを見て驚愕《きょうがく》していた。

一方、リズは敗北を悟《さと》ったのか、破壊《はかい》された岩の壁の裏でしゃがみこんでいた。

「あー、とりあえずリズの試験結果だな。……素質はあるんだが、磨《みが》き切れてねぇって感じだ。よってお前はAランク」

そう言った後、ダリウスさんは僕の方を見る。

「さて、次はお前だが……ちょっと本気でやった方がよさそうだな」

よく考えたら、これは僕の現時点の強さを測る絶好の機会だ。

ドラゴンとの戦いはアニタさんと協力したので、僕自身がどこまで戦いに貢献《こうけん》できたか分からない。Sランク冒険者のダリウスさんと一対一で戦うことで、僕は客観的な実力を把握《はあく》することができる。

「胸を借りるつもりで、挑《いど》ませてもらうぜ」

「ああ。怪我《けが》しても恨《うら》むなよ？」

ダリウスさんが不敵な笑みを浮かべる。

――結論から言うと。

僕は、自分で思っていた以上に強くなっていたらしい。

◆

ダリウスは己《おのれ》のことを、才能ではなく努力で成り上がった冒険者だと思っていた。

いや、もちろん才能だってあるとは思う。なにせ栄《は》えあるSランク冒険者になってみせたのだから、自分が根っからの凡才《ぼんさい》であるとまでは卑下《ひげ》していない。

それでも、世の中には本物がいるのだ。

大戦を終わらせた英雄――シグルス＝ヴェンテーマ。

あの男は流石《さすが》に例外だが、彼ほどではないにせよ、この世界には比べるだけでも馬鹿馬鹿《ばかばか》しくなってしまうような本物の才能を持つ者がゴロゴロといる。

一度見た魔法なら何でも完璧に模倣《もほう》してみせる男――賢者《けんじゃ》ヌルト＝アンデラ。

王族だけが使える特殊《とくしゅ》な魔法を、どういうわけか兄弟姉妹の中で独り占《じ》めして生まれてきてしまった、規格外の王族――第三王女ソフィア＝ラーレンピア。

争いが苦手にも拘《かかわ》らず、精霊に好かれやすい体質で既に十体以上と契約《けいやく》を交《か》わしている、自然を好む温厚《おんこう》な老人――庭師ゾグ＝ヴォルキン。

生まれつき光の精霊をその身に宿し、身体の傷だけでなく心の傷までも癒《い》やせると噂《うわさ》されている、神に愛されし少女――聖女アナスタシア。

オリジナルの属性を生み出し、極小精霊の力を引き出すことができる、僅《わず》か十八歳でニアSランクとまで呼ばれている発想の天才――冒険者アニタ＝ルーカス。

彼らのような本物を知っている以上、ダリウスは己のことを偽物《にせもの》だと考えていた。

そして、本物と偽物の違いについて散々悩んだダリウスは、いつしか他人が本物か偽物か見抜《みぬ》けるようになっていた。

（こいつは、偽物だ）

リズと対峙《たいじ》した直後、ダリウスは察した。

模擬戦はまだ始まっていない。しかし長年の経験から勘《かん》で分かる。

（正確には、何かを隠していそうな気もするが……）

その隠しているものは、結局、模擬戦では明らかにならなかった。

次はルークという少年が相手だ。

この少年からは――とてつもない迫力《はくりょく》を感じている。

最初から、妙な存在感のある少年だった。

その目は強い意志を宿しており、その言葉には強い熱が込められている。一挙手一投足から力強さを感じ、ダリウスは既に心のどこかで気圧《けお》されていた。

「さあ、どこからでもかかってこいよ」

ダリウスは不敵に笑って言う。

自分の力を過信した子供が、Sランクの試験官を希望するのはよくあることだ。そういう時、ダリウスは大人の責任を果たすべく、世間を知らない子供の鼻っ柱をへし折ってやるわけだが――。

「じゃあ――いくぜ？」

瞬間、爆炎《ばくえん》が迸《ほとばし》る。

ルークの剣から強烈《きょうれつ》な炎が噴《ふ》き出し、演習場があっという間に炎に囲まれた。

凄まじい熱量だ。

全身の肌が粟立《あわだ》つ。濃密《のうみつ》な魔力が容赦なくのしかかってきた。

――本物だ。

こいつは、間違いない。

偽物の自分とは違う、本物の人間だ。

ダリウスは一瞬で手加減をしないと決めた。

風属性の魔法《ウィンド・ムーブ》を発動し、移動速度を向上する。

肉眼では捉《とら》えられない圧倒的な速度でルークの背後に回り込んだダリウスは、気配を悟られるよりも早く風の刃を放った。

その数――百。

大量の不可視の刃が、ルークに襲《おそ》い掛かった。

「――《ブレイズ・セイバー》」

百の刃は、たったの一撃で消し飛んだ。

◆

「お前は文句なしにSランクだ。くそっ、凹《へこ》むぜ………」

ダリウスさんは複雑そうに試験の結果を伝えた。

思ったよりも順調に……というか想像を遥《はる》かに超《こ》えるレベルでいい結果を出すことができた。個人的にはAランクくらいかなと思っていたが、もっと実力があったようだ。

『まあ、そりゃそうなのじゃ。ポイズン・ドラゴンを二体も倒《たお》したし、ただでさえ膨大だった魔力量が更にとんでもなく成長しておるからのぉ』

(そっか。……アニタさんと比べて、どのくらいの量なのかな?)

『十倍くらいじゃ』

それって、かなり多いのではないだろうか……。

なんてことを考えていると、ダリウスさんが悔しそうにこちらを見つめていることに気づいた。

僕はいつでもルークとしての受け答えができるよう心の準備をする。

「お前、俺が背後に回り込んだ時、どうやって反応したんだ?」

「アンタが消えた瞬間に剣を振った。それだけだ」

ダリウスさんが首を傾げたので、僕は補足した。

「リズとの模擬戦を観察して、アンタが高速移動を主体とした戦術を取ることが分かったからな。だから初手で回避《かいひ》不能な範囲《はんい》攻撃を叩《たた》き込むと決めていたんだ」

「……どこに移動しようが、お前には関係なかったってことか。威力《いりょく》もすげぇが、反応速度もかなりいいな。なんかの魔法で底上げしてんのか？」

「身体能力を強化する魔法を使ってる。負担が大きいから、発動は一瞬だけどな」

本当は魔法ではなく精霊術だが、ここでその説明をするとややこしくなりそうなので黙っておく。

「登録証はすぐに発行されるから一階で待っていてくれ。あー……くそっ、腹立つより感心が上にくるぜ。これだから本物は……」

ダリウスさんはブツブツと何かを言いながら、僕たちより先に階段を上がった。

リズが無言で階段に向かう。その背中へ僕は声を掛けた。

「リズ」

「……なに？」

「提案がある。俺と組まないか？」

リズは訝《いぶか》しむ目で僕を見た。

「…………………同情？」

「いや、建設的な判断だ。俺たちはこれから冒険者として活動するわけだが、お互いにまだ仲間がいない。一から人脈を作るのも悪くないが、折角ならここで手を組んだ方が早いだろう？　お互い実力も知っているわけだしな」

僕は彼女のことを知っている。

だからこの提案にも勝算があった。……人付き合いが不得手なリズは、人脈を一から築くことに苦手意識を持っている。

「……分かった」

予想通り、リズは提案を呑《の》んだ。

「貴方《あなた》がいてくれた方が、依頼の成功率も上がりそうだから」

「その認識で十分だ」

リズとは、これからも度々《たびたび》行動を共にすることになる。

しかし彼女は原作でも心をなかなか開いてくれない、じれったい少女なのだ。だからできれば積極的に彼女との関係を良好にしていきたい。

「……気を許したわけじゃ、ないから」

リズは冷たい目つきで僕を見る。

「どうせ貴方とは……ギルド以外で会うことはない。利害が一致《いっち》しただけの、関係」

そう言ってリズは、こちらに背を向けて一階に上がる。

まだリズに信頼《しんらい》されていない僕は、少し時間を置いてから階段を上った。

◆

冒険者ギルドへの登録が済み、宿へ帰って来た頃、学園で受け取った魔法石に入学試験の合否が通達された。

結果は――合格。

筆記試験は散々な点数だったと思うが、やはり僕は実質免除《めんじょ》されていたようだ。

その翌日。

魔法石に送られてきた指示に従い、僕は再び学園に向かった。

二次試験は集団面接。

学園の教師陣《きょうしじん》たちを相手に、五人の受験生が質疑応答を行う。

一次試験と同じく講堂で待機していると、係員がやって来た。

「では、受験番号201番から205番までの方、こちらの部屋へどうぞ」

僕を含めて五人の受験生が立ち上がる。

部屋に入る直前、集まった受験生たちの顔ぶれを見て……僕は目を丸くした。

「あ」

「あ」

そこには昨日、ギルドで会った少女――リズがいた。

『き、気まずいのじゃ……』

どちらかと言えば僕よりもリズの方が気まずいだろう。

見ればダラダラと冷や汗《あせ》を垂らしている。

――どうせ貴方とは、ギルド以外で会うことはない。

決め顔でそんなこと言っていた気がするが……流石にからかうのはかわいそうなので、ここは無視を貫《つらぬ》くことにしよう。

もうお分かりだと思うが、原作で「在学中はギルドに登録してはならない」という学則の穴を突き、在学する直前にギルドへ登録した人物とは、リズのことである。僕は彼女の真似をして、このタイミングでギルドへ登録することにしたわけだ。

とはいえ、まさか全く同じ時期に登録するとまでは思っていなかったので、ギルドで遭遇《そうぐう》した時は実はそこそこ動揺していた。

リズはヒロインの一人。しかし他のヒロインと比べると心を開くまでにかなりの時間を要する、いわゆる攻略《こうりゃく》難易度の高いヒロインである。

だが、ひとたび心を開けば終始ルークに対してデレデレになり、そのギャップが多くのプレイヤーたちの心を鷲掴《わしづか》みにした。

そして、心を開いたリズは戦いの仲間としても非常に頼もしい力を持っている。

ルークを演じるために自我をなくすと決意した僕にとって、ヒロインとイチャイチャしたいという浮《う》ついた欲求は問答無用で捨てるべきだ。

しかし心を開いたリズは、戦闘の際に頼もしい存在となる。そこで僕は彼女をヒロインとして攻略することにした。だから昨日、彼女に「組まないか？」と提案したのである。学園だけでなくギルドでも積極的にリズと交流し、彼女の信頼を勝ち取ることが狙いだ。……決してデレデレになったリズを見たいわけではない。

彼女は学則の穴を突いたという自覚を持っているため、あまり学園でギルドの話をするのは好ましくない。それは僕も同じだ。

リズのことは気になるが、今は距離を置いた方がいい。

今は——もう一人のヒロインに、気を配るべきだ。

「それでは、二次試験の面接を始めます」

受験生たちは、まず面接官に自己紹介をした。

「……リズ＝ファラキスです」

リズが手短に名乗る。

その次に僕が口を開いた。

「ルーク＝ヴェンテーマだ」

面接官のうち、何人かが目を見開いたような気がした。

その瞬間、背筋が凍《こお》る。僕は何か……ルークらしからぬことをしただろうか？

『腕利《うでき》きの面接官がいるのじゃ。ルークの魔力量を見抜きおった』

なんだ、そういうことか……。

以前、毒の治療《ちりょう》が終わって本調子に戻《もど》ったアニタさんの膨大な魔力量に驚いた経験がある。あの経験から学びを得た僕は、魔力量を相手に探《さぐ》られない方法を身に付けていた。ざっくり説明すると、薄い魔力で全身を覆うことで、外部に魔力が漏れないようにしているのだ。

意味もなく相手を威圧するのは僕の趣味《しゅみ》ではない。

だから敢《あ》えて隠していたわけだが……面接官たちは見抜いてきたらしい。

若干《じゃっかん》、妙な空気になったまま僕の自己紹介は終わった。

しかし次の人物は、そんな妙な空気を破壊するほどの存在感を醸《かも》し出していた。

「エヴァ＝マステリアです」

凛《りん》とした、強《したた》かな声色《こわいろ》だった。

薄紫色《うすむらさきいろ》の髪は絹の如く艶《あで》やかで、きめ細かな肌やピンと伸びた背筋からは、育ちの良さが窺《うかが》える。

彼女もまた、ルークがこの学園で出会うヒロインの一人。

ある意味、入学試験のキーパーソンとなる人物だ。

受験生たちの自己紹介が終わったところで、面接が本格的に始まる。

面接官たちは、受験生に様々な質問をしていった。

「リズさんは何故、この学園に通いたいのですか？」

「それは……魔法の勉強がしたいからです」

「魔法に興味があるのですね」

リズがそっぽを向きながら「まあ」と答える。

面接官は次に、エヴァの方を見た。

「エヴァさん。貴女が学園に通う目的は？」

「ここで力と教養を身に付け、誰よりも国に貢献できる人間になるためです」

生真面目な回答をエヴァは述べる。

「そのためにも、姉と同じように例のクラスに在籍《ざいせき》したいと思っています」

「エヴァさん――」

「ええ、分かっています。この場でこれ以上は言いません」

含みのある一言を、エヴァは残していった。

僕も幾《いく》つかの質問に答える。面接官とのやり取りは、魔力量に驚かれたことを除いて原作と全く同じだったため、僕は特に困ることなくルークを演じきれた。

「以上で面接は終了《しゅうりょう》です。お疲れ様でした」

一通りの質疑応答が終わり、僕らは部屋を後にする。

廊下《ろうか》を進み、角を曲がると——目の前で立ち止まっていたエヴァと軽く肩《かた》をぶつけてしまった。

「っと、悪い。大丈夫か？」

すぐに謝罪する。

するとエヴァは、眦《まなじり》を鋭《するど》くしてこちらを見た。

「……貴方、私の名前を聞いていなかったの？」

「聞いていたさ。エヴァ＝マステリアだろ？」

「そう。私の家は、マステリア公爵家《こうしやくけ》よ」

エヴァの目がスッと細められる。

回答次第《しだい》では承知しない——そう言いたげな目だった。

しかし僕は、微塵《みじん》も動じることなく告げる。

「悪いな、敬語は苦手なんだ」

「……そういう理由なら、別にいいわ」

そう言ってエヴァは僕の前から去っていった。

その背中を見つめながら、心の中でサラマンダーに声を掛ける。

（サラマンダー。僕と彼女、どっちが強い？）

『お主だと思うが……何故そんなことを気にするのじゃ？』

この後、戦うことになるからである。

しかもその戦い……僕はとある理由から負けるわけにはいかない。

村を出てすぐに洞窟《どうくつ》で特訓を始めたのは、彼女との戦いに勝つためでもある。

（……ギルドに行こう）

サラマンダーからは僕の方が強いというお墨付《すみつ》きをもらったが、まだ不安だ。今日中にギルドで依頼をうけ、その報酬《ほうしゅう》で武器を調達しておこう。

「ルーク」

学園を出てギルドへ向かおうとしたところで、リズに呼び止められる。

リズはどこか焦《あせ》った様子で僕の顔をまじまじと睨み、

「……言ってないでしょうね」

「ギルドに登録していることか？」

「言っていない。言えば俺も危ないしな」

リズは首を縦に振った。

「……ということは、貴方も確信犯なのね」

シグルス王立魔法学園は、在学中は冒険者ギルドへの登録が禁止されている。僕らはそれを知った上でギルドに登録した。いわば共犯者だ。

「……ねえ、このあとは暇かしら？」

「ああ。強《し》いて言うならギルドへ行くつもりだったが」

「丁度いい……私も行く」

◆

「ビッグ・ラビット二体の討伐《とうばつ》か。初めての依頼に丁度いいな」

冒険者ギルドに到着した僕とリズは、掲示板《けいじばん》に貼《は》り出された依頼の数々から、受注する依頼を選択《せんたく》した。僕は武器を調達するためのお金さえ稼げれば何でもよかったので、最終的にはリズが依頼を選んだ。

ビッグ・ラビット――ルメリア村の畑荒《あ》らしを未然に防ぐため、以前、僕が倒した相手である。接近されたら危険なので遠距離攻撃で仕留めたが、今回は二体いるため別の対策も考えねばならないだろう。ビッグ・ラビット一体だけならその脅威《きょうい》度はBランクとされているが、二体いるためこの依頼の難易度はAランクになっていた。

とはいえ、僕とリズの実力ならもう少し上の難易度に挑んでも問題ないはず。

リズがこの難易度の依頼を敢えて選択した理由は……恐《おそ》らく、仲間である僕をまだ信頼していないからだろう。

「リズはどうして、冒険者になったんだ？」

ビッグ・ラビットの生息地である森へ向かう道中、僕はリズに質問した。

戦いの時は近づいている。勝率を上げるためにも、少しでもいいから信頼関係を築きたかった。

「……お金を稼ぐため」

「金？　金に困っているのか？」

「別に……ただ、学園を卒業したところで、就職できるとは限らないから」

存外、俗っぽい理由である。

けれどこれは彼女の本心。その言葉も原作通りである。

「堅実《けんじつ》な人生設計ってやつか」

「そんなんじゃ、ない」

リズは微かに視線を下げて告げた。

「私は……人を、信用していないから、一人でも生きられる道を探っているだけ」

さっきからリズは、一度も僕と目を合わせてくれなかった。

そんなリズに、僕は自分がルークであることを強く自覚しながら告げる。

「そうか。なら今日の俺の目標は、リズに信用されることだな」

「……無理だと、思うけど」

「無理じゃないさ」

僕は微笑《びしょう》を浮かべて言った。

「たとえどれだけ困難な目標でも、諦《あきら》めなければ必ず叶《かな》う」

リズは目を丸くした。

しかしすぐに冷たい目つきで睨んでくる。

「……それは、貴方の信条であって、私には関係ない」

ごもっとも。

正確には、僕ではなくルークの信条だけど。

僕の信条は、ルークの信条を貫くことである。

「そろそろ目的地だな。警戒《けいかい》するぞ」

「言われなくても………っ⁉」

リズが気を引き締《し》めた瞬間、巨大な炎が僕たちの前を横切った。

辺り一帯の木々が薙《な》ぎ倒され、激しく燃焼《ねんしょう》する。

何が起きている？

僕とリズは茂《しげ》みに身体を隠し、状況の把握に努めた。

「ビッグ・ラビットが、何かと戦っている……？」

二体のビッグ・ラビットのうち、一体が先程の炎に呑まれて絶命した。

今、二体目も炎に焼かれてのたうち回っている。

その炎を生み出した主は――。

「バジ、リスク……っ」

リズが驚愕に目を見開いた。

バジリスク――ドラゴンに並ぶ脅威度であるSランクの魔物だ。

全体のシルエットは巨大な蛇《へび》と言えばいいのだろうか。真っ黒で硬い鱗に覆われており、その口からは高温の火を噴《ふ》くことがある。

最大の恐ろしさは、その巨体だった。

ドラゴン一体くらいなら丸呑みできるその大きさは、対峙するだけで強烈なプレッシャーと化す。バジリスクはそれほどの巨体でありながら地面に潜《もぐ》って気配を断《た》つこともできるため、発見が遅《おく》れやすい危険な魔物なのだ。

「……っ」

そのプレッシャーに耐《た》え切れず、リズが後退る。

しかしその時、リズが地面に落ちていた小枝を踏《ふ》んでしまった。

パキリ、と音がする。

刹那《せつな》、巨大な蛇がこちらを振り向いた。

「リズ、逃《に》げろ‼」

次の瞬間、僕はバジリスクの突進《とっしん》を受け止めていた。

激しい衝撃波《しょうげきは》が木々を揺《ゆ》らし、地面に大きなクレーターができる。あの巨体からは信じられないほどの速さだ。

身体がでかいバジリスクは、その一挙手一投足が広範囲に及《およ》ぶ攻撃となっている。加えてこの速さ……リズを庇《かば》いながら戦うのは厳しそうだ。

いったん撤退《てったい》しよう。

その提案をするためにも、一度バジリスクを引き付けてリズから遠ざけたい。

そう思った直後——土の棘が、バジリスクに直撃した。

「貴方に……借りは、作らない……」

リズが《アース・ニードル》を発動したらしい。

だがそれは悪手だった。

ドラゴンよりも頑強な鱗に覆われたバジリスクは、土の棘を受けても傷一つつけることなく平然としている。

バジリスクが、振り向いてリズを睨んだ。

「リズ――っ⁉」

僕が動くよりも早く、リズはバジリスクに丸呑みにされた。

◆

ルーク＝ヴェンテーマと名乗った少年は、とにかく異様だった。

リズが初めて彼と会ったのは、冒険者ギルドでのこと。試験官からは彼と協力して試験を受けろと言われたが、彼のことを信用していないリズはそれを断った。

空気を悪くしてしまった自覚はある。

きっと、いつものように責められるのだろうなと思ったが……。

「……つまり、一人で戦いたいってことか？」

ルークは純粋《じゅんすい》な眼《め》でそんなことを言った。

苛立《いらだ》っている様子は微塵もない。こちらを責める様子もない。

表には出さないが……調子を崩《くず》されるな、と思った。

その翌日。

一緒《いっしょ》にギルドで依頼を受けた後も、リズはルークに調子を崩された。

ルークを信用する気はない。そう告げたリズに対して――。

「無理じゃないさ」

ルークはこちらを見つめながら、はっきり言った。

「たとえどれだけ困難な目標でも、諦めなければ必ず叶う」

青臭《あおくさ》い子供の理屈のように聞こえた。

しかし、何故か――その言葉には説得力のようなものがあった。

これだ。

ルークから感じる強烈な力の正体。

強く、熱く、重く、神々《こうごう》しく、そして太陽のように輝《かがや》く存在感。

意志の強さと表現すればいいのだろうか。彼の態度や言葉からは、絶対的な意志というものを感じる。

まるで、己の中に神を飼っているかのような凄まじい熱量だった。

決して穢《けが》れることのない、何人《なんぴと》たりとも遮《さえぎ》ることができない、絶対の神。ルークが宿している意志とは、きっとそういうものだった。

今まで出会った誰とも違う。

ルークからは、世間一般《せけんいっぱん》の常識なんかに負けない圧倒的な強さを感じた。

だから――ほんのちょっとだけ、期待してしまった。

この人は、違うのかもしれないと。

「……ルーク」

バジリスクに丸呑みされたリズは、無意識に彼の名を呟いた。

この状況で自分を助けられる他者はルークだけだ。しかし――リズはすぐに、いつも通りの冷静な心を取り戻し、悟った。

（…………終わった）

リズはバジリスクの習性を知っていた。

バジリスクは狂暴《きょうぼう》な性格だが、食事はあまりしない。獲物《えもの》を噛《か》み砕《くだ》くことなく丸呑みしたあと、それを腹の中でゆっくり溶《と》かし、できるだけ長持ちさせるからだ。

いわばバジリスクの腹は、食糧庫《しょくりょうこ》と言ってもいいだろう。

大事な食糧庫は、とても頑丈に作られている。試《ため》しに土の棘を放ってみたが、バジリスクに変化は見られない。自力ではここから出られないことを早々に察した。

ルークは、きっと来ないだろう。

なにせ――逃げる言い訳は山ほどある。

鱗が硬くて、手持ちの武器では歯が立たなかったとか。

バジリスクに火を噴かれて、迂闊《うかつ》に近づけなかったとか。

そもそもリズが今こうしてバジリスクの腹の中にいるのは、リズ自身の失態が原因だった。力量の差を読み違えた自分が悪い。その自覚がある。

だから、ルークがリズを助ける義理はない。

本来の討伐対象であるビッグ・ラビットは、既にバジリスクが倒してくれた。なら後はその事実だけギルドへ報告すれば依頼は達成となる。

リズを助ける必要はない。

（……使うか）

結局、ルークも他の人間と同じだ。

皆《みな》そうだった。父も、母も、族長も、故郷にいる友と呼び合っていた人たちも。誰もかれもが最後は自分のもとから去っていく。

だから一人で生きていく道を探っていたのだ。

変身の魔法が緩《ゆる》やかに解ける。

耳が長くなり、体内の魔力が増幅《ぞうふく》される。

「闇《やみ》よ、在れ……《ダーク・ファング》」

漆黒《しっこく》の牙《きば》が顕現《けんげん》し、バジリスクの腹を抉《えぐ》る。

だが、これでもバジリスクは少し呻《うめ》くだけでそこまで苦しんではいない。

分かってはいたが……。

（効かない……）

この魔法は、魔物用ではない。

リズは、他人を信頼していないくせに、一人で何でもこなせるわけではなかった。

きっと自分は傲慢《ごうまん》なのだろう。

分かっている。それでも……別にいいじゃないか。

私はただ、これ以上、傷つきたくないだけなのに……。

（私は……こんなところで……っ）

打つ手がない。リズは唇を噛んだ。

バジリスクの消化液が頭上から垂れてくる。腹に含んだ餌《えさ》を栄養に変える時がきたようだ。

このまま、嬲《なぶ》られるようにジリジリと身体を溶かされて終わりか。

己の命を諦念《ていねん》し、心を閉《と》ざそうとしたその時――。

――業火《ごうか》が、リズの前に現れた。

燃えるような真っ赤な髪に、強い意志を孕《はら》んだ瞳《ひとみ》。

ボロボロの剣を携えたその少年は、バジリスクの腹を両断して、その隙間からリズを引っ張り出した。

「よお、大丈夫か？」

死を覚悟《かくご》した直後のことだったので、リズは硬直していた。

腹を裂かれたバジリスクは既に絶命している。やはりこの少年の強さは本物だと思いつつも、自分が彼に助けられたという事実が未《いま》だに受け入れられない。

しかし、ルークの目がこちらの顔を見つめた時――リズは我に返る。

「その耳……」

「っ⁉　見ないで……っ‼」

今更遅いと分かっていながらも、リズは耳を隠した。

長い、先端が尖《とが》った耳。しかし純血と比べると少し短い耳。

「ハーフエルフか」

ルークが、リズの抱《かか》えるものを言い当てる。

リズは口を噤《つぐ》んだ。無言の肯定《こうてい》だった。

――ハーフエルフ。

それは、エルフが他種族との間に産み落とした忌《い》み子のことである。

エルフは神聖な種族とされている。エルフは精霊ほどではないが動物というよりは魔力生命体の性質を持つため、精霊に近い存在なのだ。精霊が神聖視される文化が根付いているこの世界において、エルフはそれに準ずる高貴な種族とされていた。

だが、エルフとそれ以外の種族の間に産み落とされた混血――ハーフエルフは忌み嫌《きら》われている。

何故なら、ハーフエルフは闇の魔力を宿す。

闇はとても強力で恐ろしい属性だ。特に、人を傷つけることに特化しているという性質が忌み嫌われる理由となっている。

魔物には効果が薄く、人に対してのみ本来の効果を発揮するのだ。そこに術者の意図は含まれていないが、闇属性を悍《おぞ》ましく感じる理由としては十分すぎる。

闇属性の魔法は先天的な素質がないと使えない。

ハーフエルフはその数少ない例の一つだ。

だからこそハーフエルフは、呪《のろ》われた血とされている。――生まれつきの悪なのだと。

ハーフエルフは純血のエルフと同じように金髪に白い肌をもって生まれる。しかし闇属性の魔法を使い続けると、徐々《じょじょ》に髪が銀色に、肌が浅黒くなっていく。

姿が完全に変貌《へんぼう》したハーフエルフは、ダークエルフと呼ばれていた。

リズはダークエルフになりたくなかった。だからできるだけ闇魔法を使わないように注意していたが……。

「……これで、分かったでしょう。私が、人を信用しない理由が」

リズは自嘲《じちょう》気味に言った。

結局、闇の魔法を使おうが使わまいが、関係なかったかもしれない。

ハーフエルフの時点で忌み嫌われているのだ。それなら外見が変わってダークエルフになったところで今更である

「今まで、散々裏切られてきたのよ。親に、故郷のエルフたちに……外に出てもずっと疎《うと》まれてきた。どうせ貴方も……私のことが嫌いでしょ？」

「ん？　なんでそうなる？」

ルークは、本当に意味が分からなそうに首を傾げた。

騙《だま》されるな。こんなふうに善人を気取った奴は、今まで何人もいた。

だが結局、彼らも最後には自分のもとを去っていった。

「無理、しなくてもいい。……嫌われることには慣れている。それに……貴方は一応、私を助けてくれたわけだし。攻撃する気はない」

「さっきから何を言っているんだ？　百歩譲ってリズが俺のことを嫌っているとしても、俺がリズを嫌う理由はないだろ？」

「……は？」

どうにも話が通じていない気がして、リズは怪訝な顔をした。

「……まさか、ハーフエルフを知らないの……？」

「知っているさ。だが、リズは俺の敵なのか？」

「……敵じゃ、ないと思うけど」

「じゃあ何も怖《こわ》いことはないじゃないか」

そんな、単純なことじゃ――。

目の前の少年に対し、リズは言葉を失う。

何を言っているのか、こっちもよく分からなくなってきた。

自己満足の綺麗事をべらべらと述べたいだけだろうか？　……そういう輩《やから》も過去にはいた。自分は差別しない。自分は先入観なんて持たない。そういう言葉を口にする人間ほど、結局は口先だけでいざという時は逃げ出すのだ。

しかしその時、リズは気づいた。

ルークの腕が痛々しく火傷《やけど》していることに。

「その火傷……」

「ん？　ああ……慌てて助けたからな。バジリスクが火を噴いてきたんだが、無視して近づいたらこうなったんだ」

火には慣れてるつもりなんだけどなー、と茶化すようにルークは言う。

しかしそれは、不可解なことだった。

「……貴方の実力なら、もっと楽して解決できたはずなのに……どうして、そんな無茶を……？」

冒険者ギルドで見たルークの実力は、極《きわ》めて高かった。バジリスクは強敵だが、時間をかけて丁《てい》寧《ねい》に戦えば、ルークなら簡単に倒せただろう。

なのに何故、こんなに強引《ごういん》に決着をつけたのか。

そんなリズの問いに対し、ルークは少し気恥ずかしそうに答える。

「人を、信じていないって言ってただろ」

ルークは真っ直ぐこちらを見つめて言った。

「そんな奴が窮地《きゅうち》に陥《おちい》ったら、助けを求めることもできないし、きっと辛《つら》いだろうなと思ったんだ。だから一刻も早く助けたかった」

リズは目を見開いた。

彼は——何を言っているんだ？

辛いだろうなと思ったんだ——。

たった、それだけで……？

それだけの理由で、ここまで傷だらけになりながら私を助けたのか……？

「リズ。——俺を信じてくれ」

ルークが告げる。

その熱い魂《たましい》で、その炎のような存在感で。

「たとえこの世の全てに裏切られたとしても、俺のことは信じてくれ。俺は絶対にリズの信頼を裏切らない。俺はリズの味方だ」

ルークはまるで穢れなき炎《ほのお》だった。

その炎の煌《きら》めきに、リズは包まれる。荒々《あらあら》しくて猛々《たけだけ》しい、意志という名の炎は、リズの中にあ

る不安を焼き尽くした。

口先だけじゃ、ない。

この人は……本当に、私のことを……。

「…………………か」

「か？」

「か………考え、と、く……」

「おう」

今はそれでいい。そう言いたげな笑顔でルークは頷《うなず》いた。

そんなルークを一瞥し、リズは顔を真っ赤に染めながら視線を逸《そ》らす。

理由はよく分からないが、なんだか涙《なみだ》が出てしまいそうな気分だった。

◆

ビッグ・ラビットの討伐依頼についてギルドに報告した後、僕とリズは報酬金を二等分して帰路についた。

『バジリスクの討伐報酬が貰えないのは、複雑なのじゃ』

（仕方ないよ。依頼が存在しなかったんだから）

あの土地にバジリスクがいたことは誰も知らなかったらしい。或《ある》いは、今まで遭遇した者は骨も残らず食べられてしまったか。……だとすると、これ以上の犠牲者《ぎせいしゃ》が出ることを防げたので喜ぶべきだろう。

結果的にビッグ・ラビットが倒されたことは確認できたため、その分の報酬をちゃんと払《はら》ってくれるだけでも良心的だ。ギルドとしても、流石に報酬ゼロにはしにくかったのだろう。

なんてことを考えると、ふとリズが立ち止まる。

「報酬……私は別に、いらない」

硬貨が入った袋をリズは僕に差し出す。

「二人で受けた依頼なんだ。遠慮《えんりょ》なく受け取ってくれ」

「でも、私は何もしてないし……」

「それはリズのせいじゃないだろ？」

「……貴方には、言葉で勝てそうにないわね」

小さく溜息《ためいき》を吐《つ》いて、リズは改めて報酬を受け取った。

実際、当初の予定通りビッグ・ラビットが相手だったらリズもちゃんと戦力として働いてくれただろう。そこにバジリスクがいたのは不運でしかない。

「じゃあ、俺は宿に戻るから」

ギルドに戻ってくるまでの道中で、リズも宿に泊まっていることは聞いていた。方角が違うので僕らはここでいったんお別れだ。

「あ、あの……」

リズが髪の毛の先っぽを、指で弄《いじ》りながら言う。

「学園の試験……お互い合格してると、いいわね」

「ああ。俺もリズと一緒に通いたいからな」

「……っ‼」

リズは顔を赤く染め、踵を返した。

遠ざかっていく華奢な背中を、無言で見届ける。

『……誑《たら》しめ』

仕方ないだろう。ルークならこう言うのだから。

しかし……おかしいな。リズから信頼されるには、まだまだ時間が掛かると思っていたけど、なんだか既にデレデレモードに入っている兆《きざ》しがある。

まあ、今はそれよりも考えなくてはならないことがある。

今回の依頼を受けて──僕は新たな課題に気づいた。

(戦力が、不安だな)

『何がどう不安なのじゃ？』

疑問を口にするサラマンダーに、僕は宿へ向かいながら説明する。

(バジリスクとの戦い……正直、危なかった。まさかリズが、あそこでバジリスクを攻撃するとは思わなかったから……)

『うむ。しかし生殺与奪《せいさつよだつ》の権を奪《うば》われた人間は、大体あんなふうに混乱してしまうものじゃ』

(分かってる。僕もリズを責めているわけじゃないよ)

僕だって、ルークとして振る舞《ま》わねばならないという意志がなければ、きっと簡単に足が竦《すく》んでいた。リズのことを責められる立場ではない。

だから――。

（責めるべきは、僕だよね）

『……は？』

（リズが混乱して、判断を誤ることを想定していなかった。僕が最初からその可能性を考慮《こうりょ》していれば、リズは傷つかずに済んだのに……）

『ま、待て……待て、待て、待て……!?』

（仲間という甘い言葉に誘惑《ゆうわく》されていた。……仲間だからといって、疑わなくてもいいわけじゃないんだ。これからは敵だけじゃなくて味方の動きも注意しないと）

リズが混乱するタイミングくらい読めたはずだ。

僕はルークと違ってご都合主義が起きない。そう気づいていたはずなのに、仲間の行動は自分にとって不利に働くことがないという先入観に陥っていた。

『そ、そんなこと言っていたら、本当の仲間など作れんのじゃ！』

（仕方ないよ、僕はルークと違って弱いんだから。……仲間の裏切りくらいは警戒しておかないと）

本物のルークは強い。だから仲間も信頼できる。

でも僕は弱い。だから仲間のことも警戒しなければならない。

当然のことだと思った。

何も不自然なわけではない。

「……もう一段階、上のスキルが必要だな」

考えていることが無意識に口から出た。

現状の実力では、仲間の動向を確認しながら戦うのは難しい。

それを可能とするスキルの存在を僕は知っているが——アレは本来なら学生編の終わりに習得できるものだ。

獲得条件は、精霊との親密度が一定値を超えること。

理由はよく分からないが、僕とサラマンダーは原作よりも関係が深い。もしかしたら、もう少し親密度を上げることで、このタイミングでも習得できるかもしれない。

しかしどうやって親密度を上げればいいのか。

取り敢えず、原作の真似をしてみるか……？

このやり取りは心の中ではなく実際に口に出した方がいいだろう。

そう思い、僕は周りに人がいないことを確認してからサラマンダーに声を掛けた。

「サラマンダー」

『なんじゃ？』

「僕は、君のことが好きだよ」

『にゃっ⁉』

サラマンダーが、かつてないほど変な声を出した。

原作のとあるシナリオにて、ルークは悪意を持った精霊と対峙する。その精霊の悪行のせいで、人々が「精霊は人に仇《あだ》なす存在なんじゃないか？」と疑いを持ち始めた頃、ルークはサラマンダーにこの台詞を伝えるのだ。

「原作では、このやり取りでスキルが獲得できるんだけど……やっぱり駄目か」

『な、何がじゃ⁉　何か駄目だったのじゃ⁉』

「気にしなくていいよ。日が暮れる前に武器屋へ行こう」

原作ではこのやり取りを機に、サラマンダーとの親密度が一定のラインを超える。

が、現実はそう上手くいかないことを再認識したので、僕は報酬金で武器を買いに行くことにした。

『お主……一応言っておくが、その、精霊だって男女の感情というものはあるのじゃぞ？　あまり振り回すのはどうかと思うのじゃ……』

「え、でも人間と精霊の恋愛《れんあい》システムって、搭載《とうさい》されてなかったような……」

レジェンド・オブ・スピリットには二桁《けた》のヒロインがいるが、精霊はヒロインにできない。つまりルークと精霊が結ばれるルートは存在しない。

ちなみにユーザからは「精霊と結ばれるルートが欲しい！」という要望がめちゃくちゃあったそうだ。が、ＤＬＣ《ダウンロードコンテンツ》でも実装はされなかった。

『人間と精霊の間でも子は作れるのじゃ。精霊の中には冗談《じょうだん》が通じん相手もいるし、あまり迂闊なことは言うでないぞ……？』

「わ、分かった。気をつけるよ……」

なんだか思ったよりも深刻に注意されてしまったので、反省する。

『……謝しめ』

今はルークを演じてなかったのに、同じことを言われた。

◆

魔法石が二次試験の合格を通達してくれたので、僕はいよいよ最終試験へと臨《のぞ》んだ。

……ここからが本番だ。

三度目になる学園への訪問。試験の内容自体にはそれほど恐怖《きようふ》していないが、この最終試験ではルークとしての強さが求められる。

失敗するわけにはいかない、そんな緊張が胸中で蟠《わだかま》った。

「……あ」

会場に着くと、リズがいた。

「リズ、来ていたのか」

「ええ……ルークも、合格していたのね」

リズがくるくると髪を弄りながら言う。

「それにしても、妙なところに呼ばれたな」

僕は周りを見回しながら言った。

ここは旧校舎と呼ばれるところらしい。僕たちはその一階にある大広間に案内されていた。

旧校舎は大きな二階建ての建物だが、旧と名がつくように普段《ふだん》から人がいる様子はない。照明の数が少なくて昼間だというのに薄暗かった。

「他の受験生は、普通の校舎に向かっていたけど……」

リズも疑問に思っていたようだ。

この会場に集められた受験生は僕たちを含めて七人。中には一緒に面接を受けたマステリア公爵家の令嬢《れいじょう》もいる。

「皆、注目して」

階段から黒髪の女性が下りてきた。

彼女は僕たち受験生の顔ぶれをざっと確認し、

「うん、ちゃんと七人揃《そろ》ってるわね。……私はこの学園の教師、イリナ＝ブラグリーよ。今から皆に最終試験の説明をするから集中してちょうだい」

「あの！　質問があります！」

「はいどうぞ」

眼鏡をかけた真面目《まじめ》そうな男子が挙手をした。

「ライオット＝シャールスです。……何故、ここには七人しかいないんでしょうか」

「それは君たちだけを特別扱いしているからよ」

イリナ先生は説明する。

「十年前、魔導王シグルスが世界大戦を終わらせたのは皆も知っているわね？　彼はその後、ここ――シグルス王立魔法学園を創設し、人々が自由に魔法を学べる環境《かんきょう》を作った」

それは誰もが知っている歴史だ。

「けれど、大戦が終わったからといって、急に世界中が平和になるわけでもない。それを悟ったシグルスは、この学園に特殊なクラスを作ることにした」

先生は続ける。

「それは、とびきり優秀な子供を集め、国家を守るための人材を密《ひそ》かに育成する教室。それは、魔導王シグルスが培《つちか》った知識と経験を惜《お》しむことなく継承《けいしょう》させ、この国を引っ張れる次代のエリートを育てる教室。……それこそが、君たちがこれから通うことになるかもしれない、特級クラスよ」

特級クラス。

遂《つい》にこのキーワードが出た。

これこそが、レジェンド・オブ・スピリット学生編のメインストーリーである。

特級クラスの生徒たちは教室で授業を受けるだけでなく、諸外国を訪問して各地の情勢を学んだり、国内の大規模な事件へ介入して解決に協力したりする。

学生とは名ばかりの、国家直属の特殊部隊のようなものだ。

このクラスに選ばれることで、ルークは少しずつ名を馳《は》せるようになる。

……アイシャも、本来ならここにいた。

本来、アイシャは八人目の特級クラスの生徒として活躍《かつやく》する。最初こそ、その実力は他の特級クラスの生徒と比べると劣《おと》っていたが、彼女にはどんな時でもルークと共に在るという強い信念があった。その信念を認められて特級クラスに選ばれたのだ。

実際、アイシャは最終的には仲間たちにしっかり追いついてみせるのだから、面接官たちの人を見る目は確かだ。

「さて、前提を話し終えたところで本題に入りましょうか」

未《いま》だ戸惑《とまど》う受験生たちに、イリナ先生は説明を再開した。

「試験の内容はいたって単純。この学園の地下にある迷宮《めいきゅう》を探索《たんさく》し、その最深部にある宝玉を持って帰ることよ」

「宝玉は人数分あるのでしょうか？」

「ううん、皆で一つ持ってきて」

ライオットの質問にイリナ先生は手短に答える。

その答えが意味するところは――この七人には競《きそ》い合いではなく、連携《れんけい》を求めているということだ。

「スケジュールがギリギリだから、そろそろ始めましょっか」

そう言ってイリナ先生は、掌を僕たちの方へ向けた。

次の瞬間、何らかの魔法が発動して、僕たちの立っていた床《ゆか》が崩壊《ほうかい》する。

「じゃあ、行ってらっしゃい」

「え？」

「は？」

「ちょっ⁉」

床の下には縦長の穴があった。

受験生たちは混乱しながら次々とその穴へ落下していく。

――最終試験が始まった。

重力に従って落下しながら、僕は鞘《さや》から剣を抜く。

（サラマンダー）

『うむ、上昇気流《じょうしょう》じゃな』

原作では、この落下によって誰かが負傷することはない。しかし僕は既に原作とはかけ離《はな》れたシナリオを歩んでいる。

万一、ここで誰かが怪我をすると後々の戦いで不利になりそうだ。

なので、全力で手加減した《ブレイズ・エッジ》を放ち、炎の上昇気流を生み出す。落下している受験生たちは、気流によってその衝撃を和《やわ》らげ、軽《かろ》やかに着地した。

「皆、無事か？」

僕は全員の無事を確認するべく声を発した。

熱くて、雄々《おお》しくて、堂々としている――ルーク＝ヴェンテーマを演じて。

◆

「うーん……」

穴に落ちていった受験生たちを、イリナは複雑な顔で見送った。

この程度で怪我をするような鈍臭《どんくさ》い受験生は、最初から特級クラスの候補生に選んでいない。なので躊躇《ちゅうちょ》なく受験生たちを穴に落としたが、その直後に魔力のうねりを感じた。どうやらこの想定外の事態にも迅速《じんそく》に対応できる猛者《もさ》がいたらしい。

多分、あの子だろうなぁ……とイリナは思う。

「イリナ先生、お疲れ様です」

「あ、お疲れ様です」

二階から男性の教師が下りてきて、イリナは軽く会釈《えしゃく》した。

「どうですか、特級クラスの候補生たちの様子は？」

男性の教師が尋《たず》ねる。

「今年も粒揃《つぶぞろ》いですよ」

「はっはっは、まあそうでしょうよ。近衛騎士《このえきし》団の団長の息子《むすこ》に、ヨルハ自警団のエース。そして、あの超人《ちょうじん》を姉に持つマステリア公爵家の次女。……皆、将来有望な若者たちですよ」

「そうなんですけど……」

血筋で人の優劣《ゆうれつ》を語るなら、やはりあの子の名前は挙がらない。

イリナは先程からずっとあの少年のことしか考えられずにいた。

あの炎のような赤髪の少年——ルークのことを。

（あの子……私より強くない？）

なんか一人だけ、とんでもない子が交じっている。

私が彼に教えられることってあるのだろうか……？　そんな教師としての素朴《そぼく》な疑問をイリナは抱《いだ》いた。

◆

「さっきの炎は、君が？」

ライオットと名乗った少年が、僕の方を見て尋ねる。

僕が「ああ」と答えると、ライオットは丁寧に頭を下げた。

「助かった。感謝する」

「気にするな。俺たちはこれから一緒に迷宮を探索する仲間だからな」

「そうか。……君のような仲間がいるのは頼もしいな」

言葉から伝わってくるほど実直な性格だ。

彼とは話しやすい。

しかし残念なことに、ライオットとルークの間には因縁《いんねん》のようなものがある。この友情はすぐに壊れることを僕は知っていた。

「状況を整理しましょう」

スカートについた汚《よご》れをはたき落としながら、エヴァが言う。

「私たちは特級クラスへ採用されるための最終試験を受けることになり、その結果、お互いのことをよく知らない七人がこの地下迷宮に入れられた」

異論はない。

僕らは頷いて続きを促《うなが》した。

「となれば、最初にすることは決まっているわよね？」

エヴァが僕らの様子を一瞥し、告げる。

「リーダーを決めることよ」

自己紹介ではないだろうか？

きっと僕以外にもそう思った人はいるだろう。しかしエヴァは有無《うむ》を言わせぬ勢いで続けた。

「私が立候補するわ。もし嫌なら……模擬戦で決着でもつけましょうか。この学園は実力主義だと聞くし」

「試験が始まっているのに模擬戦をするのか？　流石に悠長《ゆうちょう》だろう」

ライオットが異議を唱える。

僕以外にも、勘の鋭い者たちならば気づいているだろう。この迷宮には魔物の気配がある。今後、戦闘することを考えると消耗《しょうもう》は避けるべきだ。

「それなら、ターン・バトルはどうかな？」

焦《こ》げ茶色の髪の少年が、優しい声音で提案した。

「騎士の基礎《きそ》訓練で行うものでね。攻守に分かれ、互いに一つの技《わざ》だけで勝負するんだ。本来ならその後で攻守を交代するけど、そこまではしない方がいいかな」

「そうね。技が一つで済むなら消耗も少ないし、丁度いいわ」

エヴァは納得《なっとく》した様子で首を縦に振った。

「提案したってことは、まずは貴方が相手になるのかしら？」

「いや、僕は遠慮しておくよ」

「あら、騎士団長の息子ともあろう御方《おかた》が恐れをなして？」

「ははは……立場上、人を率いることが多くてね。偶《たま》には他人に任せたいんだ」

エヴァの皮肉を、その少年はやんわりと受け流した。

この国には、近衛騎士団という名実ともに最高峰《さいこうほう》の騎士団がある。彼はその団長の息子だ。

近衛騎士団の主な仕事は、王族の護衛。その仕事上、貴族との深い関《かか》わりを持つ。だからエヴァは彼のことを知っていたのだろう。

「そんじゃ、挑ませてもらおっかな」

紫色の髪の少女が、獰猛《どうもう》な笑みと共にエヴァに近づく。

「生憎《あいにく》、アタシはコネで選ばれただけの女にこき使われたくないんでな」

「コネ？」

「アンタ、マステリア公爵家の人間なんだろう？」

「そうよ。でもコネなんて使ってないわ」

エヴァがそう答えると、少女は「はっ！」と笑った。

「じゃあ、そいつをアタシに信じさせてみろよ」

空気が張り詰める。

エヴァと、紫髪の少女が睨み合った。

「攻守を選びなさい」

「アタシが攻撃だ。その偉《えら》そうなツラ、ぶっ壊してやるよ」

「野蛮《やばん》ね。できもしないくせに」

「んだと、コラァッ‼」

紫髪の少女が怒鳴《どな》った。

「いやぁ、見物だね」

一歩退《ひ》いた位置で少女たちを見守っていると、先程エヴァにターン・バトルを提案した、焦げ茶色の髪の少年が声を掛けてくる。

「どっちが勝つと思う？　あ、僕はトーマ＝エクシス。騎士見習いだ」

「ルーク＝ヴェンテーマだ。……そうだな、俺はエヴァに一票入れよう」

「へぇ。それは相手のことを知った上での判断かい？」

「相手？」

紫髪の少女のことを言っているのだろう。

無論、僕は知っているが、それは原作知識なのでここでは首を傾げることにする。

「彼女はレティ＝ハローズ。かつて悪徳都市と呼ばれていた街ヨルハを、その圧倒的な強さとカリスマ性でまとめ上げた、自警団のエースさ」

悪徳都市ヨルハ。

その街が生まれた切っ掛けは、私利私欲に塗《まみ》れた領主が悪政を敷《し》き続けたことだと言われている。

いつしかヨルハは法律が一切《いっさい》機能しなくなり、麻薬《まやく》、人身売買、その他のありとあらゆる非合法な娯楽《ごらく》が蔓延《はびこ》るようになった。やがてヨルハには犯罪的な快楽を求める者が群がり、貴族のような大物までもがバックについた。

長い間、誰もが手を出せなかった最悪の土地。

それを自警団が粛正《しゆくせい》してみせたというニュースは、王国全土にまで広がっている。

片や、とある公爵家の令嬢。

片や、悪徳都市を浄化《じようか》してみせた自警団のエース。

勝敗を予想するなら、後者に軍配が上がりそうだが……それでも僕はエヴァに入れた一票を覆《くつがえ》す気はなかった。

「おーい、そこの君。君はどっちが勝つと思う？」

トーマが少し離れた位置で佇《たたず》む男子に呼びかける。

浅黒い肌に、明るい茶髪の少年だった。筋骨隆々な体型であるため大人のように見える。少年と表現するのは些《いささ》か不釣《ふつ》り合いかもしれない。

彼は瞑想《めいそう》でもしているのか、腕を組み、壁に背中を預けながら目を閉じていた。

「興味がない」

男は端的に返した。

「他者の戦いである以上、勝敗に興味はない。我の関心を引くのは、女たちの戦いを観察することが我《わ》が糧《かて》になるかどうかのみだ」

「へぇ、硬派なんだね」

だいぶ独特な話し方だったが、トーマは特に気にする様子なく頷く。

茶髪の男は口を閉ざし、それ以上は何も言わなかった。

「しかしそうなると、賭《か》けが成立しないな」

「賭け？」

「うん。だって僕もエヴァに賭けてるし」

レティを持ち上げるような情報を自分から口にしておいて、トーマもエヴァが勝つことを予想していたらしい。

というか、そもそも僕は賭けるつもりで答えたわけじゃないが……。

「……トーマは騎士見習いなんだろう？　賭けなんてやってもいいのか？」

「堅苦《かたくる》しいこと言わないでくれよ。僕がこの学園に来た理由は、騎士団じゃできない楽しいことをいっぱい経験するためなんだからさ」

原作通りの性格だなぁ……。

その清々《すがすが》しさに、いっそ感心してしまう。

「ちなみに、ルークがあの戦いに参加するなら是非《ぜひ》とも事前に伝えてくれ」

「なんでだ？」

「君に全額賭けるから」

トーマはその瞳に理知的な色を灯《とも》して言った。

彼はとにかく、紛《まぎ》らわしい少年だ。一見すれば品行方正な騎士。しかし口を開けば、ただ物事を楽しみたいだけの道楽息子。

それでも、やはり彼のことを一言で表すなら騎士なのだろう。

トーマの父は、国内最強と呼ばれている近衛騎士団の団長だ。トーマはそんな父から騎士としての戦い方を継承している。

トーマ＝エクシス。

彼はレジェンド・オブ・スピリットの学生編において、ルークと切磋琢磨《せっさたくま》するライバルキャラだった。

「ところでその首に巻いているの、変わった形をしているけどスカーフかい？」

何気ないトーマの一言が、僕の心臓を激しく揺さぶった。

込み上げてくる感情を自覚しながら、僕は落ち着いて答える。

「これはリボンなんだ。大事なものだから、身に着けている」

「そっか。そういうのがあるのはいいことだね」

トーマにとっては大したことのない疑問だったのだろう。

だが僕は――心のどこかで期待していたのかもしれない。

皆がこのリボンに気づいてくれることを。

アイシャという存在の片鱗《へんりん》に、ほんの僅かでも意識を向けてくれることを。

だから大事に保管するのではなく、人の目に触れる位置につけていた。無意識だけど、僕はアイシャがこの世界に生きていたことを皆に知ってもらいたかったのだ。

アイシャ。君は確かにこの世界で生きていたんだ。

本来ならば、今も僕の隣《となり》で生きていたんだ。

僕が前に進めば進むほど――多くの人がそれを認めてくれる。

「始まるみたいだよ」

トーマの視線の先で、レティが魔力を練り上げる。

目尻《めじり》に滲《にじ》んだ涙をさり気なく指で拭《ぬぐ》い、何事もなかったかのように観戦に集中した。

「《アイアン・フィスト》ッ‼」

レティの正面に、巨大な拳《こぶし》が現れた。

「お、土属性の中級魔法だね」

トーマが楽しそうに言う。

土属性には《アース・フィスト》という、土で拳を作って殴《なぐ》る魔法が存在するが、レティが発動したのはそれの上位互換《ごかん》となる魔法だ。

拳の表面が鉄でコーティングされていき、黒光りする。

「ぶっとべ‼」

裂帛《れっぱく》の気合いと共に、レティが拳を放った。

巨大な鉄塊を高速で放つようなものだ。当然、尋常《じんじょう》ではない威力がある。

だがエヴァは落ち着いた様子で、細長い指揮棒のような杖《つえ》を素早《すばや》く振った。

「――《タービュレンス》」

全てを切り裂く乱気流が、エヴァの前に現れる。

鉄で覆われた拳が、一瞬でバラバラに切り裂かれて落ちた。

「勝負ありね」

「な、な……っ⁉」

勝ち誇るエヴァ。対し、レティはまだ敗北を受け入れられないのか、わなわなと震《ふる》えたまま地面に散らばる土塊を見つめる。

そんな二人を眺めつつ、僕は隣にいるトーマに声を掛けた。

「どうした？　急に黙り込んで」

「……いやぁ、今のは純粋に驚いたな。風属性の上級魔法……そうお目にかかれるものじゃないよ」

その通りだ。

風属性の上級魔法――《タービュレンス》。

何もかもを切り裂く乱気流を生み出す魔法だ。攻撃にも防御にも使える優秀な魔法だが、なにせ危険なので使いこなすのが難しい。少しでも範囲を誤れば、最悪、自滅《じめつ》することだってある。

「僕らの予想通りになったね。……これが実戦だったらレティにも勝ち目はあったんだけどなぁ」

小さな声でトーマが言う。

特級クラスの候補生に選ばれるだけあって、レティも類い稀《まれ》な才能を持つ人物だ。しかし残念ながら、それは今回の形式では役に立ちにくいものだった。

「他に異論がある人は？」

エヴァが僕たちの方を見て言う。

その問いかけに手を挙げる者はいない。

――ここまでは原作通り。

原作ではこの後、エヴァがリーダーを務めて試験に挑むことになる。

しかし僕は、訳あってその流れを止めたかった。

「じゃあ、私がリーダーということで――」

「――いや、俺も挑ませてもらうぜ」

真っ直ぐ手を伸ばし、告げる。

怪訝な顔をするエヴァに僕は改めて名を告げた。

「ルーク＝ヴェンテーマだ。よろしく」

原作とは異なる領域に突入した。

だが、恐らくこうするのがベストだ。

ここで僕がエヴァに勝ち、皆のリーダーになる。

この選択をするために、僕は今まで鍛《きた》えてきたといっても過言ではない。

「ちょっと待て」

しかしその時、想定外の乱入者が現れた。

それはエヴァたちの戦いの行方を「興味がない」と評していた、茶髪の男だった。

「貴様が戦うなら、我が相手になりたい」

「は？」

男は僕の方を見て告げた。

この展開は僕も予想していなかった。……僕が原作と異なる行動をしたせいか、この男も原作とは異なる反応を示している。

「貴方もリーダーになりたいの？」

「役職に興味はない」

「なら邪魔よ。下がってて」

「下がらぬ」

エヴァの発言を頑《かたく》なに拒絶《きよぜつ》し、男は僕を真っ直ぐ見据《みす》える。

「我が名はゲン＝ドーズ。武人である」

武人。それは強い人間とか、戦いを生業《なりわい》にしてきた人間とか、そういう意味を持つ肩書きだが、彼の場合は戦いにしか興味がない人間と表現するのが相応《ふさわ》しい。

「ルーク＝ヴェンテーマと言ったな。我は貴様に武の真髄《しんずい》を垣間見《かいまみ》た。是非、手合わせ願いたい」

己の信じる武のためならば、何でもやらかしてしまう男。

それが彼……ゲン＝ドーズである。

純粋な武力なら原作のルークに並ぶほどの凄腕だが、同時にぶっちぎりの問題児でもあった。

（話しているだけなら意外と常識人なんだけど、強くなるためなら何でもしてしまうのがなぁ……）

『つまり、お主と似たような感じなのじゃな』

（え？）

サラマンダーがよく分からないことを言った。

僕とゲンが似ている？　いやいや、流石に僕はあんな問題児ではない。

ゲンは無言でこちらの回答を待っていた。

僕は少し考えてから提案する。

「入学した後じゃ駄目か？」

別にゲンを恐れて逃げているわけじゃない。

それを示すためにも、僕は力強い声音で伝えた。

「試験に合格して学園に通えば、俺たちは何度も顔を合わせることになるだろ？　そうすればいくらでも戦えるぞ」

「……ふむ、確かにその通りだ。では我は、この試験に最大限協力することを誓《ちか》おう」

今までは協力する気なかったんかい。と心の中で突っ込む。

実際、彼は原作では殆ど試験に協力しなかった。……ゲンに勝負を挑まれた時は焦ったが、結果として彼が協力してくれるようになったのは好都合だったかもしれない。

「話し合いは終わったかしら？　いっそ二人でかかってきてもいいけど」

「いや、俺一人で挑ませてもらおう」

改めて、僕はエヴァと対峙する。

エヴァは僕の左腰にある剣を見て、小さく笑った。

「その武器、新品ね。余裕綽々《よゆうしやくしやく》と見せかけて随分《ずいぶん》気を張ってるじゃない」

「何がおかしい？」

確かにこの武器はギルドの報酬で購入《こうにゆう》したばかりのものだ。

エヴァとしては軽い挑発《ちようはつ》のつもりだったのだろう。しかし僕は真顔で答える。

「ここは栄えある魔法学園だ、常に万全《ばんぜん》の状態でいたいのは当然だろ？　案の定、いきなり迷宮を探索させられる羽目になったしな」

多分ルークならこう言うだろうなと思ったが、同時に僕の本音でもある。

珍《めずら》しく僕とルークの意見が重なった瞬間だった。だからだろうか……自分でも分かるくらい言葉に圧が乗り、説得力が生じた。

「だ、だとしても、それで貴方の方が優れているわけじゃないわ」

「ああ。それは、これから決めればいい」

言葉で言い負かして満足したつもりはない。

そう暗に示すように……ルークの器《うつわ》の広さを見せつけるかのように、僕は言う。

「攻守は？」

「攻撃にしよう。エヴァはそれで問題ないか？」

「ええ。どちらを選ぼうが結果は同じだもの」

「そうだな」

僕は首を縦に振り、剣を鞘から抜いた。

「――同じことだ」

刀身に炎が灯る。

ゴウ、と猛々しい焔《ほのお》が迸った瞬間、エヴァが絶句した。

僕が隠していた魔力を解放したのだ。

エヴァはきっと勝ち目があると思っていたのだろう。だが、その可能性は早々に潰させてもらう。

――原作では、リーダーであるエヴァが慢心して、仲間を危険に晒《さら》してしまう。

この時点のエヴァは実力だけでなくプライドも高い。基本的に自分は正しいと思い込んでいる性格だ。

原作ではそんな彼女がリーダーを務めて試験に挑むわけだが、彼女は途中で判断を誤り、仲間たちを危険に晒してしまうシーンがある。

己の失態を悟ったエヴァは深く反省し、それから少しずつ仲間たちと打ち解けるのだが……僕はその展開をどうしても避けたかった。

僕は本物のルークと違って弱いのだ。原作ではどうにかなったイベントも、僕の場合は最悪の事態に発展してしまう可能性がある。

だから、リスクがあるなら徹底《てってい》的に避けるべきだ。

幸い僕の頭には、この迷宮の地図が完璧に入っている。なら、最初からエヴァではなく僕がリーダーになって皆を導いた方が安全だ。

エヴァの慢心も、探索を始めてからではなく、このタイミングで潰しておく。そうすれば一切のリスクを負うことなく、原作と同じ流れにできる。

この最終試験で、エヴァではなく僕がリーダーに選ばれること。

それが、村を出て最初に決めた目標だった。

「タ、《タービュレンス》……っ‼」

エヴァが杖を振り、暴力的な乱気流を生み出した。だがその顔は普段の気丈なものと違って完全に戦意喪失《そうしつ》している。

申し訳ないが、この先エヴァに慢心してもらっては困る。

だから僕は、思いっきり炎を滾《たぎ》らせた。


「――《ブレイズ・セイバー》」

暴力的な乱気流は、更に暴力的な炎によって消し飛んだ。

◆

決着がついた後、受験生たちの反応は様々だった。

ライオットのように単純に驚愕している者、トーマやゲンのように目を輝かせて興奮している者、リズのようにこの結末を予想しており冷静なままの者。

そして、僕のことを鋭く睨む者。

「あ、貴方、試験の前にそんな大技を繰《く》り出すなんて……正気？」

地べたに尻餅《しりもち》をついたエヴァは、悔しそうにこちらを睨んだ。

「問題ない。このくらいなら、あと百発くらいは撃《う》てるしな」

「ひゃ……っ⁉」

エヴァが再び絶句した。

今度こそ何も言えなくなったようなので、僕は皆の方を見る。

「俺がリーダーだ。全員、文句はないな？」

ざっと様子を確認しても、異論を持つ者はいない。

何故かリズが「私はこうなることを知ってたけどね」とでも言わんばかりに、頻《しき》りに頷いていた。……こういうの、後方彼氏面《かれしづら》って言うんだっけ？

「よし、なら探索を開始しよう」

なんだかんだ、これまでに大体の自己紹介はできたので先へ進むことにする。

皆も内心、試験の進捗《しんちょく》が気になり始めて焦《じ》れったそうだ。今はそのモチベーションを尊重した方がいいだろう。

この迷宮は、細長い通路と大小様々な部屋の連なりでできていた。

トラップは存在しないが、行き止まりが多く、またルートによっては強敵と戦わなくちゃいけない部屋もある。それらを思い出しながら僕は皆を導いた。

『む、魔物の気配じゃ』

サラマンダーが警告すると同時に、僕らは全員足を止めた。

流石は特級クラスの候補生。ここまで近づけば全員が気配に気づく。

「デス・マンティス……強敵ね」

エヴァが呟く。

鋭い鎌《かま》を持つ、巨大なカマキリ型の魔物がそこにいた。

アニタさんと修行《しゅぎょう》したあの洞窟にもいた魔物だ。

原作ではルークを含む複数の受験生たちが、互いに連携してなんとか倒していたが――僕がリーダーを務める以上、徹底的にリスクは避ける。

「ゲン。武人の実力を見せてくれ」

「いいだろう」

原作では非協力的だったゲン。

彼の実力なら、この魔物を一人で任せても問題ないことを僕は知っていた。

「ルーク。彼だけに任せるのは不安じゃないか？」

「そうか？　俺の勘だと問題ないぜ」

トーマの疑問に僕は堂々とした態度で答える。

発言に嘘はない。しかし付け加えるなら、僕はゲンの実力を把握しておきたかった。

リズとの一件で僕は学んだのだ。――仲間の情報も手中に収めるべきなのだと。

「――《アクア・シュート》」

ゲンは水属性の魔法を使った。

水の弾丸《だんがん》を作って相手に放つというシンプルなその魔法は、他の属性が得意な人間ですら容易に発動できる、いわば初心者向けのものだった。

しかしゲンが放ったそれは、水の弾丸というよりは水の線だった。

ウォータージェットという言葉がある。加圧された水を小さい穴から出すことによって生まれる細い水流のことだ。この水流は主に、コンクリートなど硬いものを切断するために使われている。

ゲンが放ったのは、まさにこのウォータージェットだった。

高速かつ高密度の超高圧水。その水は、デス・マンティスをいとも容易《たやす》く両断してみせる。

「ふむ、他愛《たわい》なし」

ゲンは不完全燃焼な様子で小さく息を吐いた。

見事な腕前だ。素直《すなお》に感心すると同時に、少しやってみたいことができた。

（サラマンダー。今の、僕にもできるかな？）

『む？　まあ水属性の魔法じゃから、時間をかければ習得できると思うが……』

（いや、そっちじゃなくて……）

水属性は回復魔法を習得するために覚えたようなものだ。基本的には精霊術の方が高威力なので、水属性を攻撃に使うつもりは現状ない。

僕は剣を抜き、通路の奥から現れる二体目を待ち構えた。

突き当たりの角から、デス・マンティスの巨体が見える。

その瞬間、僕は剣を真っ直ぐ突き出した。

「――《ブレイズ・ストライク》」

炎の閃光《せんこう》で相手を貫く精霊術。

しかしそれは今までのものと比べて、細く、速く、研ぎ澄《す》まされていた。

デス・マンティスの頭部が炎の線によって貫かれる。

「なるほど、こんな感じか」

倒れ伏す魔物を眺めながら、剣を鞘に収めた。

いい技を覚えた。これは今後も使えそうだ。

そんなふうに手応《てごた》えを感じた瞬間、急に背筋がぞわっとする。

「……あまり我を興奮させないでほしいものだな」

ゲンが、獲物を見つけた肉食獣《にくしょくじゅう》のような目つきで僕を見ていた。

これからは武人ではなくバトルジャンキーを名乗ったらどうだろうか……。僕はルークらしく振る舞うことを意識して動揺を抑えた。

「手本がよかったからな。参考にさせてもらったぜ」

「我がその技を覚えるには十日かかった。……素晴《すば》らしい才の持ち主だ。貴様との一戦、心より楽しみにしているぞ」

常人なら下手すると一生習得できない技術である。

それを十日で習得できたあたり、ゲンも大した才能の持ち主だ。

「うーん、いい感じに化け物揃いだね」

トーマが暢気《のんき》にそんなことを言う。

自分も大概《たいがい》なくせに……と、僕は心の中で呟いた。

◆

その後も何回か魔物と交戦したが、僕とゲンがいる以上、危険な展開になることは有り得なかった。

加えて僕がリーダーになったことで、極力安全なルートを選択できている。格上の魔物とは一度も遭遇せず、今まで出会った魔物の大半は格下だ。

怪我人はまだゼロ。

今のところ、僕たちは難なく先へ進むことができている。

「……広いところに出たな」

通路を先に進むと巨大な部屋があった。その隅には階段がある。

中間地点だ。ここには魔物もいないし、休憩《きゅうけい》に向いているスペースに見えた。

「念のため、ここに拠点《きょてん》を作っておくか」

「そうね……体力に余裕がある今のうちにやった方がいいわ」

僕の提案にリズが同意する。

他の皆も首を縦に振り、拠点作りを始めた。

「ふん、私ならもっと先まで進むわよ」

僕の隣に来たエヴァが、小さな声で異論を口にする。

「この試験にはタイムリミットが設けられていないから、慎重に行動してもいいだろう」

「試験官がタイムリミットを伝え忘れたという可能性もあるわ」

「だとしたらそれは試験官が悪い。それに俺たちはリーダーを決めるために、しばらくスタート地点で留《とど》まっていた。伝え忘れた内容を、改めて伝え直す時間は十分あったはずだ」

返す言葉を失ったエヴァが、口を噤んだ。

その時、遠くで「おぉ」という歓声《かんせい》が聞こえる。

少し目を離しただけだったのに、いつの間にかそこには小屋ができていた。

扉があり、窓があり、中にはベッドと椅子が見える。

小屋を作ったのは、人集《ひとだか》りの中心にいる人物――ライオットのようだ。

『ほぉ、《アース・ウォール》で家を建てたのか。見事な腕前じゃ』

サラマンダーが感心する。ライオットはすぐに二軒《けん》目を建てた。

ライオットはリズやレティと同じく土属性の使い手だ。土壁を生み出す魔法を応用して、家の外《がい》壁《へき》から簡単な家具まで作ってみせるその技術は、リズに匹敵《ひってき》する。

「やるな、ライオット」

三つ目の小屋を建て終えたライオットに、僕は声を掛けた。

ライオットは実直で話しやすい相手だが――。

「話しかけるな」

ライオットは、それまでのフレンドリーな態度を一変させ、冷徹な態度で僕を睨む。

「お前、ルーク＝ヴェンテーマと言ったな。つまりヴェンテーマ孤児院の人間だな？」

「ああ。知っているのか？」

「……ちっ、こんなことなら関わるべきではなかった」

ライオットは舌打ちした。

「急に悪態をつかれる心当たりはないぞ」

「……そうだな。苛立ちをぶつけてしまったことは謝罪しよう。だが俺は、お前と馴《な》れ合う気はない」

眼鏡の奥にあるその瞳は、明確な敵意を宿していた。

「俺はライオット＝シャールス。シャールス孤児院で育った人間だ」

改めて名乗ったライオットは、自らの出自も共に語る。

「俺とお前は、相容《あいい》れん」

そう言ってライオットは僕の前から去った。

この特級クラスには、特殊な過去や身分を持つ者が集められている。

それはライオットだって例外ではないし——ルーク《僕》も例外ではなかった。

◆

「続きは明日にしよう」

探索を始めてから半日が経過した頃、僕は皆に告げた。

拠点を作った後、僕らは階段を下りて迷宮の第二層へと足を踏み入れた。しかし二層の魔物は一層と比べると強敵が多く、一つの通路を進むだけでもそれなりに体力と時間を消耗した。

この迷宮は二層で終わりである。

だからその気になれば最後の部屋まで辿《たど》り着くことはできたが、そこに強敵が待ち構えていることを僕は知っているので、ここで一度休息を取ることにした。

一次試験の際に渡された魔法石には現在時刻が示されており、既に夜遅くだった。

拠点に戻ると、各々《おのおの》が割り当てられた小屋に入って就寝《しゅうしん》する。

「ルーク……お疲れ様」

皆が寝静まった頃、小屋の外にいる僕へリズが声を掛けてきた。

「ああ、お疲れ様」

「何してるの……？」

「眠れなくてな、周囲の警戒をしていた」

「そう。……あまり無茶はしない方がいいわよ」

僕は「分かっている」と頷いた。

言われなくても、必要な無茶以外はしない。

僕だって命は惜しいのだから。

「こういう経験、あるの？」

ふとリズが僕に訊いた。

「その、皆をまとめるような立場というか……」

「いや、今日が初めてだ。変だったか？」

「そ、そんなことない。凄《すご》く上手だったから……驚いてただけ」

それはよかった。

ルークを演じた甲斐《かい》もあったというものだ。

「……こんな、ヘンテコな展開でも、誰も文句を言わないのね」

リズが小さな声で言う。

「いきなり特級クラスなんてものを教えられて、こんな危険な試験に巻き込まれているのに……皆、思ったより冷静だわ」

「多分、そういう人だけが集められたんだろうな。面接で俺たちの意思を確認して、特級クラスに興味がありそうな受験生だけをここに呼んだんだろう」

国を守りたい。強くなりたい。とにかく学園に通いたい。これらの意思を持っているなら、取り敢えず試験には前向きになる。

皆、事情があるのだ。

この試験に合格しなくてはならない事情が。

「ルークは、特級クラスに興味あるの？」

「ああ。俺は英雄になりたいからな」

「英雄？」

「そうだ。魔導王シグルスのような、現代の英雄に俺はなりたい」

ルークの事情は、きっと誰よりもシンプルで純粋だった。

だから躊躇うことなく人に語ることができる。

それは幸運なことだ。

「凄いね……私とは違う」

リズはどこか後ろめたそうな面持《おもも》ちで視線を下げた。

「リズは、魔法の勉強がしたいから学園に入りたいんだったか？」

「……あれは、嘘」

面接の時はそう答えていたはずだ。

「絶対……誰にも言わない？」

「ああ。誓おう」

ルークらしく、堂々と告げる。

するとリズは静かに口を開いた。

「…………友達《ともだち》が、欲しいから」

リズの耳が真っ赤に染まっていた。

恥ずかしそうに、リズは続ける。

「わ、私、ハーフエルフで、だから誰も信用できなくて。……でも、心のどこかでは友達が欲しいと思っていて、だから……」

「一縷《いちる》の望みをかけて、学園に通うことにしたのか」

リズは無言で首を縦に振った。

「そのわりには、一緒に依頼を受けた時は冷たくしてきたな」

「だ、だって、貴方はSランクだし、いつまでも一緒にいてくれるとは思わなかったから……」

一緒にいてくれそうにない相手とは、傷つく前にこちらから距離を取る。

その不器用な人間関係の築き方が、いかにもという感じではあった。

本来の僕なら──共感する。僕も人付き合いが得意ではない方だから、似たようなエピソードを幾らでも話すことができた。傍《そば》に寄り添《そ》い、お互いに優しく傷を舐《な》め合うのも一つのコミュニケーションだろう。

でも今の僕はルークだった。

ルークは、そこにいるだけで誰かの背中を押す人間だ。

だから僕は、ルークとしての言葉を伝える。

「勇気を出したんだな」

そう告げると、リズは目を丸くする。

「馬鹿に、しないの？　こんな理由で、学園に通いたいなんて……」

「馬鹿にするわけないだろ。自分を変えようとするのは、簡単なことじゃない」

そう、とても難しいことだ。

僕も日々苦しんでいる。

「リズが踏み出したその一歩は、とても偉大《いだい》なものだ。もっと自信を持っていい」

美しい碧眼《へきがん》を真っ直ぐ見つめて僕は言った。

リズの頬《ほお》が紅潮する。しかし目は逸らすことなく、柔らかい笑みを浮かべた。

「ありがとう。……私、ルークと話していると、なんでもできそうな気がするわ」

その言葉を聞いた瞬間、僕の胸中に歓喜と安堵《あんど》が湧《わ》いた。

よかった。僕はちゃんとルークを演じられている。その実感が心の支えとなる。

「おやすみ。ルークも、早く寝た方がいいわよ」

「ああ。俺もすぐに寝るさ」

リズが女性用の小屋へ戻る。

一人になったことで、僕は小さく息を吐いた。

（じゃあ、修行しようか）

『絶対そう言うと思ったのじゃ』

サラマンダーの呆《あき》れた声が頭の中に響く。

『……水の魔法を覚えてから一睡《いっすい》もしておらんのじゃ。休息も大事じゃぞ？』

（うん。でも、どうしてもやりたいことがあるから）

『いつもそう言ってるのじゃ……』

いつもやりたいことがあるんだから、仕方ない。

僕は拠点から離れ、盗《ぬす》み聞きの心配がない場所まで移動した。

サラマンダーとは心の中でも会話できるが、やはり声で会話した方がやりやすい。心の中で会話していると、時折余計な情報を伝えてしまうことがある。

「この先、強敵が待ち構えている。だから奥の手が欲しい」

『それも未来予知か？』

僕は頷いた。

するとサラマンダーは何やら考え込み、

『……実は妾も、この迷宮の奥から妙なものを感じていたのじゃ。強大で、しかしどこか懐《なつ》かしい気配が……』

多分それは、僕が言っている敵とは異なるものだ。

だがその存在も後ほど重要になってくる。

「強敵との戦いに備えて、どうしても覚えたい技があるんだ」

それは以前、僕がサラマンダーとの親密度を向上することで習得しようとしていた技だった。原作では親密度の向上がトリガーになって習得していたが、よく考えたら今僕の傍にいるサラマンダーは既に人間の姿を取ることができるのだ。親密度はほぼ足りているはずである。

足りないのは僕自身の能力か。それなら今から頑張れば習得できるかもしれない。

この技を習得できるかどうかで僕の今後は大きく変わるのだ。

妥協《だきょう》したくない。そんな思いを込めて、僕はサラマンダーに相談した。

『む、無理じゃ……！』

覚えたい技の詳細《しょうさい》を伝えると、サラマンダーは激しく困惑した。

『わ、妾とお主なら、いつかは習得できるかもしれん。じゃが今のお主では不可能……仮に発動まではは可能だったとしても、負担が大きすぎるのじゃ!!』

「痛みを我慢するのは慣れているよ」

『今までの比ではないのじゃ！　アレは、下手をすれば正気を失ってしまう……!!』

サラマンダーは本気で僕の身を案じていた。

『そもそも、どうしてお主がアレの存在を知っておる!?　アレは精霊術の極意《ごくい》……歴史上、精霊王だけが使えた技じゃ‼』

興奮気味なサラマンダーに、僕は少し考えてから答えた。

「未来予知だよ。なんとなく、こんな技があると思ったんだ」

サラマンダーが口を噤んだ。

もう……この嘘はバレているかもしれない。

それでも、僕にはあの技が必要だ。

「お願いだ、サラマンダー。僕はこの先も色んな人たちを救っていかなきゃならない。そのためにも力が……君の協力が必要なんだ」

『ズ、ズルいのじゃ、そんな言い方……』

サラマンダーの声が尻すぼみになる。

しばらく待っていると、サラマンダーの溜息が聞こえた。

『……分かった。どうせお主のことじゃ、妾が黙っていても勝手に習得を試みるのじゃろう。それなら妾が教えた方がマシじゃ』

「ありがとう、サラマンダー」

相棒に恵《めぐ》まれたな、と僕は思った。

「今の僕には何が足りない？　魔力量かな？」

『いや、魔力量は足りておる。というかそれだけの魔力があれば、恐らく今後、魔力が足りないという状況に陥ることはないはずじゃ』

そんなに増えていたのか……。

アニタさんの十倍とは聞いていたが、ここまで増えると実感が湧きにくい。

『足りないのは制御力、即《すなわ》ち魔力のコントロールじゃ。それさえ磨けば……一応、発動だけはできる』

「分かった」

魔力制御。その鍛え方を、僕は原作知識から引っ張り出した。

以前アニタさんが言っていた。精霊と契約していると、魔力の操作を精霊が肩代わりしてくれると。……要はアレを僕自身でもできるようになればいいわけだ。

目を閉じ、意識を集中させる。

周囲に水の塊が次々と生まれた。

「《アクア・シュート》を百発くらい用意して、それを全て同時並行で操作する……という訓練法はどう?」

『…………妾は、お主の才能が恨めしいのじゃ』

これはルークの才能であって僕の才能ではない。

だから、僕は努力しなければならないのだ。

四章　償《つぐな》うと決めたから

最終試験、二日目。

昨日と同じように迷宮《めいきゅう》を進んだ僕《ぼく》たちは、拠点《きょてん》を作った部屋と同じくらいの大広間に辿《たど》り着いた。

ここが迷宮の最深部だ。

その中央には歪《いびつ》な台座があり、拳《こぶし》大の宝石のようなものが嵌《は》め込《こ》まれている。

「これが……宝玉か？」

「んだよ、思ったより簡単に見つかったな」

ライオットが台座を警戒《けいかい》して観察する。

その隣《となり》で、レティが平然と台座に近づいた。

「そんじゃ、さっさと取って帰るか」

「お、おい！　不用意に近づくな！　罠《わな》だったらどうするんだ⁉」

「そん時は……どうする、リーダー？」

レティが僕の方を見る。

「打破すればいい。俺《おれ》たちならできるさ」

本当は「普通《ふつう》にお前が責任を取れ」と言いたいところだが、ルークならきっとこう言うだろう。

「くっ……調子のいいことを」

「そうは言うけどよ、リーダーがああ言うとマジで何とかなりそうな気がしねぇか？」

「それは、確かにそうだが……」

「なんだ。普段は険悪なくせに、やっぱりアンタもリーダーのこと認めてんだな」

「だ、誰《だれ》が認めるか！　あんな男‼」

男のツンデレ、ライオット。

彼《かれ》はこの先もレティだけでなく色んな人物にからかわれることになる。

レティが宝玉に手を伸《の》ばした。

思ったよりは拍子《ひょうし》抜《ぬ》けする試験だったな、と誰もが思ったその時――。

「何か来るぞ」

ゲンが警告する。

大広間の壁《かべ》が左右に開いた。どうやら隠《かく》し扉《とびら》があったようだ。

扉の中から現れたのは――。

「なんだ、こいつは……魔物《まもの》か？」

「ア、アタシのせいじゃねーよな……？」

一体の鎧《よろい》武者《むしゃ》がそこにいた。

誰もこの魔物を見たことがないのか、仲間たちは怪訝《けげん》な顔をする。

次の瞬間《しゅんかん》――鎧武者は剣《けん》を抜《ぬ》き、台座の傍《そば》にいるライオットとレティへ襲《おそ》い掛《か》かった。

「こいつ――ッ‼」

「速い――ッ‼」

ライオットが《アース・ウォール》で自分とレティの前に壁を作る。

だがその壁は、鎧武者によって瞬《また》く間に切断された。

「馬鹿《ばか》なッ⁉」

それなりに魔力を込めていたつもりなのだろう。しかし鎧武者はその壁を一刀両断してみせた。

十中八九、今までの魔物とは比にならないほどの強敵だ。

「《アース・ニードル》ッ‼」

リズが土の棘《とげ》を射出する。

だが鎧武者は見かけによらず俊敏《しゅんびん》で、全《すべ》て回避《かいひ》された。

「《タービュレンス》ッ‼」

エヴァが鎧武者の動きを先読みし、全てを切り裂《さ》く乱気流を生み出す。

以前は防御《ぼうぎょ》に使っていたその魔法を、今度は攻撃《こうげき》に使っていた。乱気流に呑《の》まれた鎧武者は、そのまま全身を引き裂かれ――――。

「き、効いてない……ッ⁉」

鎧武者は風の刃《やいば》に耐《た》えていた。

吹《ふ》き飛ぶこともなく、切り裂かれることもなく、全身を魔力で覆《おお》ってガードしている。

鎧武者が力強く地面を足で叩《たた》いた。

盛り上がった地面を、反対の足で蹴飛《けと》ばしてくる。

「きゃっ⁉」

土の塊《かたまり》が掠《かす》ったエヴァは、悲鳴を上げながら地面に転がった。

刹那《せつな》、鎧武者が接近して剣を振《ふ》るう。

「――《アイアン・アイギス》‼」

レティがエヴァの正面に立ち、魔法を発動した。

頑強《がんきょう》な鉄を大量に重ねたような盾《たて》が顕現《けんげん》した。

その盾は、鎧武者の剣を弾《はじ》く。

「あ、貴女《あなた》、そんな強力な魔法を使えたの……？」

「言ってる場合かよ、箱入り娘《むすめ》‼」

鎧武者はすぐに体勢を整え、レティに剣を振り下ろした。

だがレティは、再び盾を正面に構え――。

「アタシはなァ――防御の方が得意なんだよッ‼」

鎧武者の攻撃を、またしても防いでみせる。

この防御力は本物だ。鎧武者の攻撃は一切《いっさい》通っていない。

「ゲン‼」

「うむ」

レティの呼び声に武人ゲンが応じる。

鎧武者は剣を弾かれてよろめいていた。その隙《すき》に、ゲンは一瞬で鎧武者の懐《ふところ》へ潜《もぐ》り込み、魔法を発動する。

「《アクア・ハンマー》」

それは深海を槌《つち》の形に切り取ったかのような、高密度の水だった。

膨大《ぼうだい》な魔力が込められたその槌で、ゲンは鎧武者を吹っ飛ばす。

耳を劈《つんざ》く轟音《ごうおん》がした。

あまりの威力《いりょく》に迷宮全体が揺《ゆ》れ、何人かが体勢を崩《くず》して尻餅《しりもち》をつく。

「手応《てごた》えあり」

「や、やるじゃねぇか……」

壁に叩き付けられて倒《たお》れた鎧武者を見て、レティが頬《ほお》を攣《つ》らせる。

単純な威力だけなら――アニタさんより上だ。

ゲンとアニタさん、どちらが水属性の魔法を使いこなしているかと問われると、答えはアニタさんだろう。しかしゲンの魔法は威力に特化していた。ゲンは回復魔法を使えないし、ドラゴンを閉じ込める結界を張ることもできない。しかしその代わりに、パワーだけなら恐《おそ》らくSランク冒険者《ぼうけんしゃ》に匹敵《ひってき》する。

しかし、そんなゲンの攻撃でも――鎧武者は倒せない。

立ち上がった鎧武者は、全身から濃密《のうみつ》な魔力を噴《ふ》き出した。

「む」

「こいつ……本気を出してなかったのか⁉」

眉間《みけん》に皺《しわ》を寄せるゲンの隣で、ライオットが焦燥《しょうそう》する。

「トーマ！　危ねぇッ‼」

レティが叫《さけ》ぶ。

鎧武者は、近くにいたトーマに斬《き》りかかった。

しかしトーマは普段通りの落ち着いた様子で、右腰《こし》に携《たずさ》えた剣を抜き――。

「よいしょ」

当然のように、鎧武者の斬撃《ざんげき》を受け流す。

トーマは、まるで風に従ってなびく柳《やなぎ》のように、鎧武者の剣をそっと逸《そ》らしてみせた。それまでの激しい戦いが嘘《うそ》だったかのように、静かで、穏《おだ》やかな攻防である。

この場にいる全員、時が止まったかのような錯覚《さっかく》を覚えた。

だが現実には、時は動いており――。

「ふっ‼」

無防備になった鎧武者へ、トーマが剣を振り下ろす。

その結果――バキン！　と嫌《いや》な音が響《ひび》いた。

「あ、やば。折れちゃった」

トーマの剣が、根元から折れた。

分離《ぶんり》した刀身はくるくると回転しながら宙に投げ出され、やがて地面に突《つ》き刺《さ》さる。

「いやー、ごめんごめん。実は武器の準備が間に合わなくてさ」

「お、お前、だから今までの戦闘《せんとう》も消極的だったのか……⁉」

「うん」

暢気《のんき》に頷《うなず》くトーマに、ライオットは額に青筋を立てる。

「でも妙《みょう》なんだよね。……あれ、多分、人間の剣術なんだけど」

トーマが鎧武者を見つめながら言う。

刹那、鎧武者は剣に膨大な魔力を込めた。

鎧武者が剣を振るう。

刀身に込められていた魔力が、斬撃となって飛んできた。

「げっ」

「なッ⁉」

予期せぬ攻撃に、トーマとライオットが驚愕《きょうがく》する。

防御は間に合いそうにない。だから――僕は二人の前に立ち、斬撃を剣で弾いた。

「大丈夫《だいじょうぶ》か、二人とも？」

「いやぁ、助かったよ」

「く……貴様に助けられるとは」

素直《すなお》に感謝するトーマとは裏腹に、ライオットは心底悔《くや》しそうな顔をしていた。

鎧武者と対峙《たいじ》しながら仲間たちの状況《じょうきょう》を確認《かくにん》する。まだ戦えそうな者もいるが、スタミナ切れが近そうなレティ、冷静さを失い混乱しているエヴァ、そして武器を失ったトーマが気になった。

「撤退《てったい》だッ‼」

皆《みな》に聞こえるような大きな声で、僕は宣言する。

「全員、一度退《ひ》くぞ！　俺が時間を稼《かせ》ぐ‼」

鎧武者の剣を受け止めながら僕は言った。

殿《しんがり》を務める以上、仲間たちに信頼《しんらい》してもらえる程度には強さを見せつけておかねばならない。

剣に炎《ほのお》を纏《まと》い、鎧武者に肉薄《にくはく》する。

「《ブレイズ・エッジ》ッ‼」

炎の斬撃を五連続で放った。

最初の三撃までは防がれたが、残る二撃で鎧武者の身体《からだ》を捉《とら》える。

古びた甲冑《かっちゅう》に、斬撃の跡《あと》が刻まれた。

刹那——鎧武者が、更《さら》に巨大《きょだい》な魔力を解放する。

その膂力《りょりょく》と脚力《きゃくりょく》が倍増した。

「あの魔物……更に強くなってる⁉」

「ルーク、逃《に》げろッ‼」

リズが驚愕する。

ライオットが僕への恨《うら》みを忘れて叫ぶ。

多分、原作のルークだとここで逃げるしかないだろう。

でも僕は鍛《きた》えた。

泣きながら、吐《は》きながら、肉と骨をズタズタにしながら——ずっと鍛えてきた。

「《ブレイズ・アルマ》ッ‼」

全身を炎が覆う。

次の瞬間、僕と鎧武者の姿がブレて、消えた。

双方《そうほう》——肉眼では捉えられない速度で戦い始める。剣戟《けんげき》が重なり、火花が散り、僕と鎧武者はこの大広間を縦横無尽《じゅうおうむじん》に駆《か》けながら剣を振るった。

一秒間に《ブレイズ・エッジ》を七回放つ。

すると鎧武者は、同じように魔力の斬撃を七回放つ。

激しい衝撃波《しょうげきは》が生まれ、砂塵《さじん》が舞《ま》い上がる――――前に、僕と鎧武者は距離《きょり》を詰《つ》めて数え切れないほど斬り結んだ。

頬を薄皮《うすかわ》一枚で斬られる。代わりにこちらは鎧武者の篭手《こて》を焼いた。

僕らが呼吸を整えるために動きを止めると、ようやく砂塵が舞い上がり、衝撃波が広がる。

「嘘だろ……残像しか、見えねぇ……‼」

「これは、僕たちがいると足手纏《あしでまと》いになるね……」

視界の片隅《かたすみ》で、レティとトーマが目を見開いていることが確認できた。

「……っ」

そして、誰かの歯軋《はぎし》りが聞こえた。

誰のものかはなんとなく察しがついているが、今は鎧武者に集中せねばならない。

「おおおぉぉぉおおおぉぉ――ッ‼」

激しい鍔迫《つばぜ》り合いの中、僕は《ブレイズ・エッジ》を放つ。

鎧武者は炎の斬撃を掻《か》い潜《くぐ》って僕に一撃入れようとした。が、それを最小限の動作で受け流す。

――心配しなくても、一人で倒すつもりはない。

猛攻《もうこう》を仕掛けてくる鎧武者に対し、僕は一歩だけ下がり、仲間たちがいる後方へ視線を配った。できれば自分も撤退したい、隙があれば彼らと一緒《いっしょ》に逃げたい――そんな意思を込めて。

すると鎧武者は、まるでこちらの意思を汲《く》み取ったかのように大雑把《おおざっぱ》な突きを繰《く》り出した。

僕はそれを剣の腹で受け止め、そのまま衝撃を利用して後方に飛び退く。

自然な流れで隙が生まれた。すぐに鎧武者に背を向け、全力で逃げることにする。

よかった……ちゃんと伝わってくれたみたいだ。

剣を鞘《さや》に収めながら、僕は内心で感謝した。

(ありがとう、先生)

原作をプレイ済みである僕は知っていた。

あの鎧武者の中身は、特級クラスの担任であるイリナ＝ブラグリー先生である。

◆

旧校舎の二階には職員室があった。

普段は使われていないが、特級クラスの試験を行う時のみ、この職員室は試験官たちの溜《た》まり場と化す。

「お、最後の魔物が倒されましたよ」

男性の教師が、机の上に置いてある魔法石を見て言った。

「今年は思ったより時間がかかったな」

「最初の魔物が倒されるまで時間が空いてましたし、顔合わせの段階で少し揉《も》めたのかもしれませんね」

「特定の魔物に手こずった形跡《けいせき》はない、余力を残しているんだろうな」

学園の地下迷宮に棲息《せいそく》する魔物には、全て特殊《とくしゅ》な魔法を仕掛けていた。その魔物が倒されたら、術者へ報《しら》せが届くといった単純なシステムである。

今、最深部の一歩手前に配置した魔物が倒されたという反応があった。

受験生たちが、宝玉の部屋へ向かおうとしているところだ。

「あのー、皆さん？　そろそろご自分のお仕事に戻《もど》られては……」

イリナが遠慮《えんりょ》気味にそう言うと、集まっている試験官たちは頑《かたく》なに抵抗《ていこう》した。

「何を言うんですか、イリナ先生！」

「そうですよ！　自分が特級クラスの担任だからと言って！」

「彼らは近い将来、この国を導く逸材《いつざい》‼　私たち教《きょう》師《し》陣《じん》も一丸となって見極《みきわ》めなければなりませんよ‼」

もはや伝統となっているこの状況に、イリナは溜息《ためいき》を吐《つ》いた。

特級クラスの試験官はイリナのみ。ここに集まる教師たちは他のクラスの試験官であり、ただの野次馬《やじうま》だった。

彼らは単純に、優《すぐ》れた子供に目がないだけである。

勿論《もちろん》、彼らも教師なので、才能の有無《うむ》なんて関係なく生徒たちに平等な態度を取ることは可能だ。

しかし特級クラスの候補生ともなれば話が別である。

彼らは異次元の能力を持っている。

教師も、若い子供と関《かか》わる立場である以上、やはり将来有望な子供には興味を引かれてしまうのだ。

そのため特級クラスの試験は、教師たちにとってもビッグイベントだった。

「イリナ先生、そろそろ出番ですな」

「ええ」

イリナは倉庫の中に入れておいた甲冑を身に着けた。

特殊な素材で作られた、極めて頑丈な鎧だ。着ているだけで動けなくなるほどの重量なので、身体強化の魔法を軽く発動する。

「毎年思いますが、ボスって感じがしませんか？」

「でも、ごついですね」

イリナは職員室の隅にある隠し扉を開いた。

扉の奥《おく》に見える通路は、地下迷宮の最深部へと続いている。

小さく深呼吸して、イリナは通路へ入った。

「鎧武者、行っきま——すっ‼」

「行ってらっしゃーい‼」

「お気をつけてー‼」

「なんだかんだイリナ先生もノリがいいですよねぇ」

イリナだって教師だ。

これから自分たちが指導していくかもしれない子供たちの才能を目の当《ま》たりにして、胸が躍《おど》らないわけがない。

通路を行き止まりまで進んだイリナは、迷宮の最深部に繋《つな》がる隠し扉を開く。

紫髪《むらさきがみ》の少女レティが、宝玉を嵌め込んだ台座に近づいていた。

（宝玉は、まだ取らせないわよ）

最終試験は、ここからが本番。

魔物のフリをした担任教師との実戦だ。

「なんだ、こいつは……魔物か？」

困惑《こんわく》する受験生に向かって、イリナは一歩で距離を詰める。

ライオットがすぐに《アース・ウォール》で土の壁を二枚作った。

（反応はいい。でも魔力が足りない）

この少年は、パワータイプではないのだろう。

イリナは土の壁を容易《たやす》く両断する。

驚愕するライオットへ、追撃を試みるが――。

「《アース・ニードル》ッ‼」

今度は土の棘が四方から放たれた。

金髪《きんぱつ》の少女リズの魔法だ。

（狙《ねら》いはいい。でも速さが足りない）

イリナは宙高く跳《と》び上がる。

身体を反転して天井《てんじょう》に足をつけたイリナは、天井を蹴《け》ることで急激な方向転換《てんかん》をした。

リズの背後へ回り込んだイリナは、その華奢《きゃしゃ》な身体へ剣を振るおうとする。

「《タービュレンス》ッ‼」

刃の乱気流が、襲い掛かった。

マステリア公爵家《こうしゃくけ》の次女エヴァが発動した魔法だ。姉には劣《おと》るが、間違《まちが》いなく優秀《ゆうしゅう》。そう聞いていたが、まさか上級魔法まで使えるとは。

しかし、地力が違う。

イリナは魔力で全身を覆い、乱気流をガードした。

「き、効いてない……ッ!?」

(反応も、狙いも、威力も足りてるけど……それだけじゃ駄目《だめ》よ)

エヴァの弱点はプライドの高さだ。

リズの魔法を利用して一撃入れるまではよかったが、その先の展開までは予想していない。一人でケリをつけられるという前提で戦略を組み立ててしまっている。

仲間へバトンを託《たく》す力が致命《ちめい》的に欠けている。

これでは、倒されてやることもできない。

「――《アイアン・アイギス》!!」

エヴァに接近すると、巨大な鉄の盾に阻《はば》まれた。

最初の土壁と同じように両断しようとする。しかしその盾は、イリナの剣を弾いてみせた。

(お、これは硬《かた》いわね……)

自警団のエースであるレティ＝ハローズ。

彼女《かのじょ》は怒《おこ》りっぽくて攻撃的な性格をしているが、その性格とは裏腹に防御魔法のスペシャリストだ。自警団をまとめ上げ、あの悪名高い都市ヨルハを浄化《じょうか》してみせた力は伊達《だて》ではない。

刹那、筋骨隆々《きんこつりゅうりゅう》の男が肉薄してきた。

「《アクア・ハンマー》」

水の槌が、イリナの身体を吹っ飛ばした。

壁に叩き付けられたイリナは、床《ゆか》に倒れ伏《ふ》す。

傍《はた》から見れば渾身《こんしん》の一撃が炸裂《さくれつ》したようなものだろう。

しかし実際のところ、イリナにはまだまだ余裕《よゆう》があった。

（威力は高いけど、魔力の流れが素直だから先読みしやすい……）

どんな攻撃が来るか先読みできれば、対策も容易だ。

イリナは水の槌に吹っ飛ばされる直前、目には見えない風のクッションを正面に展開することで衝撃を吸収していた。

（……もうちょっと本気を出してもいいわね）

受験生たちに正体がバレないよう、《ウィンド・ムーブ》を発動した。

魔法を使う魔物もいるが、それが人型であればどうしても「もしかして人なのでは？」という疑問を抱《いだ》かれてしまうだろう。カモフラージュのために、イリナは魔法の発動と同時に大量の魔力を垂れ流した。魔力の奔流《ほんりゅう》によって魔法の兆候を隠す。

「トーマ！　危ねぇッ‼」

ぼーっとした様子でこちらを眺《なが》めていたトーマに、イリナは接近した。

しかし、その少年は――。

「よいしょ」

あっさり剣を受け流す。

そのまま、隙を見せたイリナへ――。

「ふっ‼」

トーマが剣を振り下ろす。

しかしイリナが魔力を練り上げた直後、バキン！　と嫌な音が響いた。

「あ、やば。折れちゃった」

（今のはちょっとだけ焦《あせ》ったなぁ……）

暢気に距離を取るトーマを見て、イリナは甲冑の中で冷や汗《あせ》を垂らす。

純粋《じゅんすい》な剣術だけなら明らかに自分よりも格上。一瞬しか視認できなかったが、トーマの剣術はとても美しく、そして自然だった。

防御魔法の展開が間に合ったので、どのみちあの一撃でやられることはなかったが、もしトーマの剣が業物だったら甲冑が斬られていたかもしれない。その場合は鎧武者の正体が明らかになり、戦闘は中止になっていただろう。

「でも妙なんだよね。……あれ、多分、人間の剣術なんだけど」

（やば、バレちゃいそう）

流石《さすが》は騎士《きし》団長の息子《むすこ》。剣筋だけでこちらの正体に勘《かん》づいたようだ。

誤魔化《ごまか》すために、剣に魔力を込めて斬撃を飛ばす。これは人間の剣術らしくはないだろう。

だが、その斬撃を――赤髪の少年が弾いた。

「大丈夫か、二人とも？」

その少年は、不敵な笑《え》みを浮《う》かべてイリナと対峙した。

――来た。

ルーク＝ヴェンテーマ。

規格外の化け物。

この少年だけは、他の受験生と同じような気分で相手をしてはならない。

剣を握《にぎ》る腕《うで》がブルルと震《ふる》える。

イリナは思わず笑ってしまった。

（まさか、子供を相手に武者震《むしゃぶる》いする日がくるなんてね……）

心は気丈に振る舞おうとしても、頭の中では警鐘《けいしょう》が鳴りっぱなしだった。

直上からの振り下ろし、横薙《よこな》ぎの一閃《いっせん》、切り上げ、袈裟《けさ》斬り——初手の攻撃を可能な限り予測する。この少年は頭も使わなければ勝てない相手だ。

「撤退だッ‼」

警戒するイリナの前で、ルークは叫んだ。

「全員、一度退くぞ！　俺が時間を稼ぐ‼」

いい判断だ。

体力、魔力の残量だけを考えるなら、まだ戦うことは可能だろう。しかし想定外の強敵を目の当たりにして、受験生たちは混乱していた。今のメンタルで戦闘続行は好ましくない。

「《ブレイズ・エッジ》ッ‼」

いつの間にか、目と鼻の先に炎の斬撃が迫《せま》っている。

（称賛《しょうさん》している場合じゃないか——っ‼）

速さも威力も申し分なし。そして何より、思い切りがいい。

イリナは発動中の《ウィンド・ムーブ》の出力を上げた。この少年を相手に下手な手加減はしない方がいい。

「《ブレイズ・アルマ》ッ‼」

ルークも更に加速する。

戦闘は超《ちよう》高速の世界に突入《とつにゆう》し、選ばれし者のみが干渉《かんしよう》を許される領域に突入した。

現状、この動きについてこられる受験生はいないようだ。

(予想通り、この子は強い。けど、ちょっと危ないわね……)

凄《すさ》まじい剣の弾き合い。

その最中、イリナはルークの顔を見る。

(俺が全員守ってみせる……目がそう言ってるわ)

この少年は、抱《かか》え込みすぎるタイプかもしれない。

どこか危《あや》うい強さ——そんな印象を抱いた。

「おおおぉぉぉおぉおおぉおぉ——ッ‼」

(く……ッ‼　この子の分析《ぶんせき》は、戦いながらは無理か……ッ‼)

他の受験生とは格が違う。

というか、この勢い——っ。

(もしかして、殿《しんがり》じゃなくて、そのまま私を倒そうとしてない……⁉)

撤退って言ってたのに……‼

倒せるならそれに越《こ》したことはないので、判断としては間違ってはないだろう。

しかし、ちょっと待ってほしい。

試験官としては、まだまだ他の受験生の力量も見極めたいところだ。今ここでルークに倒されたら試験が終わってしまう。

イリナの全身から冷や汗が垂れた。

やばい、ここで負けたら試験が終わっちゃう――。

（……ん？）

その時、ルークが妙な行動を起こした。

無意味に後方へ一歩下がり、先に逃げていった仲間たちを一瞥《いちべつ》する。

（あっ）

この子、私が相手だって気づいているな。

今のは明らかに、人間に対するジェスチャーだった。

イリナはその意思を汲み取り、分かりやすく突きを繰り出す。

常人であれば避《よ》けることも叶《かな》わぬ一撃だが、ルークにとっては粗末《そまつ》で隙だらけな攻撃。しかしルークはそれを敢《あ》えて受け止め、衝撃を利用して大きく後退した。

ルークが他の受験生たちと合流し、そのまま逃走《とうそう》する。

去って行く子供たちを眺め、イリナは吐息《といき》を零《こぼ》した。

「……ふぅ」

強かった、想像以上に。

しかしあの様子だとすぐに再戦することはないだろう。

イリナは隠し扉を開き、職員室へ戻る。

「お疲《つか》れ様です、どうでした？」

「……一人、とんでもない奴《やつ》がいるわ」

「へぇ。イリナ先生にそこまで言わせる子供がいたんですか」

特級クラスの担任は、誰にでも務まるものではない。

イリナもまた類い稀《まれ》な実力者だ。他の教師たちもそれは知っているので、イリナの一言に内心驚《おどろ》く。

「多分、精霊《せいれい》と契約《けいやく》しているわね」

「精霊って……そんな、彼らはまだ子供ですよ？　精霊を宿せる器《うつわ》では……」

「普通の魔法にしては、魔力の純度が高すぎるわ。恐らく高位の精霊と契約しているわね」

ルークが使用した技《わざ》を思い出す。

刀身に炎を纏わせて斬る技と、全身に炎を纏って身体能力を強化する技。いずれも火属性の魔法が使えれば似たようなことは可能だが、やはり出力の桁《けた》が違いすぎる。

「……場合によっては、要注意人物かもしれないわ」

過ぎたるは及《およ》ばざるがごとし。

特級クラスは基本的に強い子供を歓迎《かんげい》するが、高位の精霊と契約を交《か》わし、そしてその力を使いこなしているレベルとなれば……少々、躊躇《ためら》われる。

良くも悪くも影響《えいきょう》が大きすぎるのだ。

もし彼が特級クラスに入れば、恐らく彼を中心にクラスは回るだろう。

それがいい影響であれば問題ないが、悪い影響だとしたら、優秀な子供たちの未来を摘《つ》んでしまうことになる。

「使うのですか？　イリナ先生」

イリナの心境を見透《みす》かした教師が、神妙《しんみよう》な面持《おもも》ちで尋《たず》ねた。

「ええ。生徒たちの安全のためにも……一度だけ、使います」

あまり好ましい方法ではないが、これも生徒たちのためだ。

イリナは静かに息を吐き出し、自身の相棒へ呼びかける。

「お願いね、ルーファ」

『ワカッタ』

イリナの隣に、黒い靄《もや》のようなものが現れた。

靄は、その濃淡《のうたん》の変化で感情の起伏《きふく》を示しながら、声を発する。

『ココロヲ、ヨメバ、イインダヨネ？』

「ええ。――ルーク＝ヴェンテーマの正体を暴《あば》いてちょうだい」

闇《やみ》の精霊ルーファ。

イリナが契約したその精霊は、人の深層心理を読む力を持っていた。

◆

「だから、それだとアタシの魔法で閉じ込めた方がマシだって！」

「君の防御魔法は貴重なんだ。できれば攻撃には使いたくない」

鎧武者——もといイリナ先生との戦闘から撤退してしばらく。

拠点に戻ってきた仲間たちは、僕が指示するよりも早く再戦時の対策を立てていた。撤退したことがよほど悔しかったのか、血の気が多いレティを中心に、熱を帯びた作戦会議が繰り広げられている。

（この前向きさは、貴重だね……）

『うむ。各々《おのおの》、修羅場《しゅらば》を潜っているようじゃの』

強敵を相手に退いた程度で凹《へこ》むほど、柔《やわ》なメンタルの持ち主はいなかった。

『ところで、あの鎧の中身……もしかしてイリナなのじゃ？』

（お、正解。よく分かったね）

『えっへん‼　魔力の波長が似てたからのう‼』

サラマンダーが得意気に言う。

魔力の波長か……僕も読み取れるようになったら色々と便利かもしれない。

今度相談してみよう。

『しかし、アニタに勝《まさ》るとも劣らない実力者じゃった。一介《いっかい》の教師にしては、強すぎる気がするのじゃ』

（そうだね。まあ、そのくらいじゃないと特級クラスは導けないのかも）

イリナ＝ブラグリーの経歴も僕は知っている。

今でこそ教師だが、彼女はかつて国の兵士だった。

だが単なる兵士ではない。

彼女が所属していたのは、秘匿《ひとく》された暗殺組織。

日の光を浴びない闇の組織で生きてきた彼女には……特殊な強さがある。

「くっそー……頭が疲れてきたぜ」

レティが髪をがしがしと掻く。

見れば他の仲間たちも疲労《ひろう》している様子だ。

「しばらく休息にしよう」

僕は皆に向かって告げた。

「休息って……あいつの方から襲って来たらどうすんだよ？」

「あの鎧武者は、台座の部屋から離《はな》れられないんじゃないか？」

僕は原作知識を、さも推測であるかのように言う。

「最後に俺が逃げた時、鎧武者は追ってこなかった。多分、宝玉の守護者か何かなんだろう」

原作通りなら、イリナ先生は台座のある部屋からは出てこない。

曖昧《あいまい》な根拠《こんきょ》しか提示できないが、勝率を上げるため多少強引《ごういん》にでも信じてもらう。

幾《いく》つかの反論を予想しつつ、その更なる返答を考えていると、ふとレティが変な目で僕を見ていることに気づいた。

「なんだ？」

「いや……あいつのこと、鎧武者って言ってるんだな」

しまった。

原作ではイリナ先生本人があれを鎧武者と言っていたので、うっかりそのまま使ってしまった。

「悪い。他の呼び名が決まっていたか？」

「いや、鎧武者が一番分かりやすいな！　アタシもそう呼ぶぜ！」

他の皆も同意見らしく、鎧武者の名で統一することが決まった。

休息の件についても受け入れられたようだ。各々が肩《かた》の力を抜く。

「少し見回りしてくる。皆はゆっくり休んでいてくれ」

そう言って僕は皆から離れた。

◆

念のため周辺の魔物を狩《か》っておいた方がいいだろうか。

そう思いつつ見回りを始めると、小さな人影《ひとかげ》が遠くに見えた。

(今のは……)

『エヴァじゃな』

一人で拠点から離れて何をする気なのか。

不安になった僕は、急いで彼女を追う。

細長い通路を進んだ先にある部屋で、エヴァは杖《つえ》を手に、風の魔法を使っていた。

「エヴァ、何をしている」

集中している彼女の背中に僕は声を掛ける。

ここに魔物はいない。なのに魔法を使う理由なんて、一つしかない。

「さっきまで戦っていたんだ。今、修行《しゅぎょう》したところでオーバーワークだぞ」

『ど、どの口が言うのじゃ……‼』

サラマンダーが大層驚いた様子で声を発した。

僕はいいのだ。主人公としての責務を――やがて世界を救う英雄《えいゆう》になるという責任を背負っているのだから。

エヴァはゆっくりこちらを振り向いた。

その目には――憎悪《ぞうお》が宿っている。

「……放っておいてよ」

「駄目だ。大事な仲間の無茶は見過ごせない」

「仲間って……私、何もしてないじゃない」

エヴァは自嘲《じちょう》するように笑った。

「そんなことはないだろ。魔物との戦いではよく活躍《かつやく》してくれたし、鎧武者に初めて攻撃をあてたのもエヴァだ。あれで俺たちは士気が上がり――」

「――うるさいッ‼」

エヴァの怒鳴《どな》り声が、部屋に響く。

僕は一瞬だけルークの演技が解けそうになった。それほどの気迫《きはく》だった。

「あ、貴方《あなた》、さっきから上から目線じゃないっ⁉　どうせ私を見下してるんでしょ⁉　私にはこの程度の活躍で十分だって‼　それ以上は期待してないって‼」

「落ち着け、俺にそんな意図は……」

エヴァが溜めに溜めた鬱憤《うっぷん》を爆発《ばくはつ》させる。

正直、この展開は予想していた。なにせ最終試験が始まってから、僕はエヴァのプライドを何度もへし折っている。鬱憤が溜まるのも無理はない。

でも、ここまで混乱するとは思わなかった。

今の彼女は原作の比にならないほど激情に駆られている。

——責任を取らねばならない。

エヴァがここまで混乱したのは、僕のせいだ。

僕が彼女の心を元に戻さなければならない。

「貴方のせいで、私の計画は全部潰《つぶ》された！」

エヴァは涙《なみだ》を流しながら告げる。

「リーダーになるつもりだった！　誰よりも活躍するつもりだった！　そして最後は首席で入学するつもりだった！　なのに、全部……貴方に奪《うば》われた‼」

心底の憎悪を瞳《ひとみ》に込めて、エヴァは僕を睨《にら》む。

「このままだと、貴方が首席になる。そうなったら……私はまた、お姉ちゃんに負けてしまう……っ‼」

「お姉ちゃん？」

そのキーワードを口にすると、エヴァははっとしたように手で口を押《お》さえる。

しかしもう隠しきれないと悟《さと》ったのか、エヴァは再び自嘲して語る。

「貴方も、知っているでしょう？　私の姉……マステリア公爵家の長女を」

その問いに、僕は頷いた。

「超人……レナ＝マステリアか」

エヴァは小さく首を縦に振る。

超人の異名を持つその少女は、マステリア家の長女として生まれた。確かエヴァの三歳上である。

どうして彼女が超人と呼ばれているのか。

それは彼女の人間としての性能が異様に高いからだ。

たとえば記憶力《きおくりょく》。彼女は一度見聞きしたものを絶対に忘れることがない。その能力を駆使《くし》して幼い頃《ころ》から大量の書物を読み漁《あさ》ってきた彼女は、頭の中に膨大な知識を詰め込んでいるらしい。

たとえば視力。彼女はとにかく目がよくて、どんな攻撃も瞬時に見切って回避できる。魔法が加われば尚《なお》のことだ。視力に限らず聴覚《ちょうかく》、嗅覚《きゅうかく》など、五感の全てが常人よりも圧倒的《あっとう》に鋭敏《えいびん》である。

たとえば思考力。知能指数と置き換《か》えてもいい。彼女は純粋に頭がいいのだ。学んだ知識はすぐに応用でき、どのような分野であろうと次々と学者を驚嘆《きょうたん》させるほどの新説を立てることができる。

レナ＝マステリアは幼少期から魔法の腕が凄まじく高かった。

ある日、その理由を一人の学者が調べた結果、これらの能力が判明した。

彼女は魔法の才に恵《めぐ》まれたわけではない。ただ、魔法を使う基盤《きばん》となる人間の能力そのものが異様に高かったのだ。

故《ゆえ》に――超人。

努力では辿り着けない、天賦《てんぷ》の才を持つ人物である。

「私が、他の貴族になんて呼ばれているか知ってる？　……出涸《でが》らしよ」

酷《ひど》い言葉だ。

姉に劣等《れっとう》感を抱いているだけでなく、鋭《するど》い悪意までもがエヴァの心を蝕《むしば》んでいた。

「私は、お姉ちゃんに負けたくなかった。だから、お姉ちゃんが通ったこの学園に来て、お姉ちゃんの記録を上回ってやりたかった」

震えた声で、エヴァは言う。

「でも、やっぱり駄目なのね。結局、私は貴方みたいな本物には負ける」

僕は本物なんかじゃない――。

心のどこかで、そう叫んでしまう弱い自分がいた。

その言葉を表に出してはならない。僕は偽物《にせもの》だが、ルークは本物なのだ。ここで「俺は本物じゃないさ」と謙遜《けんそん》すると、ルークのイメージを毀損《きそん》することに繋がる。

「私は……お姉ちゃんを超《こ》えられない……っ」

エヴァは深く傷ついていた。

そんな彼女に発破をかけることこそが、本物であるルークの責任だ。

何か言え。彼女に前を向かせる言葉を伝えるんだ。

本物《ルーク》の使命を果たせ。

「――いいや、超えられる」

僕の感情を、ルークの熱い魂《たましい》でコーティングして言葉にする。

足元ばかり見ていたエヴァの目が、こちらを向いた。

「エヴァは少し、自分が持っているものを過小評価している。……たとえば、レナ＝マステリアの得意な属性は何だ？」

「……火よ」

「じゃあそれは、エヴァが得意とする風属性に勝るものなのか？」

「そ、そんなこと……」

エヴァは少し考えてから、震える声で答えた。

「……ない。風の魔法は、速いし、見えないし……火属性に負けない」

魔法を使う者としてのプライドが、エヴァの言葉に力を与《あた》える。

上級魔法の習得は困難だ。エヴァがどれほど努力してきたのか僕には想像もつかない。そんな計り知れない覚悟《かくご》があることに――僕は賭《か》けた。

「じゃあエヴァは、レナ＝マステリアにはできないことができるよな？」

「………少し、だけど。できるわ」

できるに決まっている。

属性の違いは大きく、火の魔法と風の魔法は似ても似つかない。

「でも、その程度ではお姉ちゃんに勝てない……」

「その気持ちは、レナ＝マステリアにもあるのか？」

エヴァが目を見開く。

「あの超人に勝ちたいと願う気持ち。天賦の才を持つ姉に、何が何でも食らい付いてやるという意志……それは、エヴァだけのものなんじゃないか？」

「あ……」

僕の言葉は、エヴァの心に届いたようだった。

「エヴァは強い。俺が保証する」

剥《む》き出しになったエヴァの心に僕は訴《うった》えかける。

「エヴァは姉に追いつきたいと……あの超人に追いつきたいと思っているんだろう？　もし俺がエヴァと同じ立場なら、そんな強い心は抱けなかったかもしれない」

これは嘘だ。

ルークなら、たとえどんな立場でも強靱《きょうじん》な心で英雄を目指す。

でもきっとルーク以外なら……ルークとエヴァ以外なら、超人の妹に生まれた時点で野心をなくしてしまうだろう。

彼女の心が強いのは、紛《まぎ》れもない事実だった。

「だから、もう少し信じてみろ。エヴァ自身の強さを――姉にはない自分だけの強さを」

ルークの魂が、僕に熱い言葉を吐き出させた。

エヴァは胸のあたりに手をやり、ぽたぽたと涙を零す。

「……不思議。なんで、貴方の言ってることって、こんなに胸に響くの……」

それは僕がルーク＝ヴェンテーマだからだ。

やがて英雄になる最強の男だからだ。

「……分かった」

エヴァは涙を拭《ぬぐ》い、僕の顔を見た。

その瞳には、失われていた炎が蘇《よみがえ》っている。

「信じてみるわ。私のこと……そして、貴方のことを……」

「ああ。俺もエヴァのことを信じている」

人々を安心させるルークの熱い笑みを、僕は浮かべる。

エヴァはどこか僕に見惚《みと》れたような顔をした後、微《かす》かに俯《うつむ》いた。

「見つけた。……お姉ちゃんにはない、私だけの強さ」

「お、それは幸先《さいさき》がいいな。どんなものだ？」

普段通りの明るい口調で僕は訊《き》いた。

するとエヴァは、頬を紅潮させて僕を見る。

「私の傍には……貴方がいることよ」

潤《うる》んだ目が、真《ま》っ直《す》ぐ僕を見つめていた。

沈黙《ちんもく》がしばらく続く。やがてエヴァは耳まで真っ赤に染めて踵《きびす》を返した。

パタパタと拠点まで小走りで移動するエヴァを、僕は無言で見送る。

(取り敢えず……元気を出してくれたかな)

一息つく。

よかった。エヴァが前を向いてくれて。

『よい言葉を与えたのじゃ』

「……僕の言葉じゃないけどね」

リズの時と同じだ。

エヴァと話している時、僕はルークを演じることに集中していた。

たとえ僕の感情が発端《ほったん》だとしても、ルークの性格でそれをコーティングしているなら、それはもうルークの言葉だった。僕の本心からは、あんな血が滾《たぎ》るような熱い言葉は出てこない。

「エヴァはさ、姉に影響を受けすぎているんだ」

僕は、僕が思うエヴァという人物についてサラマンダーに語る。

「彼女は、本当はもっと強いんだよ。でも姉の存在が大きすぎて、無意識に姉のような人間になろうとしてしまっている。話し方も、戦い方も、全部偽物なんだ。……僕みたいに」

『それは……』

エヴァが抱えている問題を、僕は鮮明《せんめい》に理解できた。

何故《なぜ》なら、僕自身も同じ問題を抱えているからだ。

「サラマンダー……僕は、何様なんだろうね」

思えば、エヴァとの会話は何もかもが僕自身に返ってくるブーメランのようなものだった。

無茶ばかりしているくせに、エヴァには「無茶をするな」と警告して。

ルークと比較《ひかく》ばかりしているくせに、エヴァには「姉と比べるな」と暗に伝え。

「僕に、あんなことを言う資格はあったのかな。幼馴染《おさななじ》みを死なせ、小さな村すら守り切れず、何もかもが中途半端《ちゅうとはんぱ》で成し遂《と》げられたことすらない僕に……」

自分が実現できていないことを人にやらせるのは、とても恐ろしいことだった。

見知らぬ街を他人に案内するようなものだ。エヴァの目指す先は本当に僕が示した方角でよかったのだろうか、今になって不安が膨《ふく》らんでくる。

『お主は正しいことをしたのじゃ‼』

サラマンダーのあどけない声が、僕の脳内に響き渡《わた》った。

『妾《わらわ》が保証する‼　お主の言葉はちゃんとエヴァの心を救ってみせた‼　お主のやったことは正しいのじゃ‼』

「そっか……」

サラマンダーが保証してくれると心強い。

僕一人では生み出せなかった自信が、仄《ほの》かに芽生える。

「よかった。やっぱりルークの力は偉大《いだい》だね」

『………また、それか……ッ』

エヴァの心を救ってみせたルークは、やはり素晴《すば》らしい人間だ。

そう思っていると――ふと、僕の正面に和服を着た少女が現れる。

サラマンダーが人の姿に変身したようだ。

「どうしたの、サラマ――」

「――妾はお主を褒《ほ》めているんじゃ‼」

サラマンダーは激情と共に怒鳴った。

「何故、そんな他人事《ひとごと》のような態度を取る！　妾はお主に言っておるんじゃぞ‼」

「あ……うん、ごめん。そんなつもりはなかったんだけど……」

僕を褒めていると言われても……。

だって、僕がエヴァの心を救えたのは、僕がルークを演じていたからだし……それを僕の力だと言うにはあまりにも無理がある。

しかし、サラマンダーは今にも泣き出しそうな顔をしていた。

こんな顔をさせているということは、僕は何か間違えているのだろう。

……よく、分からない。

ただ確実なのは、ルークならサラマンダーにこんな顔をさせないということだ。

やっぱり僕の力だけでは誰も笑顔にできない。力不足を痛感する。

サラマンダーは、僕がルークの演技を優先しすぎていることを指摘《してき》しているのかもしれない。

だとすると、僕の取るべき態度は……。

「……ごめん。大丈夫だよ、ちゃんとサラマンダーの気持ちは伝わってる」

「本当か？　妾の言葉は、ちゃんとお主に届いておるか……？」

「うん。心配かけてごめん」

「……なら、よい」

サラマンダーは人の姿を解除し、目に見えない状態になった。

僕は安堵《あんど》に胸を撫《な》で下ろす。サラマンダーに怒鳴られるとは思っていなかったので、まだ心臓がバクバクしていた。

……サラマンダーは知らないのだ。

ルーク＝ヴェンテーマという人間が、どれほど強くて、どれほどの偉業を成し遂げるかを。

それを知っているのは、この世界でたった一人……僕だけである。

僕の苦悩《くのう》を、サラマンダーにまで背負わせる必要はない。

それが、偽物である僕にできる、唯一《ゆいいつ》の優《やさ》しさだと思った。

「サラマンダー。拠点に戻る前に相談したいことがある」

『なんじゃ？』

「心を読む精霊術って、対策できる？」

『む、そんな奇《き》っ怪《かい》な技を使ってくる奴がおるのか。難しそうじゃが……精霊術なら何とか抵抗できるかもしれん』

◆

受験生たちとの一戦を終えた後、イリナは職員室に戻り他の教師たちへ簡単な報告を済ませた。そしてその後、すぐに迷宮の最深部まで戻ってきた。

先程《さきほど》の戦いは様子見。

次の戦いは、きっと本番になるだろう。

一時間ほど待ち構えていると、通路の奥に複数の人影が見えた。

特級クラスの候補生たちだ。

（——来たわね）

鎧を纏ったイリナは、全身から魔力を解放した。

瞬間、受験生たちが苦しそうな表情を浮かべる。

魔力には感情を込めることができる。

殆《ほとん》どの者にとってそれは意味のない現象だが、イリナほどの魔力量の持ち主にもなれば、その魔力を相手に叩き付けることで感情を伝えることができた。

今、イリナが魔力に込めたのは——敵意。

己《おのれ》の意志を相手に叩き付けて萎縮《いしゅく》させるこの技は、殺気とも呼ばれる。

イリナの感情をぶつけられて、受験生たちは青褪《あおざ》めた顔をしていた。

大人げないことをしているかもしれない。だが、この程度で気圧《けお》されるようなら特級クラスには必要ない。

もう手加減はしない。

ここからが本番だ。全力で倒す。

そんな戦意を魔力に込めて——叩き付ける。

（——っ⁉）

だがその時、イリナのものよりも遥《はる》かに巨大で濃密な魔力が、正面からぶつけられた。

ルーク＝ヴェンテーマ。

まるでお返しとでも言わんばかりに魔力を解放した彼は、不敵な笑みを浮かべてこちらを睨んでいた。

イリナの魔力はルークの魔力に相殺《そうさい》され、消失する。

気圧されていた受験生たちが落ち着きを取り戻した。

（やっぱり、彼をどうにかしなきゃ駄目か）

ルークの魔力をぶつけられたイリナは、全身の肌《はだ》が粟立《あわだ》っていることを自覚した。

鎧を着ていて助かった。気圧されかけていたという事実は明るみに出ずに済む。

まったく……これでは、どちらが挑戦者《ちょうせんしゃ》か分かったものではない。

イリナは溜息を吐《つ》き、それから――剣を抜いた。

――《ウィンド・ムーブ》。

小細工は無用。

初手で一人目を落とす勢いで、イリナは剣を閃《ひらめ》かせた。

その剣はライオットの腹に迫る。

だが、

「《アイアン・アイギス》ッ‼」

レティが鉄の盾を展開し、剣を弾いた。

「陣形をとれ‼」

ルークがそう告げると、受験生たちが一斉《いっせい》に動き出す。

前回の戦闘で薄々《うすうす》察していたが、やはり彼らのリーダーはルークのようだ。

戦闘技能は極めて優秀。おまけに人を率いるカリスマ性まで抜群《ばつぐん》ときた。

ただでさえ特級クラスの候補生たちは優秀なのだ。そこにルークという傑物《けつぶつ》が加わったことで、彼らの強さはイリナですら油断できないものになっている。

「《アース・ウォール》‼」

イリナを挟《はさ》むような位置へ移動したリズとライオットが、それぞれ土の壁を顕現する。

壁は二つの方向からイリナへ迫った。

（挟んで潰す気？　――甘《あま》いッ‼）

どうせ挟み撃《う》ちにするなら、最初から《アース・ニードル》のような攻撃力の高い魔法を使うべきだ。

イリナは高く跳躍《ちょうやく》して、二つの壁を回避する。

「エヴァ‼」

「ええ！　――《タービュレンス》ッ‼」

ルークが合図すると同時に、エヴァが乱気流を生み出した。

乱気流はイリナではなく、その直下にある土の壁を切り裂く。

（こ、これは……目眩《めくら》ましかッ⁉）

エヴァの魔法は、まるでミキサーのように土の壁を細切れにした。

大量の砂塵が巻き上がり、イリナの視界を奪う。

嫌な予感がしたイリナは、風属性の初級魔法である《ウィンド・シュート》を複数放つ。

風の弾丸《だんがん》は爆風を生み出して砂塵を散らした。

視界を取り戻したイリナが、空中で受験生たちの位置を確認すると――。

（陣形が変わっている⁉）

目眩ましの意図は、攻撃ではなく移動を隠すことだった。

驚愕したイリナを他所《よそ》に、一箇所《かしょ》に集まった三人の少女が魔力を練り上げる。

「《ウィンド・カッター》ッ‼」

「《アース・ニードル》ッ‼」

「《アイアン・フィスト》ッ‼」

エヴァ、リズ、レティの三人が攻撃魔法を放つ。

同じ方向から一斉に魔法を放たれると、流石に全てを捌《さば》ききることは難しい。

イリナは《ウィンド・カッター》を放って迫り来る魔法の相殺を試みるが、幾らか直撃して弾き飛ばされる。

「《アクア・ハンマー》」

刹那、背後に水の槌が現れた。

これが狙いか、とイリナは内心で舌打ちした。

少女たちの魔法でイリナを部屋の端《はし》まで吹き飛ばし、そこで待ち構えていたゲンが追撃を行う。

緻密《ちみつ》に計算されたコンビネーションだ。

(上等……そのパワー勝負、付き合ってあげるわよッ‼)

イリナは魔力を練り上げて大技の準備をする。

だが水の槌を構えたゲンは、それをイリナではなく——地面にぶつけた。

激しい地響きが起こり、イリナは体勢を崩す。

まさか、ゲンの攻撃すら——ブラフ。

(こ、こいつら……‼)

どんだけ用意周到《しゅうとう》なんだ——ッ‼

作戦を立てた人間の底意地の悪さを感じる。焦らず、驕《おご》らず、限界まで相手を騙《だま》し抜こうとするこの作戦は、きっと相当な心配性が組み立てたに違いない。

しかし、冷静に考えれば当然かもしれない。

トドメの一撃は、やはり最大火力を叩き込むに限る。

その役割は当然――。

「――いくぜ」

真紅《しんく》の髪が揺れた。

その剣に炎を纏わせた少年は、イリナに近づく。

（ッ‼）

体勢を整える暇《ひま》はない。

イリナは少しでもルークの斬撃から身を守るべく、剣を構える。

刹那――。

「ほいっ」

気の抜ける声と共に、イリナの剣は宙に弾かれた。

目を見開くイリナの隣には、いつの間にかトーマの姿があった。その手には土の棘……《アース・ニードル》の棘を剣の代わりに使っているようだ。

完全に出し抜かれた。

体勢を崩され、更に剣まで奪われて……。

ここが、彼らの作戦の終着点。

用意周到すぎるお膳立《ぜんだ》てをして、最後はリーダーが一撃で決める。

「――《ブレイズ・エッジ》ッ‼」

荒《あ》れ狂《くる》う炎の斬撃が放たれる。
咄嗟《とっさ》に五重の《ウィンド・ウォール》を展開したが、ルークの斬撃はその壁を容易く破壊《はかい》した。
「ぐ――――っ⁉」
イリナは後方の壁に叩き付けられ、一瞬気を失いそうになる。
壁に放射状の亀裂《きれつ》が走った。
(かなり……効いたわね……っ)
とんでもない威力だ。
もはや嫉妬《しっと》すら覚えない。純粋に感心してしまう。
軋《きし》む身体に鞭打《むちう》って、イリナはゆっくり立ち上がった。
「い、今のを、耐えるのか……っ⁉」
「大丈夫だ。確実に効いている」
動揺《どうよう》したライオットを、ルークがすぐに落ち着かせる。
虚勢《きょせい》を張って少しでも焦ってくれたら儲《もう》けものだったが、ルークはそれすら許さない。
天才。化け物。規格外。
彼を表現するには、どんな言葉さえも不十分に感じる。
戦いの最中だというのに、イリナは心の底から感動した。
これほどの才能と相まみえることができたことに……。
(……だからこそ、どうしても確認しなくちゃいけないことがある)
イリナはルークから距離を取り、掌《てのひら》を上に向けた。

膨大な魔力がイリナを中心に渦巻《うずま》き、強烈《きょうれつ》な風を生み出す。

——《サイクロン》。

風属性の上級魔法を発動する。

巨大な嵐《あらし》が部屋の中で荒れ狂った。

「く、これは……」

「動け、ない……っ‼」

踏《ふ》ん張っていないと吹き飛ばされてしまうような暴風が部屋を満たしていた。

流石のルークと言えど、これには足を止めている。

しかしいつまでも足止めはできないだろう。

イリナはすぐに自らの精霊に呼びかけた。

(ルーファ、あの子を狙って)

『ワカッタ』

闇の精霊ルーファが応《こた》えた。

『ハイズルヤミヨ』

「怯《おび》える心髄《しんずい》へ潜り込め」

精霊が唱え、イリナが紡《つむ》ぐ。

イリナは闇属性の精霊術を発動した。

「——《マインド・ダイブ》」

目には見えない闇の魔力が、ルークに伸びた。

闇がルークの胸に突き刺さると同時に、その心中を暴き出す。

『ン……アレ、テイコウサレテル』

ルーファが不思議そうな声音《こわね》で言った。

どうやらルークは、心を読む能力まで対策できるらしい。

抵抗するのは、不可解な攻撃への警戒ゆえか。

それとも——後ろめたい何かがあるのか。

(ルーファ、頑張れる?)

『ダイジョウブ……コノジュツハ、フセゲルモノジャナイ』

次の瞬間、イリナの頭にルークの深層心理が流れ込んできた。

この精霊術は、相手の根源的な欲望を読み取る効果がある。今この瞬間の感情を見抜くことはできないが、対象が普段から掲《かか》げている目的や理念、或《ある》いは覚悟の内容を把握《はあく》できるのだ。

(正直、そこまで心配はしてないいんだけどね……)

悪人なら一発でそうだと見抜ける能力だが、そもそもルークが悪人とは思えない。

だから、あくまでこれは念のため……万が一を想定した措置《そち》である。

不躾《ぶしつけ》に心を覗《のぞ》く立場で、こんなこと考えては駄目なのだが……イリナはルークの深層心理に何があるのか、少しだけ楽しみだった。

果たしてこの傑物の胸中には、どんな願望が宿っているのか。

強さへの渇望《かつぼう》か、或いは慈悲《じひ》の精神か。

いずれにせよ高潔なものを持っているに違いない。

（これは……光？）

最初に感じたのは、光と見紛《みまご》うほどの気高い意志だった。

次いで、イリナが予想した通り、強さへの渇望。

輝《かがや》くために、強さを欲《ほっ》している。

それがルークの根源的な欲望だった。

まだ年若い子供だというのに、邪念《じゃねん》の類いは一切感じられない。しかしそれも、この少年ならば当然かと思ってしまう。

紛れもなく善人だ。それどころか類い稀なる正義の心の持ち主だ。

これなら問題なさそうね。

イリナがそう結論を下した瞬間――。

（…………え？）

ルークの中から流れてきたのは、前後不覚に陥《おちい》るほどの強烈な不快感だった。

吐き気、苛立《いらだ》ち、焦燥、重圧、自己嫌悪《じこけんお》、絶望……。

なんだ、これは？

黒くて冷たい、あまりにも苦しくて惨《むご》い世界。

この少年が、心の底で抱いているものは――。


――見たな？

「ひっ⁉」

悍《おそ》ましいナニかを感じ、イリナは反射的に精霊術を止めた。

なんだ？

今のは、なんだ……？

精霊術を中断してしまったせいで、何を読み取ったのかよく覚えていない。

ただ、感覚が残っていた。

ルーク＝ヴェンテーマは、太陽のように明るくて、気高い精神を持つ。

イリナはそう思っていた。

しかしイリナが感じたのは、そんな彼からは考えられないような……ジメジメとしていて、ドロドロとした、およそ人間に耐えられるものではない絶望の渦。

助けを呼ぶこともできず、泣き叫ぶことすら許されない、悲痛の坩堝《るつぼ》──。

「……ッ‼」

強烈な殺気をぶつけられ、イリナは気圧される。

見れば、ルークが鬼《おに》の形相でこちらを睨んでいた。

その瞳には、眼光だけで人を殺せそうなほどの強い怒りが宿っている。

自分が今、彼の何を見てしまったのかは分からない。

ただ……アレは見てはならなかったのだ。

彼にとって、絶対に触《ふ》れられたくないものだったのだ。

『イリナ』

困惑するイリナへ、相棒が声を掛ける。

（……なに、ルーファ？）

『アレハ、ダメダ』

（え？）

『アレハ、サイコウイノ、セイレイ……シゲキシテハ、イケナイ』

ルークが契約している精霊は、それほど高位の存在なのだろうか。

最高位の精霊……？

（ルーファ？）

返事はない。

休眠状態《きゅうみんじょうたい》に入ったらしい。

ルーファは、独立精霊の中では下位に分類される。意思疎通《そつう》は片言だし、使える精霊術も限りがあるし、精霊術を使ったあとはしばらく休眠を必要とする。

無論、それを補う頼《たの》もしさはあるのだが、このタイミングで休眠されるのは困った。

急に情報が氾濫《はんらん》したせいで、何一つ状況が読めない。

「ルーク‼」

エヴァの声が響いた。

呼びかけられたルークは、その声で我に返ったかのように怒りを霧散《むさん》させる。

落ち着きを取り戻した赤髪の少年を見て、イリナも深呼吸した。

まだ、試験は続いている――。

◆

イリナ先生は闇の精霊ルーファと契約しており、相手の深層心理を読み取るという特殊な精霊術を使うことができる。

僕はあらかじめそれを知っていた。

だから当然、対策もしていたつもりだったのに――。

『ルーク!!　ルーク!?　大丈夫か!?』

「ぐ、く……ッ!!」

『す、すまぬのじゃ!!　全力で防御したんじゃが、掻い潜られてしまった!!』

心を読まれる感覚は、奇妙《きみよう》なものだった。

自分ではない何者かの意思が僕の中に入り、まさぐっていく。得体の知れない不気味さを感じ、全身に鳥肌が立った。

『おのれ……屈辱《くつじよく》じゃ、同じ精霊に不覚を取るとは……ッ!!』

（……大丈夫、気にしてないよ）

嘘だ。

本当は正気を失いそうなほど気にしている。

冷や汗を噴き出しながら、僕は原作知識を思い出した。

…………多分、問題ないはずだ。

闇属性は魔法にせよ精霊術にせよ特殊なものが多い。その中でも闇の精霊ルーファが用いる《マインド・ダイブ》は、極めて異色な精霊術とされている。

その特性上、設定資料集には対策はほぼ不可能と記されていた。

だが完璧《かんぺき》な対策とまではいかないが、抵抗策は幾つかあるらしい。資料集によれば、高位の精霊と契約することで《マインド・ダイブ》はある程度抵抗できるとのことだ。その場合は深層心理までは読み取られることなく、表層心理くらいしか読み取られないらしい。

僕が契約しているのは四大精霊のサラマンダーである。

最も高位な精霊である彼女に、僕は事前に心を読む精霊術の存在を知らせ、抵抗してほしいと頼んだのだ。恐らく、このレジェンド・オブ・スピリットという世界のルールに従った範囲《はんい》で、最大限の抵抗ができたはずである。

でも――正直、ここで使ってくるとは思わなかった‼

原作でもイリナ先生は、ルークに《マインド・ダイブ》を使う。しかしそのタイミングは今ではなく学生編の中盤辺りだ。

念には念を入れてサラマンダーに相談しておいたが、それでも驚愕である。

どうして僕が、イリナ先生に心を読まれるほど疑われたのか――。

「はぁ、はぁ、はぁ……うっ」

腹から迫《せ》り上がる吐き気を、僕は咄嗟に抑《おさ》えた。

どれだけ自分に「大丈夫だ」と言い聞かせても、不安が溢《あふ》れ出してしまう。

どこまで見られた？

どこまで知られた？

いっそ身体を斬られた方がマシだ。心を読む精霊術は、被害《ひがい》を実感しにくい。

実感がないからこそ恐怖《きょうふ》してしまう。僕の原作知識は本当に正しかったのか？　抵抗はちゃんとできたのか……？

いざとなれば、イリナ先生にはサラマンダーと同じように僕の協力者になってもらうしかない。

それが難しければ、いっそ――――。

「――ルーク‼」

エヴァが僕の名を呼んだ。

そうだ、僕はルークだ。

ルークは人前でこんなふうに混乱しない。

まだ最終試験の最中であることを思い出す。

精霊術《マインド・ダイブ》は、同じ相手には一度しか使えない。強力で特殊な精霊術であるがゆえに、強力で特殊な制限も存在している。

僕の素顔が見抜かれたかもしれない――それは死よりも恐ろしいことだが、過ぎてしまったことは一度忘れるしかない。

考えようによっては、もう二度と心を読まれる恐れはないのだ。

その精神的な安堵を武器に、僕は剣を振るう。

「《ブレイズ・エッジ》ッ‼」

イリナ先生に炎の斬撃をあて、風の上級魔法《サイクロン》の発動を中断させる。

「畳《たた》みかけるぞッ‼」

僕が合図すると、仲間たちが一斉に攻撃魔法を放った。

風の乱気流、土の棘、水の槌。それぞれの魔法にイリナ先生は苦しそうな様子を見せる。

イリナ先生は既《すで》に限界が近いはずだが、油断するとまた先程みたいに上級魔法で一気に状況を覆《くつがえ》されるかもしれない。

ここで決めるしかない。

そう判断した僕は、更に魔力を解放した。

イリナ先生が驚愕した様子で僕を見る。

力の温存はイリナ先生の専売特許ではないのだ。

僕もまた、一度目の戦闘は撤退を前提としていたため余力を残していた。

だが、ここでケリをつけると決めた以上——出し惜《お》しむ必要はない。

『絢爛《けんらん》なる烈火よ‼』

「遍《あまね》く災禍《さいか》を斬り伏せろッ‼」

剣に宿った炎が、鮮烈な輝きと共に膨張《ぼうちょう》する。

「——《ブレイズ・セイバー》ッ‼」

炎の大剣が、イリナ先生に直撃した。

下から掬《すく》い上げるように放ったその斬撃は、イリナ先生を天井に叩き付ける。

轟音と共に、凄まじい熱風が荒れ狂った。

やがてイリナ先生は地面に落ちる。

誰もが固唾《かたず》を呑《の》んで見守る中、イリナ先生はゆっくり立ち上がった。

「なっ⁉」

「まだ、立ち上がるの……⁉」

ライオットやリズが焦燥する。

だがそんな彼らの前で、立ち上がったイリナ先生の鎧には、ビシビシと音を立てながら亀裂が走り――。

「――最終試験、終了《しゅうりょう》‼」

鎧が割れて、中から現れたイリナ先生はそう宣言した。

「うわー、派手にぶっ壊《こわ》れたわね。これもう使えないかも……」

「イ、イリナ先生⁉」

壊れた鎧を見て呟《つぶや》くイリナ先生に対し、受験生たちは鎧武者の正体がイリナ先生だと知って目をまん丸にしていた。

「というわけで、魔物の正体は私でした。まあ何人か気づいていたみたいだけどね」

そう言ってイリナ先生は僕とトーマを一瞥する。

するとトーマは僕に声を掛けてきた。

「ルークも気づいていたんだね」

「そっちこそ」

「剣筋から中身が人間であることは見抜けたからね。あとは歩幅《ほはば》などから体格を予想して、それがイリナ先生と一致《いっち》したんだよ」

原作知識で知っていた僕と違い、トーマはその卓越《たくえつ》した観察眼で見抜いてみせた。真に才能を持つ者とは彼のことを指すのだろう。羨《うらや》ましい限りだ。

「本当の最終試験の内容は、試験官である私が皆を直接見極めることだったの」

「じゃ、じゃあ宝玉を持って帰るというのは……」

「皆をこの部屋まで誘導《ゆうどう》するためだけの、偽《にせ》の目的よ」

ネタばらしをされてライオットが肩を落としていた。

宝玉を手に入れた後、それをどうやって持ち帰るかまで僕たちは作戦を考えていた。それが水の泡《あわ》になったことが悲しいのだろう。

「し、試験の結果は……どうなんですか？」

「それは私の顔で予想できるでしょ？」

エヴァの問いかけに、イリナ先生は問いで返す。

その顔は、どこか満足げな笑みを浮かべていた。

「皆、よく頑張ったわね。全員が勇気を振り絞《しぼ》り、全員が個性を発揮していた。なんといってもあの底意地の悪い――ゴホン、緻密な作戦が素晴らしかったわ。あの作戦は誰が立てたの？」

「俺だ」

僕が声を発すると、イリナ先生は目を丸くした。

「い、意外ね。てっきり、物凄《ものすご》く慎重《しんちょう》な人が考えたものだと思ったけど……」

それは僕本来の性格だ。

作戦の中身から、相手の人格を予想できるのか……これからは気をつけよう。

「というわけで、最終試験の結果を発表します‼　結果は全員――――」

イリナ先生が僕らに向かって試験の結果を告げようとする。

しかしその時、地面が激しく揺れた。

「な、なに……⁉」

「この地響きは……⁉」

受験生だけでない、イリナ先生も困惑していた。

激しい揺れが止まった直後、地面から二つの影が飛び出る。

「な、なんだ、コイツらは⁉」

「魔物、なのか……⁉」

それは彼らにとって見たことのない、不思議な外見の魔物だった。

全身を覆う金属。身体の隙間から見える歯車やシリンダー。

まるで機械のような魔物だった。

――ここからが本当の戦いだ。

シグルス王立魔法学園の入学試験。

僕がずっと警戒していた、そこで待ち受ける強敵とは、イリナ先生のことではない。

突如《とつじょ》、試験に乱入してくる……この魔物たちだ。

◆

「ぐ――っ⁉」

「ゲン⁉」

機械の魔物が、右手の砲身《ほうしん》から巨大な魔力の弾丸を射出した。

見たことのない攻撃を目の当たりにして、ゲンは微かに回避が遅《おく》れてしまう。

「これは……魔力の砲撃か？」

砲撃が肩に掠り、そこから出血したゲンは冷静に魔物の攻撃を分析した。

「帝国《ていこく》の魔導兵器……どうして、ここに……ッ⁉」

イリナ先生が機械の魔物たちを睨んで呟く。

先生はあの魔物たちの正体に何か心当たりがあるようだった。だが今は考察している暇はない。我に返った先生は口を開く。

「皆、地上まで避難《ひなん》しなさい‼」

イリナ先生が叫ぶ。

その発言を聞いて受験生たちは確信した。これは試験ではなく、異常事態なのだと。

受験生たちは指示に従い、すぐに避難を始めた。しかし、

「な、なんだこれ⁉　見えない壁が――⁉」

「うそ……結界……っ⁉」

地上へと続く通路に向かったライオットとリズが、困惑する。

目を凝《こ》らせば、部屋と通路の境目に半透明《はんとうめい》の壁のようなものができていた。

アニタさんが竜《りゅう》を閉じ込めるために作った氷の壁と同種のもの……結界だ。

「閉じ込められてるってわけね……っ」

計画的な敵の行動に、イリナ先生が舌打ちする。

最終試験でイリナ先生と戦った直後ということもあり、僕らは既に満身創痍《まんしんそうい》に近い。そこへ強敵と思《おぼ》しき二体の魔物が現れ、更には逃げられないことが発覚した。

イリナ先生を含《ふく》む、この場にいる全員の士気が下がっていた。

こういう時こそ――――。

「――全員でこの魔物を倒すぞ‼」

ルークの出番だ。

逆境でこそ燃え上がり、沈《しず》んだ時こそ太陽の如《ごと》く輝いてみせる。

「臆《おく》するな！　恐れるな！　――俺たちなら勝てる！」

僕は全力で仲間たちを鼓舞《こぶ》した。

内心は不安でいっぱいだ。最終試験はイリナ先生との戦いだったため、仲間が負けても死ぬ可能性はなかったが、これから戦う魔物は容赦《ようしゃ》なく僕らに殺意を剥く。

ポイズン・ドラゴンと戦った時の記憶《きおく》が蘇った。

僕の中にいるルークが告げる。

――今度こそ守れ。

誰も死なせるな。誰も悲しませるな。

ルーク＝ヴェンテーマの役割をまっとうせよ。

「いくぞ――――ッ‼」

「おうッ‼」

僕が合図すると、仲間たちが応じた。

皆の目の色が変わったことを確認し、胸を撫で下ろす。そんな僕のもとへ、イリナ先生が魔物を牽制《けんせい》しながらやって来た。

「ありがとう、皆をまとめてくれて。本来なら私の役目だったのに」

「気にするな。それより先生も戦力に数えていいんだよな？」

「当然‼」

イリナ先生が風の刃で魔物を吹き飛ばす。

僕も攻撃に参加しよう。そう思い、剣を抜いたら――――。

「さっき、貴方の心を覗いたわ」

心臓を鷲掴《わしづか》みにされたような気分だった。

自分がルークであることを忘れ、矮小《わいしょう》で惨《みじ》めな僕本来の人格が危うく表へ出そうになる。

「何が見えた？」

精一杯《せいいっぱい》の虚勢を保ち、僕はルークの演技を保ちながら訊いた。

答え次第《しだい》では……僕は、壊れる。

イリナ先生は、真っ直ぐ僕の顔を見て答えた。

「強すぎる意志。煮《に》え滾るような、炎の心」

その答えを聞いて、僕は心の底から安堵する。

――――よかった。

僕の本性は見抜かれていない。

僕にとっては命よりも大事なことだった。

それさえ無事ならば――これからもルークであり続けられるなら、僕はどんな凄惨《せいさん》な地獄《じごく》でも耐えられる。

「ルーク、貴方に背中を預けるわ。……本当は、貴方のなんでも抱え込んじゃいそうな性格を注意したかったんだけどね」

「はっ、心配は無用だ」

僕は盤石《ばんじやく》となったルークの演技で笑った。

「俺は、いくらでも抱え込み――その上で勝つ‼」

それこそがルークなのだと、僕は宣言した。

イリナ先生は目を丸くしたが、やがて力強い意志を込めた瞳で笑った。

僕の――ルークの宿す熱い炎が、イリナ先生に伝染したことが分かった。

『荒れ狂う炎よ‼』

「邪悪を切り裂く刃と化せッ‼」

魔物の懐に潜り込み、剣に炎を宿す。

「――《ブレイズ・エッジ》ッ‼」

バコン！　と金属を叩く音が響く。

生き物と戦っている時の手応えではない。

魔物の右手は砲身のようなものだが、左手には掘削機《くつさくき》のようなものが取り付けられてあった。あれで地中に穴をあけ、この迷宮にやって来たのだろう。

『……ルーク、何かあるのじゃ』

　ふと、頭の中でサラマンダーが警告する。

（あの魔物に何かあるってこと？）

『違う、魔物ではない。この迷宮に入った時からずっと感じている、強大な気配が……こっちを見ておるのじゃ』

　その話を聞いて、僕は現状を把握する。

　ある意味、安心した。

　——レジェンド・オブ・スピリットの物語は、正常に進んでいる。

　サラマンダーが言う強大な気配、その正体に僕は心当たりがあった。

　その正体こそが今回の戦いで最重要となるわけだが、あちらから何のアクションもない以上、僕らにできることはない。

（今は、目の前の敵に集中しよう）

『そうじゃな。すまぬ、気を散らしたのじゃ』

　いいや、むしろ集中できた。

　物語が正常に進んでいるということは、僕がちゃんとルークの役目を果たせているということだ。

　その自信が、僕を強くしてくれる。

「ルーク……‼」

　魔物と睨み合っていると、リズがこちらに駆け寄ってきた。

「リズ、どうした？」

「貴方が望むなら……私は闇の魔法を使う」

その目に強い覚悟を灯《とも》して、リズは告げた。

一瞬、思い悩《なや》む。リズが現時点で習得している闇属性の魔法は何か、あの魔物との戦いで役立ちそうなものはないか、原作知識も総動員して考える。

結果、僕は首を横に振った。

「気持ちは嬉《うれ》しいが、今ではない。あれは魔物にしては妙な形だが、人ではなさそうだ」

「……それもそうね」

「エヴァと協力して、あの魔物の足止めを頼めるか？　隙を作ってほしい」

「うん、分かった……!!」

まだ魔力に余裕があるのは、受験生の中だと僕くらいだ。

しかし大技を叩き込むと決めた以上、もう一人、まだ余力のある仲間が欲《ほ》しい。

「イリナ先生!!」

「――貴方が指揮しなさい!!」

こちらの意図を瞬時に察したのか、イリナ先生はすぐに返事をした。

「教師の面目《めんぼく》丸つぶれだけど、今は貴方に従った方が勝率は高いわ!!」

「ああ、任せろ!!」

既に受験生たちの間ではチームワークができている。

なら、イリナ先生を中心に新たな戦略を組み立てるよりも、僕たちの既存《きぞん》の戦略にイリナ先生を加えた方が連携《れんけい》しやすい。

「全員、あの魔物を足止めしてくれ！　隙ができれば、俺とイリナ先生で大技を叩き込む‼」

そんな僕の指示に、仲間たちは瞬時に応えてくれた。

「《ウィンド・カッター》‼」

「《アース・ニードル》‼」

エヴァとリズが魔法を発動する。

風の刃、土の棘が魔物たちに撃ち出された。

だがその時、魔物たちの身体に変化が起きる。

ガシャンという音と共に、魔物たちの背中からビーカーのような透明な筒《つつ》が出てきた。

直後、エヴァたちが放った魔法は――光の粒子《りゅうし》となって散る。

「え……？」

「魔法が、効かない……っ⁉」

仲間たちが目を見開いて硬直《こうちょく》した。

光の粒子は魔物たちの背中にある筒の中に吸い込まれていく。

――やっぱりこうなるか。

原作通りなら、これはイベント戦だ。

あの機械の魔物には通常の魔法が効かない。僕たちは特定の条件を満たさなければ、この戦いに勝てないようになっている。

特定の条件……それはある存在に協力してもらうこと。

ルーク＝ヴェンテーマが、この地に眠《ねむ》る風の四大精霊――シルフに力を貸してもらわなければ、この戦いには勝利できない。

◆

サラマンダーは「何かがこちらを見ている」と言っていたが、その正体こそが風の四大精霊シルフである。

精霊シルフは、元々この地に眠っていた。

しかしそこへサラマンダーと契約した僕がやって来たことで、目を覚ました。

目を覚ましたシルフは、地下迷宮で戦っている僕――ルーク＝ヴェンテーマの存在に注目し、その覚悟を見極めようとする。

かつて共に精霊王と契約していたサラマンダーとシルフは、旧友と言っても過言ではない。

だからこそシルフは、旧友が契約している相手……僕に興味を抱いた。

僕のやるべきことは単純である。

この戦いで、シルフに気に入られること。

そして原作通り、契約とまではいかないが一時的に力を貸してもらうことだ。

「――ルーク！」

魔法の無効化という見たことのない現象に仲間たちが混乱する中、イリナ先生が僕のもとへやって来た。

「あの敵がやっているのは、魔法の吸収よ」

「……何か知ってるんだな」

「ええ。でも今は説明している暇がない」

その通りだ。

早急に次の作戦を考えなければならない。

「吸収ということは、許容量には限界があるのか？」

「……‼　流石ね、その通りよ。吸収できる魔力には限度があるし、純度の高い魔力は分解しきれなかったはず。だから、貴方の精霊術で高純度の魔力を叩き込めば、効果があるかもしれないわ」

「分かった、やってみる」

イリナ先生は僕が精霊と契約していることを知っていた。

精霊と契約していると、同じように精霊と契約している人がなんとなく分かるようになる。だから僕も、イリナ先生が精霊と契約していることを薄《うっす》ら肌で感じるが……今はそれどころではない。

「全員、ありったけの魔法をぶつけてくれ‼」

指示を出すと、仲間たちはすぐに従ってくれた。

しかし皆の魔力は枯渇《こかつ》寸前である。

この一斉攻撃は、最初で最後のチャンスだ。

「《タービュレンス》ッ‼」

エヴァの乱気流が、光の粒子になって消えた。

粒子は魔物の背中に突き刺さっているビーカーのような筒に吸い込まれる。

筒に光の粒子が少し溜まった。

あの筒をいっぱいにすれば、勝てる。

誰も声に出さないが、誰もが直感でそう確信した。

「《アース・シュート》‼」

「《アース・ニードル》‼」

ライオットが放つ土の弾丸と、リズが放つ土の棘が、光の粒子と化す。

「《アイアン・フィスト》ッ‼」

「《アクア・ハンマー》‼」

レティが放った鉄の拳、ゲンが振りかぶる水の槌も、粒子と化す。

「《ウィンド・プレス》ッ‼」

イリナ先生が生み出した、上から下へ叩き付けるような暴風。

恐らくドラゴンさえも押し潰すであろうその魔法も、光の粒子と化す。

『絢爛なる烈火よ‼』

「遍く災禍を斬り伏せろッ‼」

力強く剣を握り締《し》める。

刀身に宿った炎が、鮮烈な輝きと共に膨張した。

「《ブレイズ・セイバー》ッ‼」

炎の大剣が二体の魔物をまとめて薙《な》いだ。

炎は、魔物の身体に触れた先から光の粒子へと変化する。今までとは比にならないほど大量の粒子が生まれ、薄暗い部屋が眩《まばゆ》い光に包まれた。

全ての炎が粒子に変換された後、魔物の背中を見る。

そこにある透明な筒は――九割満たされていた。

――あと少し。

誰もがそう思った、次の瞬間。

機械の魔物は、その腕に装着している砲身を僕たちに向けた。

「全員、伏せろッ‼」

僕が叫んだ直後、砲口から魔力の奔流が解き放たれた。

掠《かす》るだけでも致命傷《ちめいしょう》になりかねない一撃。視界の端で、仲間たちが焦燥しながら全力で真横へ飛び退いている。

「ぐっ⁉」

「か……ッ⁉」

砲撃を避けても、その衝撃波だけで仲間たちは吹き飛んだ。

死者はいない。だが自力では立ち上がれないほど負傷した者が多数いた。

そして、それより絶望的な事実が明らかになる。

「そんな……吸収させた魔力が、元に戻ってる……」

イリナ先生が青褪めた顔で言った。

魔物の背中にある筒。その中身が空になっていた。

吸収できるなら、それを武器として放出できるのは当然かもしれない。

しかしそれは、今の僕たちにとっては希望を断たれるに等しい光景だった。

『いかん……これでは、手の打ちようがないのじゃ……っ‼』

サラマンダーも焦り出す。

そんな僕の前で、一人の少年が目にも留まらぬ速度で魔物の背後に回り込んだ。

トーマ＝エクシス。

彼はいつの間にかイリナ先生が使ってた剣を拾い、魔物の背中にある筒を斬ろうとする。

だが、筒が硬いのか、或いはその剣もトーマの剣術には耐えられなかったのか……粉々に砕《くだ》け散ったのは剣の方だった。

「がッ⁉」

「トーマ‼」

魔物が砲身でトーマを弾き飛ばした。

地面を激しく転がったトーマは、苦しそうに口から血を吐き出す。

「魔法ナシで直接壊せばどうにかなるかと思ったけど……駄目だね、硬すぎる」

トーマはもう起き上がることすらできそうにない。

僕は仲間たちの様子を確認した。

皆、魔力が枯渇している。その上で負傷もしていて動けない。

まだ魔物と戦うことができるのは——僕だけだった。

「ルーク！」

イリナ先生が叫ぶ。

「通路とは反対方向の壁に、隠し扉があるわ！　もしかしたらそこには結界がないかもしれない！

貴方だけでも逃げなさい‼」

イリナ先生は、有無を言わせぬ力強い目で僕を睨んだ。

教師として、大人として、意地でも僕を逃がそうという決意が伝わってくる。

「——逃げない‼」

僕はイリナ先生の決意に真っ向から反抗した。

仮に僕が逃げられたとしても、そうすれば確実にこの場に残る皆が死んでしまう。

だからその選択肢《せんたくし》は、僕にとって——ルークにとって有り得ないものなのだ。

「俺は、絶対に逃げない！　ここにいる全員を守ってみせるッ‼」

僕は剣を握り、魔物と対峙した。

「俺が相手だ。——俺だけを狙えッ‼」

全身から魔力を噴き出し、僕は機械の魔物に炎の斬撃を与えた。

よく見れば機械の魔物たちは、身体の表面が焦《こ》げている。

純度の高い魔力は分解しきれない。イリナ先生はそう言っていた。

つまり、僕の攻撃は届いていたのだ。殆どは分解・吸収されてしまったが、表面を焦がす程度の火力は残った。

ならば——それを積み重ねればいい。

「おぉおぉおぉぉぉぉおぉおぉぉぉ——ッ‼」

幾重《いくえ》にも炎の斬撃を閃かせる。

視界の片隅に、苦しそうに呻《うめ》く仲間たちの姿が映った。

魔力切れで気を失いそうになっているエヴァやリズ。血反吐《ちへど》を吐くトーマ。悔しさのあまり唇《くちびる》を噛《か》み血を流しているイリナ先生。

僕は、ルーク＝ヴェンテーマだ。

彼らにあんな顔をさせてはいけない。


「が——ッ!?」


魔力を限界まで吸収した魔物は、また膨大な魔力の奔流を放った。

脇腹《わきばら》を抉《えぐ》られ、あまりの痛みに一瞬だけ気を失ってしまう。

すぐに目を覚ました僕は《キュア》で治療《ちりょう》しながら、再び魔物に斬りかかった。

『駄目じゃ、ルーク……このままでは勝てぬ‼』

ルークの心は「そんなことない‼」と叫んでいた。

しかし僕の頭は「分かっている」と呟いた。

表面を焦がす程度の火力を、何度ぶつけたってあの魔物は倒せない。

だから必要なのだ。シルフの力が。


——まだか？


砲撃を避けるために高速で移動する。足の骨が砕けたので、《キュア》で瞬く間に治療した。

戦い続けることはできる。

だが、あの魔物を倒すにはやはり、純度の高い魔力がもっと必要なのだ。

サラマンダーだけでは足りない。

もう一体の精霊、シルフから力を借りなければ勝てない。

――まだなのか⁉

シルフ。

頼む、シルフ……‼

僕は覚悟を示し続けているつもりだった。

疲労は《バイタル・ヒール》で。

負傷は《キュア》で。

攻撃と回復を繰り返す僕は、今や無限に戦い続けるマシンと化している。

そこに精神的な抵抗はない。ルーク＝ヴェンテーマであり続けるためなら、僕は心なんて幾らでも殺してみせる。

だが疑問は抱く。

これでは、足りないのか……⁉

（シルフ……何故、来ない……ッ⁉）

待ち侘《わ》びている、シルフの介入。

それがいつまで経《た》ってもこなかった。

『――シルフッ‼』

サラマンダーが叫ぶ。

『シルフ！　風の四大精霊シルフよ‼　お主なのじゃろう、妾たちを見ているのは⁉』

長く戦い続けるうちに、サラマンダーはこちらを見ている気配の正体に気づいたらしい。

だから僕の代わりにサラマンダーが呼びかけてくれた。

『お願いじゃ‼　妾の主を助けてくれ‼　このままでは死んでしまうのじゃっ‼』

サラマンダーの声は泣いていた。

悲痛の叫びだった。

僕のせいで、そんな声を出させてしまって申し訳ないと思う。

しかしサラマンダーの言う通りだ。

このままでは僕だけではない、他の皆も死んでしまう。

特級クラスに選ばれる僕たちは、これから国内外問わず様々な場所を訪《おとず》れ、多くの人々を救わなければならない。

だから、ここで死ぬわけにはいかない。

お願いだ、シルフ。
助けてくれ――――。

『やだ』

少女の声が、聞こえた。

『その人、なんか気持ち悪いから――――やだ』

面倒臭《めんどうくさ》そうな声色で、こちらを見下すような声色で、そう告げられる。

パキリ、と何かの折れる音が、胸の中から聞こえたような気がした。

原作のルークはここでシルフに気に入られ、一度だけ手助けしてもらう。その後も学園に入学したルークは度々《たびたび》シルフにちょっかいをかけられるようになり、少しずつ彼女と絆《きずな》を育み、やがて契約を交わすことになるのだ。

レジェンド・オブ・スピリットは、主人公ルークが四大精霊たちと契約を交わしながら、英雄へ至る物語である。

だが、今、そのうちの一体がルークのことを拒絶《きよぜつ》した。

物語は――――根本から否定された。

「あぁ……あぁ、あぁあ、あぁあぁあぁあぁあぁ――――ッッ‼」

それは正気を保つための叫び。

もういいや、と挫《くじ》けてしまいそうな自分を鼓舞するための慟哭《どうこく》。

怒りと絶望を綯《な》い交ぜにした感情が、僕の全身を血潮の如く駆け巡《めぐ》った。
僕は、こんなにもルークに相応《ふさわ》しくない人間なのか。
僕は、この世界の物語を崩壊《ほうかい》させるほど、救いようのない人間なのか。
僕は――――。
「そんな、ことはなぁ……ッ！　最初から分かってんだよぉぉおぉ――――ッッ‼」
そうさ――最初から分かっていた。
自分がルークに相応しくないことくらい、僕自身が誰よりも理解している。
だから僕は奥の手を用意していたのだ。
誰かに見捨てられてもいいように。
誰かに裏切られてもいいように。
凡人《ぼんじん》の僕にできるのは、精々《せいぜい》そのくらいしかない。
最悪の展開を予想し、その対策を立てること――――ッ‼
「サラマンダー‼　使うぞッ‼」
『くっ……どうしても、使うしかないのか……ッ‼』
「そうだ‼　それ以外に、俺たちが勝つ手段はない‼」
いらない――――いらない、いらない、いらないッ‼
シルフ、お前の力なんてもういらないッ‼
この世界が僕に厳しいことくらい分かっている！
本物のルークと違って、都合のいいことが起きないことくらい知っている！

それでも――――僕はルーク＝ヴェンテーマだッ‼

この誓《ちか》いを破ることはできない。

それが、死んでしまったアイシャへの贖罪《しょくざい》なのだから。

弱くて惨めで救いようのない僕が、この世界で生きる唯一の価値だから――――ッ‼

『人よ‼』

サラマンダーが唱える。

「精霊よ‼」

僕が紡ぐ。

これが、僕の用意した奥の手。

精霊術の極意《ごくい》――――！

『我は劫火《ごうか》ゆえに影が無く、憤怒《ふんど》ゆえに情も無し』

「されど心を炉《ろ》にくべれば、我等を導く灯《あかり》となる」

身体の中心から暖かい炎が溢れた。

炎が少しずつ、僕の全身に溶《と》け込んでいく。

『篝《かがり》に集《つど》い、古びた楔《くさび》に火にかける』

「それでも残る灯火《ともしび》は、己に宿す炬火《きよか》としよう」

胸に宿ったサラマンダーの火が、全身に染《し》み渡った。

ドクン、と心臓が激しく鼓動《こどう》する。

「『我らはたったひとつの炬火。語り尽《つ》くせぬ灼熱《しゃくねつ》なり』」

僕とサラマンダーの詠唱《えいしょう》が重なる。

手が、足が、僕の肉体が、炎の色に染まった。

身体が人としての輪郭《りんかく》を失い、ゆらゆらと陽炎《かげろう》の如く揺れる。

これこそが、かつて精霊王しか至れなかった人と精霊の極地。

人間と精霊の完全なる同化——。


「『——《精霊纏化《せいれいてんか》》』」

これより僕は、半人半精。
全てを焼き尽くす——炎の化身《けしん》となる。

◆

炎と化した僕は、機械の魔物と対峙した。

機械のくせに警戒心はあるのか、僕がこの状態になってから魔物たちは静かにこちらを見据《みす》えている。

精霊術の奥義《おうぎ》である《精霊纏化》は、精霊と同化することで、精霊の魔力を自身へ取り込むことができる。更に半人半精の肉体となることで、肉体が魔力の影響を受けやすくなり、身体能力が魔力量に応じて大幅に向上する。

身体が内側から爆発しそうな気分だった。

それほど絶大な力が今の僕には宿っている。

だが代わりに、骨の一本を動かす度に……筋繊維《きんせんい》の一本を動かす度に、針の穴に糸を通すかのような繊細な魔力制御が要求された。

右足を前に出すだけで、何百もの針の穴に糸を通さねばならない。

一つでも失敗すれば――炎に焼かれるような激痛が走る。

「ぎ、あァ……ッ‼」

痛い――‼

痛い、痛い――っ⁉

頭が真っ赤に染まった。

火の精霊サラマンダーとの同化。上手《うま》くいけば絶大な力を得られるが、僅《わず》かでも制御に失敗すれば、僕の身体はサラマンダーの炎に焼かれているだけになる。

手足の指先が一瞬で炭となった。

その瞬間、僕は《キュア》を四重で発動する。

身体のどこかが燃えて炭化する度に、僕は回復魔法で治療した。

『だ、駄目じゃ！　やっぱりこの技は、まだ使いこなせん‼』

サラマンダーが悲痛な叫びをあげる。

元来、《精霊纏化》はここまで術者に負担のかかる技ではない。

この痛みは僕がサラマンダーの炎を使いこなせていない証拠《しょうこ》だった。

今まで僕はサラマンダーと気兼《きが》ねなく話していたが、彼女は本来ならば人々に崇《あが》められるほどの存在である。火山の噴火《ふんか》のように、太陽の熱のように、厳《おごそ》かで抗《あらが》いがたい最高位の精霊だ。

そんな彼女の神聖で猛々《たけだけ》しい炎は、人間に背負えるものではない。

愚《おろ》かなり。傲慢《ごうまん》なり。全身を蝕む痛みが僕にそう訴えかけていた。

けれど――。

「この、くらい……耐えて、みせる……ッ‼」

歯を食いしばり、正気を保つ。

本当ならこの技は、これから何千何万と精霊術を発動し、サラマンダーの炎を使いこなせるようになってから習得を試みるようなものだ。

未熟な僕がこれを使えば、苦しむことくらい目に見えていた。

それでも、必要なのだ。

力が――。

皆を守るための強さが――ッ‼

「俺は……ルーク＝ヴェンテーマだッ‼」

己の覚悟を声に出すと、視界がモノクロに染まった。

余分な情報が目の前から消える。仲間の姿と、機械の魔物。集中しなくてはいけないものにだけ色がついた世界。

ポイズン・ドラゴンと戦った時と同じ感覚だ。

ルークの才能が、僕の意志に応えてくれている。

……ルーク。

お前は、僕の背中を押してくれるのか。

こんなにも愚かな僕に、その力を託してくれるのか。

お前ならやれる。

今度こそ成し遂げろ。

心の中で、世界一熱い男がそう告げた気がした――。

『来るのじゃッ‼』

機械の魔物が砲口をこちらに向けた。

だが、次の瞬間に僕は射線上から抜け出し、魔物に肉薄する。

――《ブレイズ・エッジ》。

かつてない速度で精霊術を発動する。

サラマンダーと同化した今、僕の判断はサラマンダーの判断にもなる。精霊術の発動にタイムラグが一切なくなり、更にその力も強化されていた。

――《ブレイズ・エッジ》。

もっと速くなれるはずだ。

もっと強くなれるはずだ。

――《ブレイズ・エッジ》。

もっと熱く、もっと激しく。

僕とサラマンダーの力は、こんなものじゃない――。

「おおぉおぉおおぉおぉおおぉおぉおおぉおぉおぉお――ッッ‼」

超高速の世界で剣を振るう。

一つ前の剣の軌跡《きせき》がまだ空中に残っていた。そこへ更に重ねるように剣を振り抜く。

炎の剣筋は連なる度に、赤く、鋭く、密度を増していった。

頬を伝って垂れ落ちた汗が、地面に触れるまでの間に――僕は百の斬撃を生み出す。


《ブレイズ・エッジ》――百連刃《れんじん》。


秒間百発もの炎の斬撃が、機械の魔物に襲い掛かる。

機械の魔物は、これまでと同じように僕の炎を光の粒子に変換しようとしたが、その背中の筒は一瞬で限界まで満たされた。

吸収した魔力を放出する暇なんか与えない。

何もかもが遅《おそ》い……今の僕にはこの世の全てが止まって見える。

炎の斬撃はまるで波のように重なり、一体目の魔物を呑み込んだ。

魔物の身体は膨大な熱によって赤く染まり、瞬く間に溶ける。

『後ろじゃッ‼』

サラマンダーの声が聞こえた。

振り返ると、二体目の魔物が左手の掘削機で僕を薙ぎ払《はら》おうとしていた。

――無駄《むだ》だ。

迫り来る掘削機が僕の身体をすり抜けた。

今の僕は半人半精。

炎の化身となった僕に、物理攻撃は通用しない。

「――《ブレイズ・ストライク》ッ‼」

炎の砲撃が、機械の魔物を吹き飛ばした。

その背中にある筒に魔力が限界まで溜まる。

機械の魔物は、至るところから黒い煙《けむり》を出しながら、その砲口をこちらへ向けた。

速さを重視した魔力の光線が放たれる。

だがもはや、その程度の攻撃なら避ける必要すらない。放たれた魔力の光線は僕の身体に触れた瞬間、ジュッ！　と音を立てて消滅《しょうめつ》した。

機械の魔物が砲身に魔力を溜める。

対し、僕はその場で剣を構えた。

『絢爛なる烈火よ』

「遍く災禍を斬り伏せろ」

炎の大剣が顕現する。

強く滾るその炎は、僕の覚悟を糧《かて》にして眩《まぶ》しく煌《きら》めいていた。

――誓おう、ルーク。

僕はこれからも思い通りには生きられないだろう。

それでも立ち上がり、前に進んでみせる。

強く在れ。誰よりも輝け。そんな君の意志を、この剣に宿してみせる。

だから、どうか安心してくれ。

もう誰も――――死なせない。


「《ブレイズ・セイバー》ァァアァアァァァ――ッッ‼」


砲口から魔力の奔流が放たれると同時に、僕は炎の大剣を振り抜いた。

だが、双方の力は拮抗《きっこう》なんてしない。

炎の大剣は、放たれた魔力の奔流を一瞬で消し飛ばし……そのまま微塵《みじん》も勢いを落とすことなく魔物を消滅させた。

◆

エヴァ＝マステリアは、目の前の光景を生涯《しょうがい》忘れないだろうなと思った。

顔を合わせた時から、その少年からは不思議な力を感じていた。強い意志を込めた瞳に、胸の奥まで伝わってくる熱くて芯《しん》のある言葉。ルーク＝ヴェンテーマは、エヴァにとってとにかく不思議で、どう表現すればいいのか分からない相手だった。

姉に対するコンプレックスから救ってくれたので、恩人と呼ぶべきだろうか？

確かに恩人には違いない。しかし、それだけではどうにも足りない気がした。

そんな違和感《いわ》が今、解消された。

特級クラスの候補生たちが束になっても敵《かな》わなかった相手。試験官であるイリナですら、敗北を喫《きっ》した相手。

そんな恐ろしい敵を――ルークは、たった一人で倒してみせた。

「……………英雄」

その少年は誰よりも熱く、強く、勇敢《ゆうかん》だった。

絶望の中でも炎の如く煌めき、仲間たちの希望を体現してみせる。

まるで物語の主人公のようだと、エヴァは思った。

彼こそが、英雄なのだと感じた。

「……敵わないわね」

傍にいたイリナが、掠れた声で言った。

「特級クラスの生徒って、昔から教師の予想をあっさり超えちゃう子が多いんだけど……まさか入学前に、二人も超えていくとは思わなかったわ」

「二人……？」

「ええ。そのうちの一人は、ルーク＝ヴェンテーマ」

イリナはどこか眩しそうにルークを見つめて言う。

「私は彼を、抱え込みすぎるタイプだと思っていた。でも、どうやら違ったみたいね。……彼は自分で宣言した通り、抱えた上で成し遂げるタイプだった」

強靱な精神がそれを可能としているのだろう。

ルークはきっと恐怖とは無縁《むえん》の男なのだ。彼の器は常人のそれではない。きっとエヴァたちでは想像もつかないほど広大なのだろう。

「二人目は貴女よ、エヴァ」

「私、ですか……？」

「まさか貴女が、チームワークを身に付けるなんて思わなかったわ」

どうやら自分は協調性が低いと思われていたらしい。

面接ではそんな素振りを見せたつもりはないが、門閥《もんばつ》貴族であるマステリア公爵家の次女エヴァは、社交界などにも度々出席しているため良くも悪くも顔が広い。恐らく自分の与《あずか》り知らぬところで噂《うわさ》が立っていたのだろう。エヴァ＝マステリアはプライドが高くて協調性に欠ける、と。

「……ルークが言ってくれたんです。周りにあるものを、もっと信じてみろって」

「正しい言葉ね」

イリナは優しく微笑む。

エヴァは太陽のように輝くルークを見た。

「ルークは、私にとって……英雄です」

「そうね。私にとってもそうだし……きっといつか、世界中がそう思うわ」

そうだろうな、とエヴァも思った。

あの少年はきっと、世界中を輝かせる太陽のような男になるだろう。

「……ルーク」

その名を無意識に呟いた。

エヴァは、自分が歴史的瞬間に立ち会っていることを確信する。

やがて世界中に名を馳《は》せる、偉大な英雄の誕生。

その光景をこの目で見られたことを、心から光栄に思った。

エピローグ

最終試験が終わり、数日が経過した頃《ころ》。

シグルス王立魔法《まほう》学園では、入学式が行われていた。

「新入生代表――ルーク＝ヴェンテーマ‼」

講堂に司会進行の声が響《ひび》く。

事前に打ち合わせした通り、ここからは僕《ぼく》の出番だ。

控《ひか》え室を出た僕は、学園長とすれ違《ちが》って演台の前に立ち、目の前に集まる三百人近い新入生を見る。

「あー……悪い、俺《おれ》はあまりこういう場が得意じゃないんだ。だから失礼な発言もあるかもしれないが、寛大《かんだい》な心で許してくれ」

ルークだって緊張《きんちょう》はするから、こういう発言もある。

だが実際に僕が感じている緊張は、吐《は》き気を催《もよお》すほどだった。これほど大勢の前でルークの演技をするのは初めてだ。正体がバレてしまわないか、不安でいっぱいになる。

「特級クラスのルーク＝ヴェンテーマだ。まずは、この栄《は》えある学園の新入生代表に選ばれたことを、光栄に思う」

今のところは問題ないと信じたい。

僕はこの緊張から目を逸《そ》らすために、先日のことを思い出した――。

◆

「改めて伝えるけれど、最終試験の結果は全員合格よ」

最終試験が終わった直後。

旧校舎一階の広間に戻《もど》ってきた僕らは、イリナ先生からそう告げられた。

「全員合格……もしかして、個別の評価はされていないんですか？」

「ご名答。この試験はそもそも、全員合格にするか全員不合格にするかの二択《たく》しか用意してないのよ。特級クラスにはチームワークも求められるからね。……だから特級クラスが存在しない学年もあるわよ」

ライオットの問いに、イリナ先生は答えた。

「今日はもう疲《つか》れているだろうし、手っ取り早く解散……といきたいところだけど、今回はトラブルが発生した」

イリナ先生は、受験生たちを労《いたわ》る顔を深刻なものに変える。

「皆《みな》が戦った敵について説明するわ。……あれは、帝国《ていこく》の魔導兵器よ」

帝国。

その言葉が指す国は、僕らにとって一つしかない。

——レヴァスティン帝国。

僕たちがいるラーレンピア王国の西側にある強国だ。

十年前に終結した世界大戦よりも前の頃から、ラーレンピア王国とレヴァステイン帝国は小競《こぜ》り合いを繰《く》り広げていた。はっきり言って、その関係は良好とは言えない。

「特級クラスの成り立ちについては教えたわね？　表向きは平和になったこの世界でも、裏には数々の脅威《きょうい》が潜《ひそ》んでいる。それらに対抗《たいこう》できる若者を育てるためにこのクラスは誕生した」

イリナ先生の説明に、僕らは頷《うなず》く。

「ラーレンピア王国はね、実際に攻撃《こうげき》を受けているのよ。帝国はその一つ。……あの国は魔導兵器と呼ばれるものを開発し、世界中の精霊《せいれい》を手中に収めようとしている」

「精霊を……？」

「そのへんは今度、授業で説明するわね」

今まで特級クラスというものは、この国を守るための組織という曖昧《あいまい》なイメージしかなかった。しかし今、敵の攻撃を受けていると教わったことで、特級クラスの存在意義は確固たるものなのだと理解する。

「貴方《あなた》たちは、これから特級クラスの生徒として、ああいう敵と戦っていかなければならない。この国を……この世界を守るために命をかけること。それが貴方たちに必要な覚悟《かくご》よ」

最悪辞退してもいいからね、と告げるイリナ先生に、辞退を申し出る者はいなかった。

特級クラスに選ばれた僕たちには、各々《おのおの》の目的がある。けれど最終試験で魔導兵器と戦い、そしてイリナ先生から帝国の話を聞いたことで、僕たちの全員が一つの感情を共有した。

あんな危険な敵が、この国に迫《せま》っているのか。

なんとしても――抗《あらが》わねばならない。

——これこそが、レジェンド・オブ・スピリットの物語だ。

精霊の力を手にしようとしている帝国と、それに抗おうとする主人公たち。

今、この世界のメインストーリーが始まった。

◆

回想したことで緊張は和《やわ》らいだ。

ただしそれは、気を紛《まぎ》らわせたというよりは、己《おのれ》のやるべきことを改めて直視できたからである。

原作知識を持つ僕は知っている。

帝国はシルフを狙《ねら》うためにあの魔導兵器を放ったのだ。詳細《しょうさい》はイリナ先生が次の授業で話してくれるだろう。

風の四大精霊シルフ。……まずは彼女《かのじょ》との関係をどうにかしなくてはならない。

やっぱり諦《あきら》めずに交渉《こうしょう》を続けるべきだろうか？

それともいっそ何もせず大人しくしてもらうべきだろうか？

シルフの力は頼《たの》もしいし便利だ。まだチャンスが残っているなら契約《けいやく》を交《か》わしたい。仮に契約できなかったとしても、こちらからは敵対するべきじゃないだろう。従わなければ排除《はいじょ》するという思想は、ルークが目指す英雄《えいゆう》像から大きく逸れる。

ルークの都合ならともかく、僕個人の都合で誰《だれ》かを傷つけることはできるだけしたくない。

だがシルフを放置するわけにもいかない。

なんとか策を用意しなければ――。

『ルーク、演説中じゃぞ』

サラマンダーの声が聞こえ、僕は思考の海から帰ってくる。

「悪い、少し考え事をしていた」

内心慌《あわ》ててそう言うが、新入生たちの表情は決して朗《ほが》らかではなかった。

代表である僕を純粋《じゅんすい》に尊敬している者、反対に疑わしく思っている者、そもそも僕のスピーチに興味がない者……。

そんな彼《かれ》らを見て、ふと思う。

僕は彼らの代表として相応《ふさわ》しい態度を示せているだろうか？

――否《いな》。

ルーク＝ヴェンテーマは、こんな軽々しく扱《あつか》われていい男ではない。

ルークはその場にいるだけで万人《ばんにん》の目を釘付《くぎづ》けにするような男なのだ。

このままでは駄目《だめ》だ。

僕は、もっとルークらしく在らねばならない。

僕はこれから仲間たちの命を背負って、帝国と戦うことになる。

そんな男が、同級生の尊敬も得られなくてどうする。

「……この先、俺たちは幾度《いくど》となく険しい壁《かべ》にぶつかるだろう」

僕の声が、講堂に響き渡《わた》る。

「壁は、どこにでもある。人と話している時、新たな環境《かんきょう》に身を置く時、何かに挑戦《ちょうせん》する時、重大な決断を迫られた時……いつでも俺たちの前にある」

実感を込《こ》めて告げた。

余所見《よそみ》していた新入生たちが、こちらを見る。

僕はこれから大いなる壁を幾《いく》つも乗り越《こ》えなければならない。帝国との戦いや、特級クラスの生徒たちが各々抱《かか》えている問題……それらは一つとして簡単なものはなく、どれも複雑で、堅固《けんご》な壁だった。

壁を前にして、挫《くじ》けそうになることもあるだろう。

時には涙《なみだ》を流すことだってあるだろう。

「だけどその壁は――絶対に壊《こわ》せる」

ルークの熱い魂《たましい》を言葉に込めて、僕は言った。

「諦めず、何度だって挑《いど》み続ければ、いつか必ず砕《くだ》くことができる。……その力を磨《みが》くために、俺はこの学園へ来た」

拳《こぶし》を強く握《にぎ》り締《し》める。

この拳で、僕はこれからも壁を壊し続けることを誓《ちか》う。

「新入生代表に選ばれたってことは、今は俺がこの中で一番優《すぐ》れているってことだ。だから俺は手本を示すつもりで研鑽《けんさん》する。皆の先頭に立ってみせる」

この場にいる全員に、僕は宣言する。

先頭に立つのは僕――このルーク=ヴェンテーマなのだと。

「もし、それが気に食わないなら……誰でもいい。俺という壁を壊しに来い」

スピーチを締め括《くく》る。

すると――新入生たちは大いに盛り上がった。

まさに拍手喝采《はくしゅかっさい》だ。「いいぞー‼」とか「いつか挑んでやるからな‼」といった声が色んなところから聞こえる。新入生たちは興奮した目つきで僕のことを見ていた。

少し視線を移すと、特級クラスの生徒たちと目が合う。

彼らの胸にも響いてくれたらしい。エヴァが、リズが、トーマが、ライオットが、レティが、ゲンが、僕に拍手を送ってくれた。

演台から離《はな》れ、裏の控え室に戻る。

するとそこには、僕らの担任であるイリナ先生がいた。

「凄《すご》いわね、過去最高の盛り上がりよ」

「悪いな、お祭り騒《さわ》ぎになっちまった」

「悪いなんて思ってないくせに。……お疲れ様、いいスピーチだったわ」

イリナ先生が褒《ほ》めてくれる。

本当は、人前で喋《しゃべ》るなんて僕には全く向いていない。それでもなんとかやり過ごせたのは、やっぱりルークの熱い魂が僕の胸中にあるからだった。彼の思想、彼の信念に従うことで僕は何度も救われている。

「あ、そうだ！　特級クラスの親睦会《しんぼくかい》、今日の夜にやるからね！」

「そういえばそんな話だったたな」

今日の夜は、特級クラスの全員で食事をする予定だ。

ちなみにイリナ先生の奢《おご》りである。その提案というか要求をしたのはレティだ。……イリナ先生は最初、レティの提案に頬《ほお》を引き攣《つ》らせていたが、まだ学生ですらない僕たちを危険な魔導兵器と戦わせてしまったことに負い目があるらしく、渋々《しぶしぶ》奢りを承諾《しょうだく》した。

王都の飲食店にはあまり詳《くわ》しくないため、親睦会は僕も楽しみだった。

しかし……申し訳ない気持ちと共に先生へ言う。

「……できればでいいんだが、明日に回せないか？　今日はちょっと疲れているんでな」

「あら、そう？　まあ明日の授業も短いし、全然いいわよ」

「助かる」

提案してよかった。

最後に学園長がもう一度だけ軽くスピーチをして、入学式が終わる。

僕は講堂を出て、すぐに学生寮《がくせいりょう》へ向かった。

本当は特級クラスの皆と合流したかったが……イリナ先生に言った通り、今日の僕は疲れていた。

◆

特級クラスの生徒が使う学生寮は、他の生徒たちの寮とは離れた場所にある。

寂《さび》しいけれど仕方ない。特級クラスは他言無用の機密情報を扱うこともあるのだ。だから寮だけでなく教室も隔離《かくり》されているとのことだった。

特級クラスの学生寮は三階建てで、一階は共同の食堂や風呂《ふろ》などがある。二階は男子の部屋で、三階は女子の部屋だ。

僕は二階の一番奥《おく》にある部屋の扉《とびら》を開き、中に入った。

荷物なんて何もない。空っぽな自分の部屋を見つめた僕は、扉を閉めて深呼吸する。

もう、大丈夫《だいじょうぶ》か……？

もう演技を解いてもいいか……？

「う、ぐ……っ⁉」

「大丈夫か⁉　すぐに休むのじゃ‼」

苦しさのあまり呻《うめ》き声を漏《も》らすと、サラマンダーが人の姿になって僕をベッドに寝《ね》かせてくれた。

「疲れているどころではないのじゃ‼　内臓は破裂《はれつ》しておるし、骨は砕けておるし……演説中も何度気を失いそうになったか……っ‼」

「ごめん……サラ、マンダー……」

最終試験で魔導兵器と戦った時のことを思い出す。

皆は僕の圧倒《あっとう》的な勝利だと思っているみたいだが……実際はそんなことなかった。

シルフの協力を得られなかった僕は、苦肉の策として、まだ使いこなせない《精霊纏化《せいれいてんか》》を発動した。

結果、僕の身体《からだ》は《精霊纏化》についていけず、全身がボロボロになってしまった。

しかもその反動で僕は今、思うように魔力を操作できない。この状態では回復魔法もろくに使えず、僕はあの戦いでした怪我《けが》を今まで隠《かく》し続けていた。

「今からでも遅《おそ》くない、医者を呼ぶのじゃ‼」

「それは……よくないよ」

「何故《なぜ》じゃっ⁉」

「僕が、こんなにボロボロだってバレたら……英雄のイメージが壊れるだろ」

サラマンダーが眉間《みけん》に皺《しわ》を寄せた。

「勿論《もちろん》、こんなのは理想論だけどさ……折角、圧倒的に勝ったように見せられたんだ。……なら、最後まで貫《つらぬ》かないと」

僕だって毎回怪我を隠せるなんて思っていない。

しかし、ルークとして英雄を目指すと決めた以上、僕は少しでも周りの人に英雄らしい姿を見せたかった。

怪我を我慢《がまん》するくらいで英雄の印象を与《あた》えられるなら、儲《もう》けものだ。

「……皆に英雄と思われることが、そんなに大事なのじゃ？」

「ああ。僕の命よりも、大事だ……」

完全無欠にして世界最強。そんな英雄に僕はならなくてはいけない。

偽物《にせもの》である凡人《ぼんじん》の僕が、本物である主人公《ルーク》の目的を叶《かな》えるには、せめて貪欲《どんよく》であらねばならないだろう。

「では、せめて今は寝るべきじゃ」

サラマンダーは有無《うむ》を言わせぬ迫力《はくりょく》で言った。

「でも……」

「《精霊纏化》の反動で、身体を動かすことは愚《おろ》か、魔力を動かすだけでも激痛が走るのじゃろう？

起きていてもすることがないなら、眠《ねむ》って休息に徹《てっ》した方が効率的じゃ」

「……そうだね」

なんだか、僕を説得するのが上手《うま》くなっている気がした。

効率的だと言われると従うしかない。

「最後に眠ったのはいつじゃ？」

「……アニタさんと会う前、かな」

「なら、今までの分も眠るのじゃ」

そう簡単に眠れるとは思えなかった。

不眠《ふみん》不休で活動を続けて一ヶ月近くが経《た》っている。もしかしたら、眠り方を忘れているかもしれないな……そんなことを考えながら、僕は目を閉じた。

◆

ルークの唇《くちびる》から、規則正しい寝息《ねいき》が聞こえる。

サラマンダーは安堵《あんど》の息を零《こぼ》した。

「……やっと、寝たのじゃ」

ルークの寝顔は先程《さきほど》演説していた時のような雄々《おお》しいものではなかった。どちらかと言えば大人しそうで、臆病《おくびょう》そうで、控えめで……そして何より優《やさ》しそうな顔だった。

こっちの方が、いいのに。

そう言えたらどれだけ楽だろうか。

きっとそう言えばルークは頑《かたく》なに否定するのだろう。

そして否定した回数だけ無茶をする。

ルークはそういう男だった。

「……ごめん」

ふと、ルークの唇から声が漏れる。

目を覚ましたわけではない。ただ、その瞼《まぶた》からは涙が垂れ落ち、その口からは延々《えんえん》と謝罪の言葉がこぼれ落ちた。

「ごめん、アイシャ………ごめん……」

サラマンダーの胸に、ルークの感情が流れ込んだ。

ルークとサラマンダーは強い絆《きずな》で結ばれている。それこそ、かつて精霊王しか為《な》し得なかった《精霊纏化》を、使いこなせていないとはいえ発動できるくらいに。

サラマンダーとルークは、今や互《たが》いの感情がなんとなく分かるくらい深い関係となった。

だからサラマンダーは知っていた。

ルークがいつも……絶望の底で藻掻《もが》いていることに。

「あ、あぁぁ、あぁぁぁぁ……っ!!」

どうしようもない激情に駆《か》られ、サラマンダーは頭を抱えた。

ルークから止めどなく苦しみの感情が流れ込んでくる。

「寝ても、駄目なのか……!? どうやったら、お主はその苦しみから解放されるのじゃ……ッ!?」

瞼を閉じ、意識を失ってなお、ルークは苦しみ続ける。

そんな主に何もできない無力感が、サラマンダーの心を苛《さいな》んだ。気づけばサラマンダーは、目の前にいるルークと同じように涙を零していた。

散々戦って、散々傷ついて。

皆の心を救って、皆に称賛《しょうさん》されて……。

ルークと関《かか》わった人は皆、幸せになっていた。

なのにルーク本人だけはいつまでも苦しんでいる。

ルークはいつだって誰かを助けているのに。

ルークを助けてくれる人は現れない。

「お主は……こんなものを抱えて、ずっと……ッ‼」

睡眠《すいみん》中で無防備だからか、ルークの感情はいつもより鮮明《せんめい》に伝わってきた。

苦しい。辛《つら》い。どうして僕だけがこんな目に？

無理だ。できない。それでもやらなくちゃいけない。

なんで僕が……？

助けて……。

助けて……‼

「助けて、やりたいのじゃ……妾《わらわ》だって、助けてやりたいのじゃ！　でも――っ‼」

でもルークは、目を覚ませば助けを求めない。

背中を押《お》すことだけを求めてくる。

サラマンダーは滂沱《ぼうだ》の涙を流した。誰よりも救われるべき人間がそこにいるのに、何一つできることがない己の無力を心底から呪《のろ》う。

主の方が傷ついているのに、主よりも泣いてしまっていることがまた悲しかった。

主は、こんなふうに自由に泣くことすらできないのに──。

「……お主はきっと、これからも色んな人を救うじゃろう」

ルークが感じている痛みに胸を押さえながら、サラマンダーは言った。

「そんなお主を、いずれ誰もが英雄と呼ぶのじゃろう。完全無欠の男だと、心が強い人間なのだと……」

現に、ルークはもう周りからそういう目で見られつつある。

たとえばリズ、たとえばエヴァ。彼女たちはルークを英雄だと思っている。

これから、ああいう人が増えていくのだろう。

いずれ世界中がルークのことを英雄だと信じて疑わなくなる。

「じゃが……妾だけは、本当のお主から目を逸らさぬ……っ‼」

静かに眠るルークへ、サラマンダーは誓いを立てた。

「妾だけは、お主が英雄ではなく、ただの人であることを知っている……ッ‼　この先どんなことがあろうと……妾だけは、人としてのお主に寄り添《そ》ってみせる……ッ‼」

握り締めた拳から血が垂れた。

こんなもの、ルークが抱える痛みに比べれば何でもない。

英雄であるルークを慕《した》う者は、これからいくらでも現れるはずだ。

だが人であるルークはどうなる？　誰が傍《そば》にいてやれるのだ。
——妾しかいない。
サラマンダーはそう思った。
この広大な世界で、自分だけが本当のルークに寄り添えると。
「妾だけは……絶対に、お主を一人にはせんぞ……ッ‼」
たとえ、ルークが自分に隠し事をしていようと、その決意は変わらない。
未来予知が嘘《うそ》であることくらい、とっくに見抜《みぬ》いている。
本当に未来予知ができるなら、誰も死なないし、誰も不幸な目に遭《あ》わないのだ。
何故そんな嘘をつくのか。考えたことはあるが……今はもう気にしていない。
自分は、何があろうとルークに寄り添うと決めたのだから。
弱くて、内気で、凡人な彼に……最後まで付き合うと決めたのだから。

あとがき

坂石遊作《さかいしゆうさく》です。

この度《たび》は本書を手に取っていただきありがとうございます。

主人公は、地獄《じごく》のような絶望の末に希望を見出《みいだ》すものだと思っています。苦しみ、傷つき、耐《た》え忍《しの》び、それでも立ち上がって戦う……それが本物の主人公の条件なのではないかと考えた結果、本作のような物語が生まれました。

どうか本作を読み終えた方は、是非《ぜひ》考えてみてほしいです。

ルーク＝ヴェンテーマは、果たして本物の主人公なのか。


【謝辞】

本作の執筆《しっぴつ》を進めるにあたり、編集部様や校閲《こうえつ》様など、ご関係者の皆様《みなさま》には大変お世話になりました。担当様、詰《つ》めるべき設定など細かくご指摘《してき》いただきありがとうございます。輝竜《きりゅう》司《つかさ》先生、奥《おく》深《ぶか》くて重厚《じゅうこう》感のあるイラストで、本作を彩《いろど》っていただきありがとうございます。カバーを見るだけで「この小説はただ者じゃないぞ！」と感じるイラストで、とてもありがたいです。

最後に、本書を手に取っていただいた皆様へ、最大級の感謝を。

本書は、２０２３年にカクヨムにて実施された「第８回カクヨムＷｅｂ小説コンテスト」でカクヨムプロ作家部門特別賞を受賞した「やがて英雄になる最強主人公に転生したけど、僕には荷が重かったようです」を加筆修正したものです。

DRAGON NOVELS
ドラゴンノベルス

やがて英雄になる最強主人公に転生したけど、僕には荷が重かったようです

2024年3月5日　初版発行

著　　者　坂石遊作《さかいしゆうさく》

発 行 者　山下直久

発　　行　株式会社 KADOKAWA
〒102-8177　東京都千代田区富士見 2-13-3
電話 0570-002-301（ナビダイヤル）

編　　集　ゲーム・企画書籍編集部

装　　丁　AFTERGLOW

D　T　P　株式会社スタジオ２０５ プラス

印 刷 所　大日本印刷株式会社

製 本 所　大日本印刷株式会社

DRAGON NOVELS ロゴデザイン　久留一郎デザイン室＋YAZIRI

●お問い合わせ
https://www.kadokawa.co.jp/（「お問い合わせ」へお進みください）
※内容によっては、お答えできない場合があります。
※サポートは日本国内のみとさせていただきます。
※ Japanese text only

定価（または価格）はカバーに表示してあります。

ISBN978-4-04-075357-7　C0093